中國語言文字研究輯刊

十四編

許錟輝 主編

第13冊

粵北始興客家音韻及
其周邊方言之關係（上）

劉勝權 著

花木蘭文化事業有限公司

國家圖書館出版品預行編目資料

粵北始興客家音韻及其周邊方言之關係（上）／劉勝權 著 --
初版 -- 新北市：花木蘭文化事業有限公司，2018〔民107〕

目 6+176 面；21×29.7 公分

（中國語言文字研究輯刊 十四編；第 13 冊）

ISBN 978-986-485-275-8（精裝）

1. 客語 2. 聲韻學 3. 比較研究

802.08 107001306

ISBN-978-986-485-275-8

中國語言文字研究輯刊
十四編　　第十三冊　　　　ISBN：978-986-485-275-8

粵北始興客家音韻及其周邊方言之關係（上）

作　　者　劉勝權

主　　編　許錟輝

總 編 輯　杜潔祥

副總編輯　楊嘉樂

編　　輯　許郁翎、王　筑　美術編輯　陳逸婷

出　　版　花木蘭文化事業有限公司

發 行 人　高小娟

聯絡地址　235 新北市中和區中安街七二號十三樓

　　　　　電話：02-2923-1455 ／傳眞：02-2923-1452

網　　址　http://www.huamulan.tw 信箱 hml810518@gmail.com

印　　刷　普羅文化出版廣告事業

初　　版　2018 年 3 月

全書字數　283932 字

定　　價　十四編 14 冊（精裝）　台幣 42,000 元

粵北始興客家音韻及其周邊方言之關係（上）

劉勝權 著

作者簡介

劉勝權，苗栗縣頭屋鄉飛鳳村（舊名天花湖）人，母語為四縣客家話。台北市立教育大學中國語文學系博士，師從古國順、羅肇錦兩位老師。專長為漢語方言學、客家方言音韻研究。曾任教於交通大學、台北市立教育大學、東吳大學等校，開設有中級客語、初級客語、醫護客語、語音學、國文等課程。現職為新生醫護管理專科學校助理教授。曾參與「客語能力認證考試」開辦初期相關工作，擔任客家委員會諮詢委員、台灣客家語文學會理事，從事客家語文工作已十餘年，目前定居於新竹縣關西鎮。

提　要

　　本文共分十章，除首章緒論以及末章結語之外，正文的討論從第二章至第九章為止。其中可大分三部份，首先是始興客家方言的背景介紹和音系描寫；次為始興客家話的音韻特色及比較；最後則屬於延伸問題的探討。藉此將始興客家話和周邊方言的特色及相關問題加以釐清。

　　第二章粵北客家方言的形成、分佈和研究現況。本章討論了粵北地區客家方言的主要移民源頭為閩西上杭、永定、武平等地，而越是接近贛南、粵東，客家人口越多。這對後續討論始興客家話的音韻特色甚有幫助。而從研究現況的討論可知目前始興客家話的研究甚少，使本文的寫作更具價值。

　　第三章始興客家話音韻系統。本章描寫了始興各地客家方言點之音系，比較仔細描寫了各地聲韻調的內容，例如 /ɿ/ 音位內涵的差異。

　　第四章始興客家話的音韻特點。本章從聲母、韻母、聲調等分別介紹，主要從歷時角度，說明始興客家話共同的特點，表現其總體特色。

　　第五章始興客家話的差異與源變。本章討論了始興客家話突出的南北對立，以及與閩西上杭等地、粵北臨近地方之比較。主要進行共時層面的比較以呈現始興客家話的內部差異以及變化。

　　第六章始興客家話的入聲韻尾與聲調歸併。從比較的觀點討論了始興客家話入聲韻尾變化的方向和速度，以及聲調歸併的發展。我們發現早期客家話應具有獨立的低升陽上調，而始興客家話聲調更發生過「鍊移」使其調值獨具特色。

　　第七章客贛方言來母異讀現象。本章從客贛方言來母異讀談起，基於客家方言聲母系統的「空格」及與客家關係密切之少數民族語言比較，我們認為早期客家方言聲母系統擁有清邊音 /ɬ/，而清邊音的消失與中古廣韻文讀勢力介入有關。

　　第八章南雄方言與始興客家。南雄與始興在歷史上具有十分緊密的關係，經過比較，始興客家音韻特徵的南北分立恰是閩西祖地與南雄方言的對比。我們認為複雜多元的南雄方言影響了始興北部客家話，而其中許多音韻現象來自贛南「老客家話」的延伸。

　　第九章從始興方言檢討粵北客家話的分片。原來的中國語言地圖集將粵北客家話大分為粵台片和粵北片。粵台片方言符合其源自粵東的來歷，而粵北片方言實際多來自閩西上杭等地，音韻特色亦多有相同。本章認為堪稱獨具粵北特色者，應屬南雄、始興北部、仁化東部等鄰近贛南的一塊。因此，本章將之稱為「粵北片」方言，而原粵北片則稱「閩西上杭型」方言，更符合移民來源。

韶關市行政區劃圖

樂昌市

仁化縣

南雄市

乳源瑤族
自治縣

湞江區

始興縣

武江區　曲江區

翁源縣

新豐縣

始興縣行政區劃暨調查方言點圖

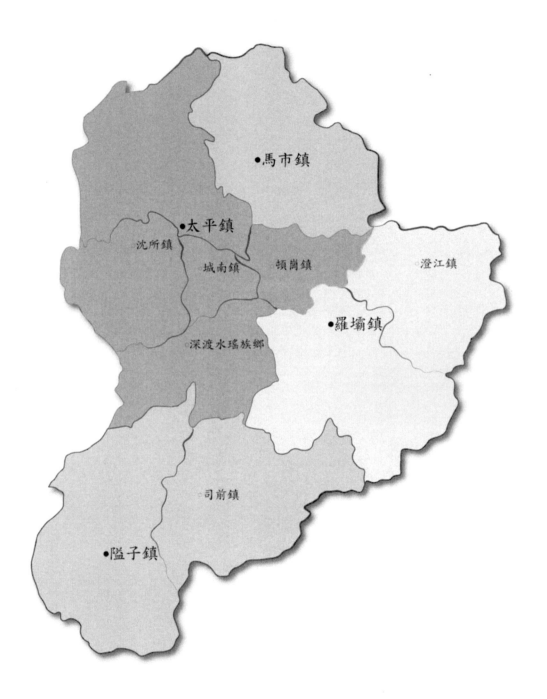

始興南片：隘子鎮、司前鎮

始興北片：a.馬市鎮；b.太平鎮、沈所鎮、城南鎮、頓崗鎮、深渡水瑤族鄉；
　　　　　c.羅壩鎮、澄江鎮

粤北韶關市縣客家人口比例圖

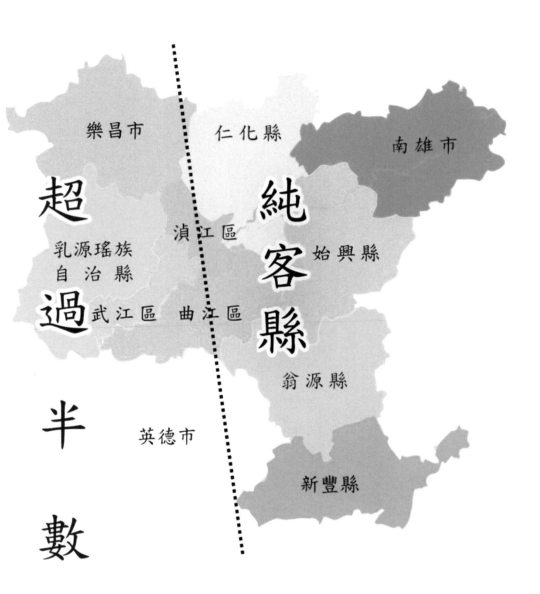

樂昌市　仁化縣　南雄市

超過半數　純客縣

乳源瑤族自治縣　湞江區　始興縣

武江區　曲江區

翁源縣

英德市

新豐縣

粵北片分區示意圖

目次

第一章　緒　論

　　本論文預計以「粵北始興客家音韻及其周邊方言之關係」爲題，詳細討論始興客家話的音韻特色，並藉由周邊方言的討論，突顯始興客家話的面貌。

第一節　研究動機與範疇

　　粵北地區幅員遼闊，包括韶關市、清遠市轄區即是一般所謂粵北地區，兩市共轄有十八個縣（市區），許多縣市均有爲數眾多的客家人口。特別是韶關市轄的十個縣（市區），地理上接近贛南、粵中河源市、惠州等客家話區，距閩西、粵東梅州市等地亦不遠，客家話屬當地第一大方言。始興縣即屬韶關市轄下之一縣，居韶關市東部，基本是純客住縣。

　　清遠市下轄八個縣（市區）：清城區、清遠縣、英德市、陽山縣、佛岡縣、連州市、連南瑤族自治縣、連山壯族瑤族自治縣。1988 年方才設立清遠市，在此之前，清遠縣（含清城區）、佛岡縣屬廣州市，其他縣市均屬韶關市。整個清遠市以英德市客家人口較多，其他地區多通行白話（粵方言）。韶關市下轄十個縣（市區）：湞江區、武江區、曲江區〔註1〕、南雄市、始興縣、翁源縣、新豐

─────────────

〔註 1〕過去比較長時間，韶關市區分爲湞江區、武江區、北江區。曲江獨立設縣。2004
　　　年 8 月，曲江縣撤縣設區，設區後，原曲江縣一分爲四：大橋、周田、黃坑三鎮劃
　　　入仁化縣；犁市、花坪兩鎮劃入到湞江區；龍歸、重陽、鳳田三鎮劃入武江區；其

縣、仁化縣、樂昌市、乳源瑤族自治縣。韶關市轄區通行客家方言，是以本文研究範疇主要焦點集中在韶關市轄區，在進行粵北客家方言比較分析時，多以韶關市轄各縣為主。當然，清遠市轄區內的客家話也在比較之列，只是比例上較少。

韶關市轄區以客家方言最為通行，使用人口最多。除此之外，尚可見粵語系統的白話、在地性強且分布亦廣的土話、少數的閩語、西南官話方言島以及少數民族語言（主要是瑤語）。照理在此環境之下，粵北是漢語方言研究的寶庫，對客家方言研究而言，粵北客家話處在多語的環境中，益顯研究的價值。然而，粵北客家話研究的質量，相對於眾所熟悉的閩西、粵東等地，都來得少的多。這已引起我們對粵北客家話的關注。

南雄市的方言一直備受關注，主要是因為其境內方言複雜，係屬不明。正因南雄方言音韻現象之特出在韶關市轄可謂獨樹一幟，各家對南雄方言的看法各異（易家樂 1983、謝自立 1991、沙加爾 2001、莊初昇 2004），而南雄與始興在歷史上關係緊密；地理上兩相為鄰；交通上北通贛南，西經韶關，可謂互為唇齒，然則南雄方言與始興客家之間關係如何？莊初昇教授曾提點始興雖為純客住縣，然內部差異頗大，促使我們特別關心始興客家。我們發現始興客家話之研究是鳳毛麟角，至今直接相關的文獻只有《始興縣志・方言》（1997）以及潘小紅（2002），詳見下文。因此本文以始興客家話之音韻研究開始，擴及周邊方言比較，特別注意南雄方言對始興客家的影響。

因為始興客家話研究質量的缺乏，值得我輩開發；始興縣鄰近贛南，受到南雄方言的直接衝擊，應該具有方言接觸下的多變樣貌。輔以始興移民來源多閩西武平、上杭、永定等地的史實，加入移民來源地的語言特徵綜合判斷，我們認為始興客家話具有自身的個性，亦有融合的特色，在地理分布上，始興南北分庭抗禮，各具特色。當是研究近代客家語音演變一個好的地點。基於上述，引發我們對始興客家話的興趣。

我們希望，本論文的研究可填補粵北客家研究的不足，增補客家方言研究的材料。再者，可以釐清移民與方言演變、方言接觸等的關係。更有甚者，豐

餘十個鎮保留在曲江區。然過去相關研究及文獻習慣稱曲江縣，本文亦以此稱之，下文所稱曲江事實上指舊曲江縣範圍。

富漢語語音史的研究。

第二節　始興縣背景概述

　　本節針對始興縣之地理位置、自然環境、歷史沿革、行政區劃、語言使用等情況作一概略的說明和介紹。

一、始興縣之地理位置及自然環境

　　始興縣位於廣東省韶關市的東部，南嶺山脈南麓，居北江上游，湞江中游地帶，四周崇山峻嶺環繞。東界江西全南縣，南鄰翁源縣，西倚曲江縣，北接南雄市，扼粵贛公路要衝。始興是粵北第一古郡，現有人口約 25 萬，面積 2174 平方公里。西距韶關市 55 公里，南距廣州 248 公里。始興自古便為嶺南交通要衝，是盛唐名相張九齡、明朝戶部尚書譚大初和抗日名將張發奎的故鄉。

　　始興的地型以盆地、丘陵、山地為主，縣城及附近地區是一塊小平原。境內基本四面環山，尤其東面山區形成粵北與江西的天然分隔，只有縣城一帶可說是粵北境內較大的平原地形。縣內主要河流有湞江、墨江、澄江，澄江於馬市注入湞江，墨江流經太平鎮城區南邊後匯入湞江，而墨江在縣城區基本可行小船。縣內公路路網較發達，自韶關經縣城、馬市再到南雄的國道是最主要的道路，至於由縣城向外輻射的公路，基本可到縣內各地。從曲江北上的韶贛高速公路自韶關向東北，經始興太平北邊、馬市進入南雄，再次進入江西。因此縣城一帶是縣內的政治、經濟、交通中心，縣境北部交通網絡發達，經濟情況較佳，縣境東部、南部位居山區，交通不便，經濟較為落後。縣內各地受到縣城政經交通中心的影響，以縣城話為基本通行的強勢語言。

二、始興縣之歷史沿革及南北往來

　　三國吳永安六年（西元 263 年）春，東吳為加強對嶺南地區的開發，析南野縣南鄉地設置始興縣，「始興」一名始此，含興盛周而復始之意。甘露元年（265 年）冬，進以桂陽南部置始興郡，始興為郡治中心，統曲江、桂陽、

始興、含洭、貞陽、中宿和陽山七縣。隋開皇九年（589 年）屬廣州總管府。唐貞觀元年（627 年）分廣州曲江等地置韶州，始興縣屬雄州。宋開寶四年（971 年），更名「南雄州」。元至元十五年（1278 年），改南雄州為路。明洪武元年（1368 年）改南雄路為府。清嘉慶十二年（1807 年），改南雄府為直隸州，隸廣東承宣布政使司，始興縣屬南雄直隸州。1911 年，始興縣直隸廣東省。1914 年，省縣之間設道，始興縣屬嶺南道。1920 年，屬北江善後公署，北江綏靖公署。中華人民共和國於 1949 年成立之後，1958 年 12 月後，始興、南雄兩縣合併為南雄縣。1960 年 10 月 15 日恢復始興縣建制，屬韶關地區。1983 年 6 月，以市轄縣，始興縣屬韶關市至今。

由此可見，始興縣建置時代頗早，由古至今，一路與今南雄、韶關地區關係密切。尤其是與南雄的關聯更是密不可分。雖然始興縣位居韶關及南雄之間，而韶關至南雄必定途經始興太平、馬市等地，然始興歷史上與南雄的關係勝於韶關，往來頻繁。自雄州建置以來，無論名號如何改變，始興都是與南雄歸屬在同一個行政單位中，而不與韶州同。從雄州至南雄州，一直到清代的南雄直隸州，始興和仁化部分地區總是隸屬其下，構成一共同生活圈。甚而近代兩縣還曾經合併，可見兩縣之間除了地緣相近外，還有歷史上因開發嶺南而產生的緊密關係。詳見第八章。

在陸路運輸不發達的年代，始興這裡有沿湞江河而上至南雄、跨梅關到江西的陸路便道。湞江河發源於南雄北緣的大庾山脈，全長 212 公里。湞江經南雄古錄流入本縣至古坑口入曲江縣境。湞江，在南雄的水量是不足的，河面較窄而水淺，水運較下游困難。自馬市以下的河面寬平均為 180 米，水深一米多，水運則較南雄更為方便，是物資交流的重要古墟。主要民用食品物資大多由馬市墟下船後肩挑輸送到江西。上游南雄的烟葉及農副產品不少經馬市墟上船運往韶關、廣州等地。﹝註2﹞可見始興馬市與南雄往來之頻繁，相互關係緊密，影響也大。本文特意安排始興客家與南雄方言的關係探討，即著意於此。

﹝註 2﹞張熙錦、張祿梅：〈歷史上的馬子坳墟〉，收錄於曾漢祥主編《始興縣的傳統經濟、宗族與宗教文化》（國際客家學會、法國遠東學院海外華人資料研究中心出版，2003 年），頁 99～118。

三、始興縣之行政區劃暨語言使用

　　始興縣轄九個鎮、一個民族鄉：太平鎮、馬市鎮、澄江鎮、頓崗鎮、羅壩鎮、司前鎮、隘子鎮、城南鎮、沈所鎮、深渡水瑤族鄉。共十個鄉鎮。縣治設在太平鎮，當地多稱縣城。

　　自三國吳永安六年（263 年）建縣以來，縣治屢有變遷，宋以前已無據可考。至宋淳熙四年（1177 年），郡守設治於陳坊（今太平鎮），嘉定十年（1208 年）遷於許塘村，元朝元貞元年（1295 年）又遷至陸源（今馬市陸原村），元朝泰定五年（1328 年）復遷返陳坊。由於陳坊位置適中，水陸交通便利，尤其附近小平原，物產豐茂，四鄉及外地商賈雲集，貿易其中，一派太平盛世，故於清順治十六年取名「太平墟」，相沿至今。

　　一般把始興看作是純客住縣，但從微觀上說，始興縣世居的民族有漢族和瑤族，漢族人口約占 98%，他們說的是客家話。雖然瑤族的人口約僅占全縣總人數的 2%，但他們除了能使用自己的語言外（勉語），他們也能說客家話，因此可以說始興縣全境通行客家話。

　　不過，始興客家話內部是有差異的，這主要表現在語音方面。縣城太平鎮，其經濟發展比較快，與外界交流頻繁，人民經常往來於韶關與始興之間。而羅壩、司前、隘子等鎮往往都是處在崇山峻嶺的包圍之中，因交通不便，人們不易與外界交流溝通。是以司前鎮、隘子鎮等都明顯與以太平鎮為中心的「縣城客家話」有所不同；羅壩鎮部份韻攝讀音自成一格，與太平大同小異。但人們基本上不存在語言上的交際障礙。另外，在詞彙方面也有不同程度的差別，而語法方面大體一致。

　　本文在此基礎上，顧及地理分布，選擇了縣城太平鎮、縣境北端接近南雄的馬市鎮、縣境東側的羅壩、以及縣境南方舊稱青化的隘子鎮等地點，作為調查討論的方言代表點。初步的觀察發現，始興客家話內部各有差異，尤其南北之間差別較大，值得就其中緣由深入討論。

第三節　文獻回顧

　　以下討論文獻大分兩個層面，首先是理論應用的回顧，從近代影響力巨大的歷史語言學談起，討論比較法的應用與侷限，進而介紹我們認為更貼近漢語南方方言實際的「裂變－聚變」理論。主要是從方言接觸的角度去認識。

再者則談論漢語方言學研究，從方法和體例養成的傳統到客家方言研究較大的成果。

一、理論回顧

　　傳統的漢語研究是偏向語文學的目的和方法，和印歐語系的研究理路大相逕庭。西方歷史語言學理論、方法的輸入對漢語研究產生了大的衝擊，可以說歷史語言學給中國歷時語言研究給予方法論上的重大轉變。將歷史語言學引進中國並有相當影響的就是瑞典漢學家高本漢（B. Karlgren）。高本漢從《切韻》的反切出發，通過系聯來確定中古漢語的音類，這是傳統小學的方法。隨後根據方言及域外對音來構擬中古音，這是歷史比較法的思路。兩相結合，高氏在重建漢語中古音的方法上是一個進步。歷史比較法的方法論基礎就是從語言的空間差異中去探索語言在時間上的演變序列，弄清語言演變的規律。如此，漢語方言和對譯材料受到重視，而韻書韻圖如《切韻》以及反切等同樣受到重視。高本漢的成就見於《中國音韻學研究》（1948）。

　　高本漢的作法一方面促使利用文獻、韻書反切考訂音類在歷史上的分合，一方面促進了方言調查工作的開展，以便構擬古音音質。高本漢非常重視《切韻》音系的價值，但他的看法有其缺陷，高氏的方言差異只限於現代，《切韻》等書面材料是一時一地的音系代表，沒有方言差異，因而漢語的發展，從上古經中古到現代方言，是前後有直接繼承關係的直線式演變。這種看法帶有歷史比較法的缺陷，認為原始母語中不存在方言差異。這種看法具體體現為「譜系樹理論」（Family Tree Theory）。譜系樹理論認為彼此有關係的語言是由一個古語繁衍分化而來，她將語言的變化視作縱向的遺傳和繁衍。這種模式在解釋分化之後有甚少接觸的印歐語系語言很有效果，然而比較法在印歐語系的典範應用，卻不完全適用於漢藏語系。尤其紛雜的南方漢語，不能做單純的譜系觀之。

　　針對這點，張琨在 70 年代就提出書面文獻本身可能帶有隱含的方言差異，吾人應注意並發掘研究之，因為方言差異自古而然，不能單純將之視為一時一地的音系代表。張琨的理論主要反映在他與夫人張謝蓓蒂合著的《上古漢語的韻母系統和〈切韻〉》（1972）。可以說，高本漢將《切韻》視為同質，而張琨則是異質論的代表。張琨對《切韻》音系性質的認識提示我們看待漢語語音史的

角度和方法，這種精神在近代張光宇〈漢語語音史中的雙線發展〉（2004）得到更清楚的闡釋。近幾十年來南方方言的調查資料顯示，許多方言的特殊語音現象是《切韻》無法解釋的，可見這些「例外」不在《切韻》記錄之中，而有自身的發展。張光宇重申漢語的發展不是像譜系樹理論一般單線式的發展。南方方言的研究有助於了解整個漢語語音史。

　　清楚譜系樹理論的局限，在歷史語言學理論中，我們還是經常應用比較法的，即使她也有自身的限制。〔註3〕特別是在語言的變化中，音變理論的應用，青年語法學派「音變規律無例外」，基本成為我們論述分析的前提。不同於青年語法學派認為音變是連續的、漸變的，王士元〈相競的變化產生剩餘〉（1969）扣住共時系統中的變異，認為語音變化是離散的、突然的，我們稱為「詞彙擴散理論」（Lexical Diffusion Theory）。詞彙擴散讓我們看見語言變化更真實的一面，這種音變方式是更常見的一種。（陳保亞　1999）徐通鏘在《歷史語言學》（1991）中提出的「疊置式音變」讓我們對漢語方言文白異讀的性質有更深的認識。

　　與譜系樹理論不同，將語言的變化看作橫向的水平擴散則是「波傳理論」（Wave Theory）。波傳理論將語言變化比喻為波的擴散，像石子投入水中所引起的漣漪一般，語言變化自投石中心向四周擴散，越接近中心其影響力越大。不過每一項語言變化在空間上影響範圍各自不同。波傳理論看重空間的關係，屬於方言地理學的範疇。自施密特（Schmidt, J. 1872）提出波浪說後，以方言的波浪擴散來解釋方言間的複雜關係，也被應用在漢語研究之中。最為人熟知的便是日本學者橋本萬太郎的《語言地理類型學》（1978／1985）。橋本認為亞洲大陸的語言發展與印歐語完全不同，亞洲大陸的語言應是以某個文明發源地為中心非常緩慢地同化周圍語言而發展的，可稱為「農耕民型」語言。以某個中心向外同化周圍語言，其發展模式就好比波浪擴散。農耕民型語言和波傳理論都假設本來就有各樣不同的語言，後來逐漸被同化為一種語言。這樣的語言發展模式給我們認識方言接觸和語音演變都有莫大的啟

〔註 3〕例如，比較法適用於語言的分化，但漢語方言發展複雜，除了分化尚有融合，還有因擴散、方言接觸等造成的音系疊置等。某些語言特徵若在發展中因各種原因消失，比較法也無法重建。是以布龍菲爾德說歷史比較法「只能帶我們走很有限的一段路程」。布龍菲爾德：《語言論》（北京：商務印書館，1980 年）。

發。項夢冰、曹暉的《漢語方言地理學－入門與實踐》（2005）正是方言地理學的應用，在處理許多方言問題上有特別清楚的脈絡和具體的解答。

另外對譜系樹理論提出修正的是迪克森《語言興衰論》（Dixon 1997）。迪克森提出一個新的關於語言變化的「裂變－聚變」（Punctuated Equilibrium Model）模式。迪克森的理論主要是描寫語言宏觀的發展，所謂聚變，是指多種語言／方言聚集在同一地區，互相接觸，不同的語言特徵聚合互動，相互影響，達到一種穩態平衡的狀態，逐漸形成區域特徵，成爲後世共同的原型。意即語言特徵在區域內擴散，只要在特定區域內互相接觸的語言就會變得越來越相似，最終聚變爲一共同的原型。隨著民族人口的擴張和遷移，穩定的聚變期會被打斷，再進入裂變期。而只有在裂變期，譜系樹理論才能發揮作用。這個理論讓我們認識到譜系樹理論的局限，更啓發我們對區域內方言的互動和融合模式有不同的領會。

二、方言學與客家方言

二十世紀初，漢語方言的調查比較初步的展開了，早期比較艱困的環境下，史語所完成了《湖北方言調查報告》（1948）和《關中方音調查報告》（1954）。這些報告已採用國際音標記音，報告中大體確立聲韻調表、同音字表、單字音表以及方音與古音的比較等的體例，可以說對後來方言調查和著作在內容和體例上有較深的影響。中國科學院語言所編制了《方言調查字表》、《方言調查詞彙手冊》（1955）等，可在短時間內得出方音和中古音的對應，讓調查者能很快對該方言的音系有初步概略的認識，至今仍是方言調查常用的工具。隨著時間和調查工作的開展，方言的描寫研究就有了更深入的了解，影響力較大的是袁家驊等《漢語方言概要》（1960）。此書可謂第一部較全面反映漢語方言概況的著作，分緒論、分論、綜論三大部分共 12 章。其中分論介紹漢語各大方言，兼及共時和歷時的語音介紹，亦包括詞彙和語法，比起較早以前只重視語音的研究更進步。對客家方言梅縣音系的介紹也很詳實，是研究客家方言的重要參考。講到梅縣音系，歷來被視爲客家方言的正宗，談論客家方言通常離不開梅縣音，張光宇〈梅縣音系的性質〉（2008）可說是相當完整且有獨到見解的文章，羅師肇錦〈梅縣話是粵化客語說略〉（2002）則清楚揭示梅縣話在客家方言中的特殊性。

　　近年來漢語方言的研究更加深入和全面，地域性的調查報告提供相對完善的語料，給研究者許多方便，例如詹伯慧、張日昇關於珠江三角洲方言的系列報告。陳昌儀《贛方言概要》（1991），李如龍、張雙慶《客贛方言調查報告》（1992），劉綸鑫《客贛方言比較研究》（1999）等都是早期對客贛方言研究很重要的參考文獻。尤其李如龍在廈門大學培養相當多研究漢語方言的新血，加以其著作等身，其《漢語方言的比較研究》（2001）、《漢語方言學》（2001）等影響力很大，對閩、客、贛方言的研究精深，是我們重要的參考文獻。這個時期漢語方言的研究也從音韻為主，擴及到詞彙、語法、方言辭典的編纂、方言接觸、方言史等方方面面。

　　針對客家方言的研究而言，大陸方面較早有黃雪貞（1983、1985、1987、1988、1989）等一系列的文章，對客家話的分布和內部異同有詳細的介紹。謝永昌《梅縣客家方言志》（1994）針對梅縣客家話加以記錄，羅美珍、鄧曉華的《客家方言》（1995），藍小玲《閩西客家方言》（1999）則是較大範圍的介紹客家方言，尤其是客家方言的音韻特色均描寫的很詳盡。臺灣方面較早從事客家方言研究者，羅師肇錦《瑞金方言》（1989）、《臺灣的客家話》（1990）都是很全面的描寫，尤其對臺灣客家話的研究，介紹臺灣內部眾多客家次方言的差異，進而提出因接觸而產生的「四海話」，給臺灣客家話接觸研究開關蹊徑。古師國順《臺灣客家話記音訓練教材》（1993）則是較早針對臺灣客家話所編纂的教材，長年用力在教材編纂和客語教育方面，貢獻卓著。

　　客家方言研究一直和客家的遷徙脫不了關係，從羅香林《客家研究導論》（1933）開始，關於客家的形成就有眾多的研究成果。其中將方言演變和方言歷史結合討論，而系統論述成一家之言者首推張光宇《閩客方言史稿》（1996）。張光宇從閩客先民的遷徙路線出發，輔以眾多歷史上的語言現象，說明閩客方言的形成。羅師肇錦近年特別強調客家等南方方言與少數民族的關係，從語言的內涵看客家話，當中有許許多多南方成分，其〈客語緣起於南方的語言論證〉（2006）可謂其近年對客家話認識的總結。對於南方漢語，尤其是閩客語，其發生來源和少數民族的關係以及區域特徵的討論，鄧曉華、王士元《中國的語言及方言的分類》（2009）論述甚詳，從語言證據上清楚的說明長時間的聚合必然形成區域的特徵，而語言的聚合正是族群聚合的結果。

漢語方言的分區也是漢語方言研究熱門的問題，例如客、贛方言的關係便是關注的焦點，從音韻特點、詞彙層面分析，從分從合各有道理。是否在方言分區上有較為一致的條件或原則，這方面丁邦新〈漢語方言區分的條件〉（1982）提出建設性的意見，素為重要的參考文獻。羅杰瑞（Norman 1988）提出十項標準將漢語方言分為北中南三區，而其〈What is a Kejia Dialect〉（1989）從音韻層面判別檢驗一個方言是否為客家話，對我們認識客家話有深刻的意義。

第四節　本文研究理路和方法

本文的寫作從認識粵北之客家發端，粵北客家的移民來源對粵北客家話而言，有著根本的作用。從粵北客家話內部的音韻特點來看，往往可以從移民來源找到答案。因此，定調於始興客家話音韻研究時，研究的方法基本上跟著研究的思路同行。以下，在闡述本文研究理路之同時，一併述及研究方法。

本文的內容主要有三個部份：第一是始興客家話之基礎描寫，從粵北客家話的形成、分布開始談起，這部分主要依賴相關文獻的報導，還有部分個人至粵北調查所得。接著是始興客家話音系的描寫，經基礎調查後，選擇四個方言點呈現始興客家話的基本面貌。這部份使用的方法首先是田野調查法，始興客家話的語料是筆者親自到始興訪問調查所得。調查所得的分析和描寫則是採中國傳統的音系理論方式操作。中國傳統的音韻學在沒有音標的情況下，以聲母、韻母、聲調為基本音系單位，根據「開合口、等、陰陽」等概念說明音類的組合關係和聚合關係，這種認知顯現音系研究已有很高的水平。上個世紀以來，又從西方音位學理論中吸收許多方法，成就中國音系研究獨特的方法理路。（陳保亞 1999）

這種方法重視音節的價值，在漢語方言裡，音節是最現實的單位。這又牽涉到漢語基本上是一個漢字一個音節的問題，於是我們調查用《方言調查字表》，從字的調查下手，雖然有人批評這種方法所得並不接近口語實際，但經過漢語方言和音韻學者的長期實證，我們知道《字表》等於架好網絡，只要因時制宜、適當調整，就可以有效率的獲得所調查方言的語音系統。並且，漢語的

基本音系確實存在於穩定的單字音中，[註4] 傳統字本位的調查和音系描寫確實可行，我們也以此作爲描寫始興客家話音系的基礎。

第二個部份是始興客家話語音特點的研究，這部分主要呈現在論文第四章和第五章中。第四章透過聲母、韻母、聲調等方面來說明始興客家話的特點，主要聚焦於始興客家話歷時的差異；第五章則分述始興客家話南北差異，以及和閩西祖地、粵北和其他客家話比較，著重共時的比較。第五章點出始興客家話南北差異，使我們向移民源頭追尋，探求閩西客家帶給始興客家的源與變。同時，我們也重點比較始興客家與粵北客家話。這部分自然運用了比較法。

我們在這個部份的討論其實得出了一個重要的現象，始興客家話的南北差異明確，南部方言與相鄰近的粵北翁源、曲江、韶關等地客家話相近，並與閩西上杭等客家話有著高度相關，這從移民史實可得到解釋。而北部方言恰是相反，不同於閩西祖地的語言特徵，只好向外尋求解答。這會是第三個部份所做的討論。

第三個部份是由始興客家話的討論所得向外延伸的問題探討。包含第六章到第九章。第六章從始興客家話的入聲韻尾和聲調歸併談起，從始興客家話入聲韻尾變化的速率和方向看其他客家方言的發展，已初步看到南雄方言在類型上的複雜遠大於其他粵北客家話。而從始興客家話聲調歸併的走向進行比較，亦可發現始興南部方言源自閩西客家之事實。最後藉歷史語言學「鏈移」的概念，論證始興客家話發生過的聲調推鏈。

第七章從始興客家話來母的異讀出發，討論客家方言聲母系統出現過清邊音[ɬ-]，並且藉由此清邊音聲母發生了諸多音變。這章的討論借重許多歷史語言學的方法和觀念。例如推導出早期客家話具有清邊音聲母，就利用了聲母系統的不對稱，藉「空格」理論推導而得。歷史比較法能根據既存的語音差異去重建原始形式或探索音變，而空格理論卻能從系統中的不對稱去探究語音的演變。這種方法論的基礎是內部擬測法，本質上是結構主義的內涵。因爲語言結構具系統性，語音分布應是整齊、對稱的，所以不對稱的系統空格，往往暗示了更早的語音存在。再者，利用清邊音而發生的音變是詞彙擴

〔註4〕當然可能出現錯誤，即調查所得近於書面語或者受普通話影響的語音，然這通常是調查者調查手法有誤，並非方法本身的問題。

散式的，中間容易發生「中斷」的現象，而造成現今看來的異讀，這裡也應用了音變中斷的概念。

第八章討論始興客家方言與南雄方言的關係。此章延續第二部份的問題：始興北部方言與粵北、閩西客家諸多的差異所爲何來？從周邊方言尋求，我們發現南雄方言當是影響始興北部方言的主要力量。我們先討論了南雄和始興在歷史上的緊密關係，自嶺南開發以來，南雄首當其衝，始興緊跟在後，兩地一直是緊密相連的，而以南雄之地理位置之要，對始興具影響力亦屬必然。因此我們認爲是南雄方言對始興方言產生滲透影響，而非相反。這個道理其實從兩地的語言格局也可做相同的判斷，「假定在一片土地上使用著一群親屬方言或語言，假定在這片地方的一個小的地區裡，人們的言語從這個村到那個村有相當明顯的差別，而在其餘的大部分地區則有較大的一致性。根據這些情況我們就能推斷：廣大一致地區大部分是不久前才受到上述方言或語言的入侵，或許通過移民，或許通過擴散，究竟是什麼不能確定。」〔註5〕我們可以借用上述說明，南雄方言內部複雜，而始興方言放進周遭鄰近同樣來自閩西的客家話中宏觀來看，具有較大的一致性，且大於始興北部及其相連的南雄方言。可見南雄方言較始興客家話早存在這個區域內，始興北部與南部的差異來自於接觸。

接著討論南雄方言與贛南「老客家話」〔註6〕的關係，我們認爲南雄方言內部的紛雜，起因於不同時期的移民對區域內語言的衝擊，最早有贛南的移民，後有閩西的移民，不同時期的移民浪潮，使區域內不同地區分別不同程度地吸收移民方言，形成不同的影響。這部份就接受迪克森所倡導的「裂變－聚變」理論，應用說明南雄方言的形成，以及對始興方言的影響。這一章說明了始興方言的變化是屬於擴散波式的接觸影響。

第九章則基於我們對南雄和始興方言的了解，輔以粵北地區其他客家話的語言現象，重新對粵北客家方言之分區進行再認識。這部份的思路是重視移民史的價值，我們發現各地的語音特徵大致可以與移民來源地的語言相合，顯示

〔註5〕霍凱特著，索振羽、葉蜚聲譯：《現代語言學教程》（北京：北京大學出版社，1987年）。

〔註6〕老客家話指在贛南發展起來的早期客家話，是相對於現在一般認知的客家話而言，詳細內容見正文中的討論。

粵北多數客家話仍不脫移民祖地之特徵，在分區上可分別與之掛鉤。而眞正可以突出於粵北，堪稱粵北片客家話者，恐是上述較早存在於粵北的南雄方言及其相類者，例如始興北部方言。方法上，不單是從音韻特徵來給粵北客家話做分類，而是融合移民史的考察，結合移民地方言的比對而分區。魯國堯提倡研究漢語史的最佳方法之一是將「歷史文獻考證法」與「歷史比較法」相結合，構成所謂「二重證據法」。〔註7〕我們由此獲得啓發，分區問題不管範圍大小，是區分大方言或小方言，運用音韻特徵來操作，都難免有顧此失彼的缺憾。即使增加詞彙的、語法的條件也未必能圓滿。我們以音韻特徵爲經，輔以移民史實爲緯，重新檢討粵北客家方言的分區，這樣的看法就不同於以往的認知。

〔註7〕見魯國堯：〈論「歷史文獻考證法」與「歷史比較法」的結合—兼議漢語研究中的「犬馬鬼魅法則」〉，《古漢語研究》第 1 期（2003 年）。

第二章 粵北客家方言的形成、
分佈和研究現況

　　客家民系沒有以特定省分為主要居地，已是眾所周知的狀況。除了福建西南部、江西南部、廣東東北部等地區外，粵北亦是客家方言相對集中的區域，並與前述地區相連。在這橫跨閩、粵、贛山區的廣袤區域中，粵北多數客家來自閩西，部分來自粵東，尤其粵北東部、中部，居民以源自閩西南地區為大宗，這些有大量的族譜可資證明。始興客家話就主要來自閩西的上杭地區。粵北說土話的居民，現在多被認為可劃歸客家，特別是南雄、仁化地區，這些接近贛南的縣份，其土話與贛南「本地話」十分相近，關係密切。目前學術界有稱這種「本地話」為「老客家話」，乃早期移民所帶來，相對於新客家話（即一般認知的客家話）而言，粵北南雄、仁化的方言，很可能是老客家話在粵北地區的延伸。（項夢冰、曹暉 2005，莊初昇 2004，張雙慶、萬波 1996）本章先對粵北客家方言的形成作一說明，再詳細介紹粵北地區客家方言之分佈和研究現況。先行了解粵北客家方言的來歷，對後續討論始興客家話有莫大的助益。

第一節　粵北客家方言的形成

一、客家方言的形成

　　粵北的地理位置頗為特殊，地處粵、贛、湘、桂四省交界，自古即為嶺南

通往中原地區必經之地。尤其唐開元間張九齡開通大庾嶺路，溝通長江和珠江水系，使得韶州、南雄州成為粵北最重要的交通樞紐。也因如此，粵北在宋以前一直是嶺南人口最為密集之地。北宋末年，金人大舉入侵，粵北容納了許多難民，也促使粵北人口的成長。

南宋末年，元軍越大庾嶺大舉南侵，粵北居民大肆逃離，播遷至珠江三角洲地區。據黃慈博《珠璣巷民族南遷記》，僅南雄珠璣巷一帶，就有 73 姓 164 族遷移至珠江三角洲。〔註1〕相信因戰亂而南遷的居民應不限於珠璣巷一帶。吳松弟（1997：175～176）就指出：「宋代廣東人口地理發生較大變化。北宋時，人口密度以靠近嶺北的韶州最高，連州第二，廣州、新州和潮州次之。元世祖至元二十七年間（案：1290 年），廣州路和新州最高，潮州路次之。」可見廣州的人口增加肇因於宋末的移民。

這個現象告訴我們一個訊息：宋末元初粵北的人口大幅滑落，而廣州一帶因北方南來移民而人口激增。由此，我們可以發現：

1、粵北此時尚未有客家民系形成。人口的遷徙明顯表示宋末時粵北的人口多向珠三角播遷，客觀環境不容許客家民系的形成。

2、宋末大批經珠璣巷南移的人口，可能就是促使現代粵方言（指珠三角、粵西一帶的粵語）成形的原因。眾所周知，粵方言有古百越語的成分，而宋末大量南遷的中原漢人，就是使得現在以廣州話為代表之粵語，何以與《廣韻》音系如此相近的原因。〔註2〕

據莊初昇（1999）的研究，因為宋末明初粵北遭逢兵燹，人口大減，至明初仍然不振，使得粵北各地官員不得不招徠外省居民入籍墾荒，而入籍墾荒的以贛南、閩西人為主力。他引用了明成化年間桑悅的《重修嶺路記》、清光緒二

〔註1〕轉引自莊初昇：〈粵北客家方言的分佈和形成〉，《韶關大學學報》1999 年第 1 期，頁 10。

〔註2〕劉鎮發的研究認為：現代粵語（指珠江三角洲、西江流域、廣東西部一帶，可互相通話的方言）形成和發展的推理上，不能忽視人口流動、語言選擇、語言轉移等社會語言學的因素。並非所有方言都是傳承的，沒有中斷的，反而是多樣的交替。他從人口遷移、族譜等資料以及語言證據推定，現代粵語源於宋末移民，因此，古代珠江三角洲一帶的古楚語、古百越語儘管有部分語言現象留存，但與現代粵語沒有連貫關係。劉鎮發：〈現代粵語源於宋代移民說〉，《第七屆國際粵方言研討會論文集》（北京：《方言》增刊，商務印書館，2000 年），頁 76～83。

年（1876 年）重修的《韶州府志》以及宣統年間（1909～1911 年）梁朝俊等編
著的《曲江鄉土志》，說明成化年間（1465～1487）是閩、贛居民入籍粵北各地
的高峰期。莊初昇（1999）又清楚指出，根據《明實錄》，明代初年閩西各地飢
荒頻傳，各地發生的飢荒就有四起。因此，粵北急需人力開墾，是閩西客家遷
入的外因，而明代初年閩西頻繁發生的飢荒，正是當地客家遷往粵北的內因。

　　我們認同且肯定莊初昇的考證，根據人口理論，遷移是人民對環境中經濟
社會與人口力量的一種反應。博格的人口推拉理論（Push-Pull Theory）強調遷
移的情境取向，考慮了人口遷移發生的所有環境與移動者特徵。「推」的因素包
括資本減少、歧視、疏離感、天然災害等；「拉」的因素包括良好就業機會、較
高待遇、教育或訓練機會、較好的生活環境等。[註3] 莊初昇（1999）的考證正
是符合這些條件，尤其我們知道，「人口遷移仍以『經濟』因素最為重要，人們
為了改善物質生活，或者說根本為了求生存，而遷移的情況不勝枚舉。人口遷
移的數量隨著經濟情況的變動而變動，當經濟景氣良好，促使某地產業蓬勃發
展，人口就大量從發展慢的地方向發展快的地方移動。」[註4] 經濟因素恰是閩
西客家人往粵北遷徙的根本原因。

　　明以後遷入粵北的，福建人應多於江西人，而福建人又以閩西上杭為多數。
除了上述莊初昇的考證外，還有許多方志、族譜可資證明。以曲江縣為例，據
《曲江縣志》第五章〈方言〉，今曲江客家話人口大部分稱祖先來自福建閩西，
能說的具體一點的則稱來自上杭縣瓦子街或福建瓦子街。

> 遷徙年代一般早者始於宋，晚者止於明末清初，其中以元末明初遷
> 入者為多。有直接從福建遷來者，亦有經今江西湖南兩省或粵東、
> 粵北各縣輾轉遷來。對於一些自稱祖先於清代從粵東、粵北各縣遷
> 來的客家村民，再追究其淵源，仍然會與福建發生淵源關係。據調
> 查，馬壩鎮新村、陽崗、鞍山、潭溪，樂村坪、石堡等管理區大部
> 分張姓村民（約 2600 多人）均稱其祖先約於宋末元初從福建上杭縣
> 瓦子街竹園村遷來現居地。楓灣鎮大筝、浪石、步村、楓灣、白水
> 等管理區的劉姓村民（約 1100 多人）；石峰、白洋石、大筝、白水、

〔註 3〕Bogue, D. J.：*Principles of Demography.*（New York：John Wiley. 1969）
〔註 4〕廖正宏：《人口遷移》（台北：三民書局，1985 年），頁 100～104。

步村、浪石等管理區的陳姓居民（約 2200 多人）均稱其祖先約 500
多年前從福建上杭縣瓦子街遷來韶州城附近，後又遷現居地。〔註5〕

《翁源縣志》（1997：863）記載：「翁源各姓大都是宋末明清從贛南、閩西
再轉遷而來的，而多數是從閩西上杭直遷翁源。」除了說出來源閩西外，還直
指祖籍地是上杭。

乳源的記載也有來自閩西的，據朱品端、林俊杰（2005）對乳源朱氏的
考證：「乳源朱氏分兩支，嶺頭朱氏和桂頭朱氏。嶺頭朱氏要比桂頭朱氏早來
300 多年，人口也多得多。……嶺頭朱氏的鼻祖朱榮華是朱熹的第 9 代孫，家
住福建汀州府長汀縣四都高地街，為福建布政官。」

《廣東通志・卷九十三》引清道光《英德縣志》說明明成化年間自福建
遷來客籍居民較多，且以上杭為主：「明初地無居人，至成化年間，居民皆自
閩之上杭來立籍，間有江右入籍者，習尚一本故鄉，與粵俗差異。」

始興客家亦多來自閩西上杭地區。羅香林（1933）引始興《華氏譜鈔》：
「……閩之有華，始於京一郎公，……宋紹興間，宦遊沙縣，因家於連城，……」
又「溯文受華公，宅居江右龍南……實由閩汀杭邑而來，迨雲礽昌熾，國器
金山公伯仲，復遷粵東始興青化鄉。……」

華氏乃始興清化地區四大姓之一。清化四大姓為官、華、張、杜，其中
官姓被稱為始興四大家族之一，建於清道光十三年（1833 年）的滿堂客家大
圍正是官姓所建。華、張二姓在始興縣內也算大姓，此四大姓皆來自福建。
據曾祥委（2005）所云：

> 居民以官、華、張、杜為大姓（案：指清化地區），僅官姓在隘子
> 者已達 6000 人。官、華、張三姓在縣內亦為望族。官姓明正統三
> 年（1438）由福建上杭勝運里遷入，清代已有武進士，民國又有多
> 名少將軍官及縣長；華姓萬曆年間由上杭瓦子街來，民國時出有抗
> 日名將華振中中將；張姓傳為唐開元丞相張九齡之後，但族譜記載
> 是明朝由福建遷入的，民國時出有張發奎上將。三姓在本地都有勢
> 力。〔註6〕

〔註 5〕《曲江縣志》（北京：中華書局，1999 年 12 月），頁 1056～1057。

〔註 6〕曾祥委：《田野視角：客家的文化與民性》（哈爾濱：黑龍江人民出版社，2005 年），

又

據族譜記載，隘子官、杜、張、華四大姓都是明朝初年由閩西遷入
的，其中杜姓和官姓關係最深，他們都來自福建上杭。〔註7〕

　　筆者赴始興調查時，當地人雖未必家家存有族譜，但幾乎人人都說父祖輩
有言，祖先來自閩西，更詳盡的還知道來自上杭，例如北山莫氏。可見一斑。

　　因爲地理因素，閩西客家入粵首先就近於南雄州或韶州落腳，然後才慢
慢遷移至連州和英州。另外，除了閩西、贛南之外，嘉應州和惠州也有客家
人稍晚移入粵北，大概是明末清初時候的事了。例如始興城南新村何氏族譜
記載，何氏先祖曾在閩西、梅州爲官，子孫繁衍，到始興各地發展的主要有
兩支，一支來自福建武平，一支來自廣東興寧。武平與上杭比鄰，語音相近。
興寧地近梅州，當是從閩西播遷粵東後，復來粵北，時代較晚。據民國 38 年
修的《連縣志·卷七》介紹今連州方言：「凡來自本省惠、潮、嘉、南、始及
閩贛邊境各屬者，稱客家話，全邑計之，客家人約佔五成以上。」連州乃至
粵北西部客家屬於較晚的再移民。又如粵北西部的連山壯族瑤族自治縣，大
約有一萬的客家人口。據當地客家最大姓楊姓人家表示，其祖先來自嘉應州
畲坑。又據楊氏族譜，楊姓基連始祖乃自康熙三十四年（1695 年）攜眷遷入。
（陳延河 1994）可見來自梅縣一帶的客家移民，遷入時間較閩西爲晚。

　　經由上述，可見粵北地區的客家是在明代初年從閩西一帶大量移入而逐
漸形成，成化年間是移民的高峰期，爾後漸有嘉應州和惠州客家加入。不論
遷入時間早晚，客家先民大量遷居粵北多在明清時候，且世系多半可考，這
是很重要的。

　　始興客家多來自閩西上杭，然理應不僅止於上杭一縣。誠如上述，我們在
始興調查尚訪問到始興何氏有來自武平的。再者，根據《永定縣志》所載，明
朝成化二十八年（1492 年）析上杭縣溪南、金豐、太平、豐田、勝運，五里十
九團設置永定縣，隸屬汀州，取永久平定之意而命名。可見永定直至成化年間
方才脫離上杭獨立設縣，在閩西客家大量移墾粵北的高峰期間，上杭、永定尚
未分家，所謂上杭當包含今永定。上述始興清化地區官姓來自上杭勝運里便是

頁 20。

〔註 7〕同上，頁 92。

一例，當年的上杭，於今是爲永定。

　　福建的客家話集中在閩西地區，閩西指福建西邊鄰近武夷山的地區。黃雪貞（1987a）稱爲汀州片，汀州爲唐代至清代之行政建制。

　　汀州片包括長汀、永定、上杭、武平、寧化、清流、連城和明溪。其中寧化、清流隸屬三明市，其餘則屬龍巖市管轄。閩西客語區可大分爲長汀話系統和連城話系統，兩大系統基本較難通話。長汀話系統又分東北、西南兩片，武平、上杭、永定同屬西南片。雖然西南片下又分西北區，武平屬之；東南區，上杭、永定屬之，然除了鄰近其他縣份的地方，例如武北靠近長汀；上杭的古田、蛟洋靠近龍巖、連城；永定東北坎市近龍巖、東南下洋近南靖等外，武平、上杭、永定基本音韻特徵相近，西北、東南小區的區分主要在輔音韻尾保留的情況而已，其他差別不大。（《龍巖地區志》1992）

　　武平、上杭、永定均位處於汀江流域，音韻特徵相近，尤其上杭、永定歷史上關係更是緊密，因此本文稱始興客家的閩西祖地實指此三縣，爲文論述也以此三縣進行比較爲主。又此三縣在閩西地區之西南，有時亦稱閩西南地區，名異實同。

二、老客家話的發展

　　上面提過，老客家話與新客家話對舉，所謂老客家話乃早期移民所帶來，比起一般認識的客家話（即新客家話）在明初由閩西一帶遷來還要更早。最早使用「老客家話」的概念乃爲了說明以惠州話爲主的廣東東江流域方言。東江流域的本地話最突出的音韻特點就是一般客家方言讀陰平的古濁上口語字，在東江流域本地話中讀陰去。[註8] 惠州話似客似粵早引起諸多爭論，（黃雪貞 1987b，熊正輝 1987，劉叔新 1987，楊烈雄 1989，周日健 1990，劉若云 1991，李新魁 1994，嚴修鴻 2004b，劉鎮發 2004）結合移民歷史和音韻特點考察，惠州話應是客家話的一支。（蔡宏杰、劉勝權 2005）項夢冰、曹暉（2005：162）說：「惠州市流行著客家話和本地話兩種方言。既然本地話也應劃歸客家話，那麼就需要用不同的名稱來區分它們：一種是老客家話（本地話），一種是新客家話（客家話）。新客家話指由晚近移民帶到惠州的客家

[註 8] 東江流域惠州、河源、龍川等都屬於古濁上白讀層今讀陰去的方言。

話，粵化的程度相對較低；老客家話則指由早期客家移民帶到惠州的客家話，已嚴重粵化。」老客家話的概念可援引至粵北使用。

粵北土話群比較複雜，過去認為係屬未明，被稱作「韶州土話」（《中國語言地圖集》1987），近來則稱作「粵北土話」，以其位居粵北地方為得名。（莊初昇2004）目前所知的粵北土話比較集中在韶關市轄區的中北部和東北部，也比較靠近始興，因此我們將焦點集中在這個地區。這個地區古稱雄州（後稱南雄州）和韶州，莊初昇（2004）的研究，就將此地粵北土話區分為「雄州片」和「韶州片」。

雄州片和韶州片可分別以南雄城關和韶州本城話為代表，各有特色。南雄城關話最為突出的兩個特點是：古全濁聲母今讀塞音、塞擦音不送氣；古濁上的白讀層今讀陽平。這兩個特點與新客家話截然不同。雄州片南雄烏逕話，張雙慶、萬波（1996）經過比較認為可歸屬客家方言。仁化長江話也被認為可劃入客家方言。（李冬香 2000）富有特色的南雄珠璣話很早就被認定可歸屬客家方言，（林立芳、莊初昇1995），是以莊初昇（2004）研究的結果將雄州片，包括城關話，列入客家方言。

韶關本城話目前剩少數老年人使用，黃家教、崔榮昌（1983）認為老派口音接近客家話，新派口音則近於粵方言。雄州片和韶州片土話在聲調上有比較突出的兩個特點：一是古濁上口語字基本不讀陰平，這點與一般客家方言（新客家話）不同。其中又可分作三大類，其一獨立為陽上調，是較原始的類型，如曲江梅村、乳源桂頭；其二是讀作陽平，只有南雄城關如此；其三讀作陰去，此類方言點較多，諸如南雄烏逕、曲江白沙、周田、武江上窰、北江臘石等，這類型與贛南大庾、上述東江流域的本地話等相同。至於樂昌長來、北鄉等讀作去聲是後續演變。另外則是通常有陰去和陽去兩個去聲調，包括陽去後來歸併到他調的，例如湞江石陂、仁化石塘陽去後來併入陰平，看似一個去聲，實際上保有陰、陽去的底層。詳細情形可參見莊初昇（2004、2008）。根據上述迥異於一般客家話的聲調特色，我們認為雄州片、韶州片土話應來源於兩宋以來江西中北部的方言，是相對於一般客家話的「老客家話」在粵北地區的延伸。比起來自閩西的客家話，它們顯然較早進入粵北地區。這些「老客家話」長期在粵北地區發展融合，陸續受到客家方言、粵方言、

西南官話等的影響，形成現今十分複雜的格局。這些「老客家話」也對後來的新客家話造成若干影響，例如本文所研究始興北部方言，因為地緣關係，與南雄方言接觸較深，故頗受南雄方言影響，與始興南部方言在音韻上特點上有諸多不同。

第二節　粵北客家方言的分佈

粵北地區客家方言的分佈與其形成的歷史有關係，粵北的東面基本上與贛南、閩西和粵東北相連，粵北客家主要來自閩西和嘉應州一帶，故東半部韶關市轄區因地緣因素以客家為多，所佔比例相當高。至於韶關、曲江、樂昌、仁化等縣，目前縣城區有不少講粵方言的人口，尤其是韶關市區，乃抗戰時期由珠江三角洲一帶遷來的，除了縣城區外，仍以客家方言為大宗。至於粵北西半部的清遠市境內，粵方言居多，客家方言零星分布，比較集中在英德縣內。除了上述漢語方言外，粵北地區尚有為數不少的少數民族，如壯族、苗瑤族等語言，當地的少數民族對內使用族語，對外都會使用當地較通行的語言，而通常是客家方言。

關於粵北客家方言的分佈，莊初昇（1999）根據地方志、前人文獻、同道所提供之資料以及其親身實地調查，已經是相當完整且全面的論述。而莊初昇（2008）又補充了不少新的資料，並依照客家人口數大分純客縣（市區）、超過半數的縣（市區）、未達半數的縣（市區）等三類。該二文極具參考價值，這裡就以此為主，介紹粵北客家方言的分佈情形。

一、純客縣（市區）

南雄、仁化、始興、翁源、曲江和新豐是純客住縣，絕大多數居民使用客家方言。

始興和翁源境內幾乎全為客家，始興除了深渡水瑤族鄉的瑤族對內使用勉語之外，全是漢族客家。始興和翁源全縣均通行客家話，縣城也不說粵方言的白話。

南雄市：湖口、珠璣、梅嶺、鄧坊、水口、南畝、江頭、主田、古市、全安等鄉鎮說客家方言，性質比較明確。其他鄉鎮本被視為土話，莊初昇（2004）

認為可算是內部差異較大的「老客家話」。因此將南雄視為純客縣。

曲江縣：全縣 23 個鎮中，大塘、火山、大橋、靈溪、楓灣、小坑、沙溪、羅坑、江灣、鳳灣、黃坑、大坑口、花坪除個別瑤族村落外，均通行客家方言；馬壩、烏石、樟市、白沙、龍歸、重陽、犁市、周田大部分村落和梅村、白土少數村落使用客家方言。只有部分鄉鎮的個別村落會使用粵方言和閩南話系統的「連灘聲」，數量很少。土話可視為老客家話的一支，且不管說土話或其他方言者，普遍兼通客家話，因此將曲江歸為純客縣。

仁化縣：董塘鎮、石塘鎮及丹霞鎮的部分村落，說一種自稱為「虱婆聲」〔註9〕的土話，縣城近幾十年來逐漸通行粵方言，但居民基本上兼通客家話。縣境西部的紅山鎮及董塘、石塘的大部分村莊，丹霞鎮的部分村莊所說的客家方言性質比較明確；東部的長江、扶溪、聞韶等鄉鎮的方言被《中國語言地圖集》劃歸為土話，現在也可視之為客家方言的一類，正好與南雄境內的客家話相連成片。

新豐縣：大部分鄉鎮說客家話，東部的馬頭、石角和大席三鎮的「水源話」源自贛南，也可視為客家話（周日健 1990）。

上述六個縣市，若將南雄、仁化說土話的人口剔除不算，則其使用一般認知的客家話的人口不及半數。

二、超過半數的縣（市區）

乳源瑤族自治縣：除了必背、游溪、東坪、和柳坑的瑤族講瑤話，桂頭、楊溪的部分村落使用「連灘聲」（閩南話），桂頭的部分村落講粵北土話及粵方言之外（均兼通客家方言），其餘各地均使用客家方言。客家話人口達 85%。

樂昌市：九峰、五山、兩江、大源、秀水、梅花、雲岩、沙坪等鄉鎮的全部，羅家渡、廊田、河南等鄉鎮的大部分及長來、慶雲、白石、坪石、老坪石和三溪等鄉鎮的部分地區使用客家方言。縣城通行粵語的白話，許多兼通客家話，坪石鎮區通行西南官話。客家話人口約佔 80%。

英德市：橫石水、青塘、黃陂、橋頭、大鎮、白沙、魚灣、橫石塘、沙口、下砵、石灰鋪、古牯塘、西牛等鄉鎮，除古牯塘的瑤人講瑤話，其他均使用客

〔註9〕林立芳、莊初昇：〈粵北地區漢語方言概況〉，《方言》2000 年第 2 期，頁 128。

家方言。附城、張陂、水邊等鄉鎮以講客家話為主，部份村莊講粵語；大灣、沙壩、波羅、洽洸、連江口等地講客家方言、粵語各佔一半；望埠、青坑、大洞、九龍、明逕、岩背、黎溪等鄉鎮少數人講客家話。政府所在地英城鎮通行粵語，許多兼通客家。客家話人口佔 80%。

滇江、北江、武江區：市區均通行粵方言，但客家人眾多。郊區除少數閩南方言島，大部分村落都使用客家方言和土話。若將土話同樣視為老客家話，則客家話人口約 60%。

三、未達半數的縣（市區）

連南瑤族自治縣：本縣約半數瑤族人口，漢人居住區中，除三江、寨崗和金坑的部分村莊說粵語系的「四會話」，三江的兩個村莊（聯紅、石蛤塘）使用連州片土話外，其餘多是客家。客家話人口佔 45%。

清城區：城區通行粵語，也有許多人兼通客家方言，郊區附城、源潭、龍塘、銀盞林場的大部分，高橋、石角的少數村莊說客家方言。客家話人口 40%。

陽山縣：黎埠、鳳埠、龍埠、太平等鄉鎮的全部（約 7 萬人）以及七拱、新圩、大崀的部分村莊，江英、高峰、犁頭、嶺背、小江、紅蓮、杜步、太平、水口、青蓮、楊梅、秤架、黃坌等的少數村莊說客家方言。客家話人口約 30%。

佛岡市：北部的高崗、煙嶺和逕頭通行客家方言，屬於純客鎮；四九鎮講粵語，其他各鎮兩種方言並用，以說粵語者居多。整體客家話人口約 25%。

連州市：九陂、龍潭、朝天等鄉鎮的大部分村落及連州、附城、龍坪、西江、保安、清水、東陂、瑤安、高山的一部份村落使用客家方言。客家話人口約佔 15%。

清新縣：太和、白灣、回瀾、山塘等鄉鎮屬粵方言區，其餘鄉鎮都有一些客家方言村落，其中，秦皇、魚壩、高田、筆架林場等鄉鎮的客家方言村落較多。江口、昇平、太平、三坑、石馬、南沖、珠坑、龍頸、石坎、禾雲、沙河、石潭、桃源、白灣等鎮的少數村莊說客家方言。客家話人口約 10%。

連山壯族瑤族自治縣：南部的小三江、上帥、加田、福塘和永豐等鄉鎮的 35 個自然村約一萬人講客家話。佔全縣人口約 10%。

第三節　粵北客家方言的研究現況

本節主要介紹粵北地區之客家方言相關研究文獻，著重於音韻方面的研究介紹。

一、現今關於粵北客家方言的研究文獻

進入 20 世紀 80 年代，漢語方言學的研究方興未艾，客家方言的研究亦然。不斷有新血投入學術研究的行列，相關的著作或文章爲數可觀。在此僅就粵北地區客家方言相關研究做一介紹。

總體說來，粵北地區的研究比起其他客家方言區，都算是較少的，值得加以開發。1、林立芳和莊初昇的〈粵北地區漢語方言概況〉（《方言》2000 年第 2 期）介紹了粵北地區漢語方言的地理分佈、歷史來源和歷史面貌。2、他們二人的〈粵北地區漢語方言調查研究概況〉（《韶關學院學報》社科版，2002 年第 23 卷第 2 期）談到古籍中對粵北地區漢語方言的零星記載，以及現代方言學者所從事的調查研究及所取得的研究成果。二文內容詳盡，涵蓋面廣及粵北各方言，包括客、粵、閩、官話及土話，值得研究粵北方言者參考，亦是本文重要參考文獻。

目前研究粵北客家方言的專著還不多，僅 3、周日健《新豐方言志》（廣東人民出版社，1990 年）及 4、林立芳、莊初昇《南雄珠璣方言志》（暨南大學出版社，1995 年）。周書是一部新豐客家方言的詳盡的研究報告，有縣城和水源兩種口音的材料。清康熙《長寧縣志》（今新豐縣）云：「方言有二，一水源音、一客家音。相傳建邑時人自福建來此者爲客家，自江右來者爲水源。」來自江右指從江西未經閩西中轉而直接南下的移民，這些移民帶來早期客家話，即老客家話，給我們很大的啟發。林、莊書則透過語料，論證珠璣方言屬於客家方言。珠璣地處南雄，南雄方言複雜，珠璣方言有許多音韻特徵如同客家話，例如古全濁聲母今讀塞音、塞擦音一律送氣，古濁上字白讀層基本今讀陰平等，但也有不少特殊的音韻現象不同於一般客家話，例如只有一個入聲調。本文稍後會論證南雄多樣而紛雜的方言對鄰近始興客家所造成的諸多影響。珠璣方言的材料對本文的引證論述等皆有很大的幫助。另外，李如龍、張雙慶主編的《客贛方言調查報告》（廈門大學出版社，1992 年），涉及翁源、連南兩個粵北客家方言點，提供了比較完整的語音、詞彙等材料，

提供本文相當重要的語料來源。該書所錄其他各點也是本文參照比較之主要參考。

有關於粵北地區客家方言的論文主要依時間排序如下：

5、周日健〈廣東新豐客家方言記略〉（《方言》1992 年第 1 期）。

對新豐客家話的音系有初步的介紹，並整理有單字音表、詞彙及語法例句，是很有參考價值的文章。

6、林立芳〈馬壩客家方言同音字匯〉（《韶關大學學報》1992 年第 1 期〔註10〕）。

7、林立芳〈馬壩方言詞匯〉（《韶關大學學報》1994 年第 1 期）。

上面兩篇文章介紹了曲江馬壩客家話的音系，整理出同音字匯及詞匯，雖然在標音方面稍嫌混亂，然而仍是本文參考的重要語料。

8、陳延河〈廣東連山小三江客家話記略〉（《客家縱橫——首屆客家方言學術研討會專集》1994 年）。

本文對連山地區客家方言的分佈做了介紹，並對小三江客家話之音系及語音特點加以清楚描寫，附有單字音表。是目前唯一描寫連山客家話的材料。

9、吉川雅之〈粵北粵語和粵北客家話一些共同特徵〉（第五屆粵方言研討會論文〔註11〕，1995 年）。

未刊稿。

10、林立芳、莊初昇〈南雄珠璣方言與珠江三角洲諸方言的關係〉（《韶關大學學報》1996 年第 1 期）。

11、林立芳、莊初昇〈如何看待珠璣方言與粵方言的關係〉（《韶關大學學報》1997 年第 1 期）。

上面兩篇文章比較了珠璣方言與珠江三角洲方言，說明了其中差異。也提到了珠璣南遷的移民，並非全然是今粵方言的先民，而包含客家與閩語的

〔註10〕 林立芳在〈馬壩方言詞匯〉一文載錄：「馬壩方言語音系統請參看拙作〈馬壩方言同音字匯〉（《韶關大學學報》1993 年第 1 期）。」然經筆者透過就讀韶關學院的友人實地查找，本文全名為〈馬壩客家方言同音字匯〉，而刊登卷期應為 1992 年第 1 期。或因林先生的誤錄，爾後他人的記載均同於林先生，皆誤。

〔註11〕 該文於第五屆粵方言研討會上宣讀，然未收入 1997 年正式出版之論文集，筆者尚未能一窺究竟，殊為憾事。

後裔。證明客、粵曾有過共同的遷移歷史。

12、周日健、馮國強〈曲江馬壩（葉屋）客家話語音特點〉（《客家方言研究——第二屆客方言研討會論文集》1998 年）。

本文重點描寫了曲江馬壩客家話，討論了不少語音特點，也是本文曲江客家話重要參考材料。可補充前述林立芳（1992、1994）的語料，雖兩者所記馬壩客家話的音韻系統有若干不同，但無傷其價值，唯論文集礙於篇幅，未收原有的同音字匯一節，殊為可惜。

13、莊初昇〈粵北客家方言的分佈和形成〉（《韶關大學學報》1999 年第 1 期）。

本文介紹了粵北客家方言詳細分佈的狀況，並論證了粵北地區客家先民是在明代初年開始由閩西向粵北遷移，成化年間是移民的高峰期。遷徙的主要原因乃粵北地廣人稀，吸引移民入墾，而閩西當時飢荒流行，促使移民外移。

14、胡性初〈英東白沙（池塘村）客家話語音特點〉（《客家方言研究——第四屆客方言研討會論文集》2002 年）。

15、邱前進、林亦〈英德客家方言音系〉（《桂林師範高等專科學校學報》2007 年第 21 卷第 4 期）。

這兩篇文章報導英德客家話，故放在一起介紹。胡文介紹了英德方言分佈的概況，池塘村客家話的語音系統及特點，相當精要。邱、林文所介紹的客家話與胡性初記錄差異不大，同樣介紹了音系和語音特點，然邱、林文錄有同音字匯，可資參考。

16、莊初昇〈粵北客家方言語音概貌〉（《韶關學院學報》2005 年第 5 期）。

該文最早曾宣讀於第六屆客家方言學術研討會（廈門大學，2004 年），論文集後來由李如龍、鄧曉華主編出版（廈門大學出版社，2009 年），前後刊載之內容稍有不同，然相去無幾。本文討論了粵北十個客家方言點，比較說明了粵北地區客家方言的語音概貌，概括其語音特點及分類，極具參考價值，也給本文在討論粵北客家方言之分片問題許多啟發。

另外，上文提出粵北土話與老客家話的密切關係，因此粵北土話亦是不得不提的重要材料。17、莊初昇《粵北土話音韻研究》（中國社會科學出版社，2004 年）是研究粵北土話的論著中，最為重要且精要的著作。該書在作者博士論文的基礎上寫定，至少有如下幾點特色，第一是詳盡調查了粵北各地的

土話，提供了大量土話的材料，尤其大多是此前未曾面世的第一手資料，彌足珍貴；第二是作者審音功力精到，各點共時系統的描寫深入細緻，變音的討論尤然；第三大量引證周邊方言，並考察諸多歷史文獻，可謂出入古今。全書做了深入的分析研究，極有系統，對土話的分片歸屬、特點，甚而本字都有論述考訂。此書是本文討論南雄方言與始興客家關係的重要參考。然本書或礙於篇幅，未能提供比較完整的語音和詞彙對照資料。這個遺憾或可從18、張雙慶主編《樂昌土話研究》（廈門大學出版社，2000 年）；19、《連州土話研究》（廈門大學出版社，2004 年）；20、李冬香、莊初昇《韶關土話調查研究》（暨南大學出版社，2009 年）等得償彌補，它們提供了各地土話的珍貴語料可資利用，不過它們都與莊初昇（2004）寫作的調查工作有關，可視爲系列作品。較特別之處在李冬香討論了韶關土話在社會語言學層面的諸多問題，目前較少相關論著。

　　還有粵北土話經過比較分析，被歸類爲客家方言的，在此一併提及。如：

21、易家樂（Egerod）〈The Nanxiong Dialect〉（《方言》1983 年第 2 期）。

　　本文討論南雄城關話，他認爲南雄城關話白讀層較接近閩方言，而文讀層較接近湘方言。這是第一篇專題討論南雄城關話的文章，不過易家樂的看法比較不被接受。我們認爲南雄城關話雖然古全濁聲母今讀塞音、塞擦音一律不送氣，然其古濁上口語字規律地今讀陽平，有著與客家話相似的演變類型，因此南雄城關話應與老客家話有同源關係，而受到老湘語一類方言的影響。

22、張雙慶、萬波〈南雄（烏逕）方言音系特點〉（《方言》1996 年第 4 期）。

　　該文詳細比較了烏逕音系與粵東、贛南客家話的異同，認爲烏逕話屬於客家方言。

23、李冬香〈粵北仁化縣長江方言的歸屬〉（《語文研究》2000 年第 3 期）。

　　本文透過語音與詞彙的比較，明確認爲長江方言應屬於客家方言。因此，

24、莊初昇、李冬香〈仁化縣長江方言同音字彙〉（《第三屆客家方言研討會論文集》2000 年）也可入列。

25、沙加爾（Laurent Sagart）〈Nanxiong and Hakka〉（《方言》2001 年第 2 期）。

　　沙加爾認爲南雄城關話和客家話出於贛南同源，這種看法給予我們很大的啓發，也反駁了易家樂的論點。南雄城關話和客家話的同源可能是比老客家話

更早期的方言，後來分道揚鑣，南雄城關話才會與客家話在古全濁聲母的今讀、古濁上白讀層今讀的歸併等，有相近的類型而不同表現。

26、陳滔〈南雄城關話音系〉（《客家方言研究——第四屆客方言研討會論文集》2002 年）也認爲南雄城關話屬於客家方言。〔註12〕

除此之外，27、黃家教、崔榮昌〈韶關方言新派老派的主要差異〉（《中國語文》1983 年第 2 期）認爲韶關老派接近客家話，而新派向粵方言靠攏。可見韶關本地方言因韶關位居粵北政經中心，在近年受到粵方言進入的強勢影響下，方言接觸的強弱趨向。

28、劉勝權《粵北客粵方言音韻比較研究》（臺北：東吳大學中國文學研究所碩士論文，2006 年）選擇粵北客粵方言各 3 點，進行初步的音韻分析比較，是目前國內唯一以粵北爲範疇之碩士論文。

29、劉勝權〈粵北客家方言分區問題芻議〉（《客家研究》2007 年第 2 卷第 1 期）在其碩士論文之基礎上，對粵北客家方言的分區進行再認識，提出目前在語料不足的情況之下，進行分區有其困難。根據重要語音特徵，配合移民歷史，遂將粵北客家方言分列爲閩西上杭型、梅縣型以及五華型。本文經過比較討論，增加始興客家話及南雄方言的材料，更加重視南雄方言對始興客家話的影響，同樣考慮到移民歷史，對該文結論提出修正。雖有所修改，然精神、方法大致相同。詳見第九章。

最後，必須一提的是梁猷剛的〈廣東省北部漢語方言的分佈〉（《方言》1985 年第 2 期）一文。這是第一篇針對粵北漢語方言的地域分佈和主要特點有全面討論的論文，是十分重要的參考文獻。不過，林、莊（2000）指出，由於時代的侷限，梁文存在一些偏誤。而林立芳、莊初昇以任職於韶關學院的地利之便，對粵北地區漢語方言的調查研究努力多年，筆者認爲林、莊（2000）一文對了解粵北漢語方言之分佈和分區研究值得採用與參考。

總的來說，上述文獻提供了我們部份地區語料，以供參考。部份文獻例如

〔註12〕南雄城關話的歸屬還有不同意見，在易家樂（1983）和沙加爾（2001）之間尚有其他的討論。如謝自立編寫的《南雄縣志·方言》（廣州：廣東人民出版社，1991年）就認爲城關話自成一體，其歸屬尚待研究。不過近年來認爲南雄各地方言屬於客家方言者漸多，其中以莊初昇主張最力，其《粵北土話音韻研究》（北京：中國社會科學出版社，2004 年 5 月）就把南雄各地方言劃歸客家方言。

莊初昇（2004）關於粵北土話的研究，以及其他有關南雄方言的論述，不論方法或觀點，都對本文的討論有所幫助。

二、始興客家話直接研究文獻

早期始興客家話的記錄並不多見，黃雪貞（1987a、1997）能見到零星的記錄。據黃雪貞所云，始興等諸多粵北客家方言乃鄭張尚芳所調查，然未見刊載。黃氏二文所錄資料非常零星，沒有較全面的語料可一窺始興客家話之一二。目前有關於始興客家話直接研究的文獻僅有《始興縣志・方言》（廣東人民出版社，1997 年）以及潘小紅〈始興縣太平鎮客家話同音字匯〉（《韶關學院學報》2002 年第 23 卷增刊）〔註13〕二文。

《始興縣志》和潘小紅二文都是記錄縣城太平鎮的口音，兩篇文章記錄的音系大同小異。始興縣志方言篇作者不詳，成書年代較早，該文有一較顯著的缺陷是受限於當時的印刷技術，在音標的印刷上不甚清楚。例如其描寫太平話有自成音節的舌尖元音，以[！]表示，令人不明所以。其他還有不少印刷上的錯誤。不過縣志有概略的音系描寫，並將始興客家話內部的異同作一概略介紹，其後還有分類的詞彙表。可以說對太平鎮客家話有一粗略的記錄。

潘小紅的文章對太平鎮的音系說明較詳盡，完全採用國際音標作描寫。文章還有簡單的音系特點說明，最後是同音字匯，所錄頗為詳盡。本文是太平鎮客家話非常值得參考的文獻。不過潘文與縣志差異不大，並且記錄偏向新派，仍然值得討論。從潘文可見太平客家話有一特點，即隨著詞彙不同，語音亦不定，常可見一字多音的情況。例如：（括號中頁數係指潘文而言）

ma^{53}	嫲雞～		$tsau^{11}$	沼～氣	
ma^{31}	嫲牛～	（頁 135）	$tsau^{31}$	沼～澤地	（頁 136）

k^hau^{31}	烤燒～		$k\varepsilon^{11}$	規～矩	
k^hau^{33}	烤～煙	（頁 137）	$k^h\varepsilon^{11}$	規～劃	（頁 137）

$ts\gamma^{11}$	技～術	（頁 138）	$ts^h\mathrm{o}^{11}$	座～號（也作 $ts^h\mathrm{o}^{33}$）	
$ts^h\gamma^{33}$	技雜～	（頁 139）	$ts^h\mathrm{o}^{33}$	座～號（也作 $ts^h\mathrm{o}^{11}$）	（頁 139）

〔註13〕《韶關學院學報》第 23 卷增刊在臺灣流通不廣，蒐羅不易。利用網路資源亦難獲得，感謝莊初昇教授代為尋找、複印並惠贈。

　　類型之多，不勝枚舉。以上例證皆已排除變調的可能。本文調查過程中，也有感於發音人在部分字音拿捏不定的情形，較之其他地點嚴重。上述乃列舉一字多音之類型，實際上此字音不定的情況大多發生在陽平與上聲之間，設想應是陽平（53）與上聲（31）調值較相近的緣故。將潘文仔細檢索，也發現該文字音不定的情形以兩讀於陽平和上聲者為最多。至於其他類型，與本文調查出入頗多。

　　總結《始興縣志》（1997）以及潘小紅（2002），其所記皆為縣城太平口音，對始興其他地點的記錄至今闕如，而始興客家話內部仍有地域差異，縣城不能代表始興全貌。

第三章　始興客家話音韻系統

　　始興縣之方言概況已見上述，本章則描寫客家話代表方言點之語音系統，包括文白異讀以及連讀變調。筆者於 2009 年一月底至二月中旬，以及當年七月兩度前往始興當地調查。經過初步的詢問當地人及簡單的調查後，大致了解始興客家話各地的情況：南北差異較大。南部山區當地稱爲「清化」，內部一致性高。北部地方廣，內部偏東山區以及接近南雄的北邊山區，都和縣城平原地區還有一些差異。筆者藉此選定幾個代表地點，本文調查的方言點以及描寫順序分別是：太平鎮、馬市鎮、羅壩鎮、隘子鎮。

　　以下臚列發音人的簡要資料：

方言點	姓　名	性別	年紀	教育程度	職　業	他語能力
太平	蕭慶林	男	74	大專	退休公務員	普通話、白話可
太平	莫嬋芬	女	30	初中	服務業	普通話、白話能聽
馬市	龔序階	男	75	初中	退休教師	普通話、白話略懂
馬市	朱順優	女	46	初中	服務業	普通話
羅壩	曾愛斌	男	40	大專	教師	普通話、白話可
羅壩	曾漸文	男	46	大專	教師	普通話、白話略通
隘子	張冠軍	男	69	大專	退休教師	普通話
隘子	張祥源	男	62	大專	退休教師	普通話、白話略懂

　　每個方言點有兩個發音人，而前者爲主要發音人。各點內部相當一致，

太平、馬市、隘子均以年長者爲第一發音人，口音純正，他語能力普通。太平、馬市的第二發音人年紀較輕，因第一發音人狀況好，刻意請年輕的第二發音人補充，發現一致性很高，惟有年輕的第二發音人其[-t]韻尾弱化較明顯，偏向喉塞音尾。本文語料以第一發音人爲主，代表較老派的發音。羅壩發音人較難找，選擇時間較能配合且「識字」能力好的兩位教師，因屬中壯年紀，正可觀察年輕一派的狀況。至於其他曾在調查過程中，短暫協助過調查工作的熱心人士，就不在此一一列名。

第一節　太平客家話之語音系統

一、聲　母

太平客家話在含零聲母的形況下，聲母總數 21 個。如下表所示：

發音方法 發音部位	塞音		塞擦音		鼻音	擦音		邊音
	不送氣	送氣	不送氣	送氣	濁	清	濁	濁
	清		清					
雙唇	p 玻	pʰ 爬			m 墓			
唇齒						f 恢	v 委	
舌尖前			ts 糟	tsʰ 湊		s 滲		
舌尖	t 笠	tʰ 炭			n 拈			l 客
舌面前			tɕ 漿	tɕʰ 擎	ɲ 玉	ɕ 乘		
舌根	k 江	kʰ 開			ŋ 藕			
喉	∅ 銳					h 豪		

說明：

1、v 聲母實際的摩擦比較輕微，近於 ʋ。

2、有兩套滋絲音 ts、tsʰ、s 和 tɕ、tɕʰ、ɕ 聲母。

3、舌面前的 tɕ、tɕʰ、ɲ、ɕ 只與細音相拼。

4、n、l 基本有別。

二、韻　母

太平客家話的韻母，包含成音節鼻音在內，共有 47 個。底下分別依陰聲韻、

陽聲韻、入聲韻、成音節鼻音等介紹之。

陰聲韻：17

	無韻尾				有韻尾			
開口	ɿ 徐	a 他	o 錯	e 貝		ai 蔡	oi 灰	au 無	eu 猴
齊齒	i 題	ia 惹	io 瘸	ie 蟻	iu 牛	iue 銳	iau 曉
合口	u 補			ue 廬			

陽聲韻：14

	舌尖鼻音韻尾			舌根鼻音韻尾		
開口		an 餐	on 酸	en 痕	aŋ 羹	oŋ 網
齊齒	in 林		ion 縣	ien 劍	iun 潤	iaŋ 病	ioŋ 箱	iuŋ 窮
合口				un 聞		uŋ 總

入聲韻：15

	舌尖塞音韻尾				舌根塞音韻尾		
開口	iʔ 輯	at 臘	ot 合	et 或	ak 嚇	ok 薄
齊齒	it 汁		iot 薛	iet 歇	iut 橘	iak 笛	iok 腳	iuk 菊
合口				ut 術		uk 六

成音節鼻音：1

m　吳五女魚

說明：

1、ue 和 iue 韻的韻尾實際上接近 ɪ，但是不到 i，時程較短。一般客家話讀作 ui。本文記作 ue。是以，太平音系基本上仍有-u-介音。

2、an、un、on、ion 等韻略帶鼻音，似鼻化韻。潘小紅（2004：133）記作 aⁱn、ɔⁱn、iɔⁱn。相對的入聲韻亦然。

3、無撮口呼，然 iun 和 iut 韻略帶圓脣特徵。

4、鼻音韻尾沒有-m，原來的-m 韻尾大多變成-n 韻尾。

5、塞音韻尾沒有-p 韻尾，原來的-p 韻尾大多變成了-t 韻尾。

6、舌尖塞音-t 韻尾部分弱化，it 韻在前接零聲母情況下，容易弱化爲喉塞音。較年輕的第二發音人，其-t 韻尾弱化較明顯，分布較廣。

三、聲　調

	陰平	上聲	去聲	陰入	陽平	陽入
調號	1	2	3	4	5	8
調值	11	31	44	45	53	32
例字	精吞鯉	暑馬禮	放待彙	逼決虐	霞弘誠	鶴籍熟

說明：

1、陰平調值時而接近低升的 13。潘小紅（2004：133）記載：「陰平 11 有時是 112。」筆者調查發現升勢不穩定，本文仍記作 11。

2、陰入聲的調值，在喉塞音尾的情況下，升勢明顯，且高於去聲調，故定作 45。在其他塞音尾，調值升勢不定，接近 <u>4</u>。

四、連讀變調

本節主要描寫二字組的連讀變調。

前字＼後字	陰平 11	陽平 53	上聲 31	去聲 44	陰入 45	陽入 32
陰平 11	13＋11	13＋53	13＋31	13＋44	13＋45	13＋45
陽平 53	－	53＋21	53＋21	53＋11	－	53＋45
上聲 31	31＋13	－	－	－	－	31＋45
去聲 44	44＋13	－	－	－	－	－
陰入 45	－	－	－	－	－	－
陽入 32	45＋13	45＋53	45＋31	45＋44	45＋45	45＋32

說明：

1、13 和 21 是變調產生的新調值。加網底者表示發生變調，下同。

底下舉出變調的例子：

（一）前字變調

陰平 ＋ 陰平：醫生　ŋ11→13　sen11

陰平 ＋ 陽平：今年　tɕin11→13　ɲien53

陰平 ＋ 上聲：山頂　san11→13　tiaŋ31

陰平 ＋ 去聲：青菜　tɕʰiaŋ11→13　tsʰoi44

陰平 ＋ 陰入：豬血　tsu11→13　ɕiot45

陽入　＋　陽平：白糖　pʰak32→45　tʰoŋ53

陽入　＋　上聲：局長　tɕʰiuk32→45　tsoŋ31

陽入　＋　去聲：學費　hok32→45　fe44

陽入　＋　陰入：墨汁　met32→45　tɕit45

陽入　＋　陽入：特別　tʰet32→45　pʰiet32

（二）後字變調

陽平　＋　陽平：前門　tɕʰien53　mun53→21

陽平　＋　上聲：牙齒　ŋa53　tsɿ53→21

陽平　＋　去聲：鹹菜　han53　tsʰoi53→11

陽平　＋　陽入：郵局　iu53　tɕʰiuk32→45

上聲　＋　陰平：好心　hau31　ɕin11→13

上聲　＋　陽入：死活　sɿ31　fat32→45

去聲　＋　陰平：醬瓜　tɕioŋ44　ka11→13

（三）前後字變調

陰平　＋　陽入：生活　sen11→13　fat32→45

陽入　＋　陰平：石灰　sak32→45　foi11→13

第二節　馬市客家話之語音系統

一、聲　母

馬市客家話在含零聲母的形況下，聲母總數 21 個。如下表所示：

發音方法	塞音		塞擦音		鼻音	擦音		邊音
	不送氣	送氣	不送氣	送氣		清	濁	
發音部位	清		清		濁	清	濁	濁
雙唇	p 班	pʰ 品			m 眠			
唇齒						f 婚	v 皇	
舌尖前			ts 捉	tsʰ 賊		s 省		
舌尖	t 誕	tʰ 動			n 年			l 爐
舌面前			tɕ 蕉	tɕʰ 售	ɲ 忍	ɕ 脅		
舌根	k 敢	kʰ 昆			ŋ 仰			
喉	ø 閱					h 渴		

說明：

　1、v 聲母實際的摩擦比較輕微，近於 υ。

　2、有兩套滋絲音 ts、tsʰ、s 和 tɕ、tɕʰ、ɕ 聲母。

　3、舌面前的 tɕ、tɕʰ、ɲ、ɕ 只與細音相拼。

　4、n、l 基本有別。

二、韻　母

　　馬市客家話的韻母，包含成音節鼻音在內，共有 53 個。較太平多出六個，主要增加有[-u-]介音的幾個韻母。

陰聲韻：21

	無韻尾				有韻尾			
開口	ɿ 姊	a 家	o 過	e 沛		ai 搓	oi 胚	au 勞	eu 瘦
齊齒	i 里	ia 斜	io 瘸	ie 雞	iu 牛	iue 悅	iau 巧	ieu 溝
合口	u 除	ua 垮		ue 魁		uai 乖	ui 推		

陽聲韻：16

	舌尖鼻音韻尾			舌根鼻音韻尾		
開口		an 餐	on 專	en 閃	aŋ 冷	oŋ 腸	
齊齒	in 浸		ion 健	ien 簽	iun 銀	iaŋ 營	ioŋ 腔	iuŋ 兄
合口		uan 棺		uen 轟	un 菫		uŋ 同

入聲韻：15

	舌尖塞音韻尾			舌根塞音韻尾		
開口		at 瞎	ot 合	et 色	ak 石	ok 惡	
齊齒	it 譬		iot 雪	iet 攝	iut 橘	iak 額	iok 钁	iuk 肅
合口		uat 刮		ut 卒			uk 獨

　成音節鼻音：1

　m　吳午女毋

說明：

　1、iue 韻的韻尾實際上接近 ɪ，但是不到 i，時程較短。ue 韻不同於太平，馬市 ue 韻只在見組之後，-u-在結構上是介音。

　2、舌尖鼻音韻尾的韻母中，除了主要元音為 e 的 en、ien、uen 等韻外，其

他都帶有鼻音，似鼻化韻。鼻音較太平廣泛。

3、無撮口呼，然 iun 和 iut 韻略帶圓脣特徵。

4、鼻音韻尾沒有-m，原來的-m 韻尾大多變成-n 韻尾。

5、塞音韻尾沒有-p，原來的-p 韻尾大多變成了-t 韻尾。

三、聲　調

	陰平	上聲	去聲	入聲	陽平
調號	1	2	3	4	5
調值	22	31	44	45	53
例字	倉廳鯉	講馬禮	唱待彙	七冊劇	憑朋衡

說明：

1、只有一個入聲調，上聲、去聲不分陰陽，一共五個聲調。

四、連讀變調

馬市因為只有一個入聲調，二字組的連讀變調相對簡單。

前字＼後字	陰平 22	陽平 53	上聲 31	去聲 44	入聲 45
陰平 22	13 + 22	13 + 53	13 + 31	13 + 44	13 + 45
陽平 53	—	53 + 21	53 + 21	53 + 22	—
上聲 31	31 + 13	—	—	—	—
去聲 44	44 + 13	—	—	—	—
入聲 45	—	—	—	45 + 22	—

說明：

1、13 和 21 是變調產生的新調值。變調規則和太平相似，但沒有前後字變調。

底下舉出變調的例子：

（一）前字變調

陰平 ＋ 陰平：聲音　saŋ22→13　in22

陰平 ＋ 陽平：安排　on22→13　pʰai53

陰平 ＋ 上聲：風水　fuŋ22→13　sui31

陰平 ＋ 去聲：相信　ɕioŋ22→13　ɕin44

陰平 ＋ 入聲：山藥　san22→13　iok45

（二）後字變調

陽平 ＋ 陽平：池塘　tsʰɿ53　tʰoŋ53→21

陽平 ＋ 上聲：紅棗　fuŋ53　tsau31→21

陽平 ＋ 去聲：奇怪　tsʰɿ53　kuai44→22

上聲 ＋ 陰平：酒杯　tɕiu31　pe22→13

去聲 ＋ 陰平：菜單　tsʰoi44　tan22→13

入聲 ＋ 去聲：客氣　kʰak45　tsʰɿ44→22

第三節　羅壩客家話之語音系統

一、聲　母

羅壩客家話在含零聲母的形況下，聲母總數 22 個。如下表所示：

發音方法 發音部位	塞音		塞擦音		鼻音	擦音		邊音
	不送氣	送氣	不送氣	送氣	濁	清	濁	濁
	清		清					
雙唇	p 邦	pʰ 扮			m 墨			
唇齒						f 房	v 甕	
舌尖前			ts 遮	tsʰ 鋤		s 犧		
舌尖	t 釣	tʰ 踏			n 膩			l 笠
舌面前			tɕ 針	tɕʰ 茄	ɲ 入	ɕ 莧	j 寓	
舌根	k 缸	kʰ 貨			ŋ 礙			
喉	ø 仁					h 開		

說明：

1、v 聲母實際的摩擦比較輕微，近於 ʋ。

2、有 j 聲母，摩擦輕微。

3、有兩套滋絲音 ts、tsʰ、s 和 tɕ、tɕʰ、ɕ 聲母。

4、舌面前的 tɕ、tɕʰ、ɲ、ɕ 只與細音相拼。

5、n、l 基本有別。

二、韻　母

羅壩客家話的韻母，包含成音節鼻音在內，共有 48 個。較太平多出一個，少馬市五個韻母。主要原因是沒有[-u-]介音的幾個韻母。

陰聲韻：18

	無韻尾				有韻尾			
開口	ɿ 徐	a 爬	o 做	e 矮		ai 載	oi 該	au 飽	eu 湊
齊齒	i 推	ia 謝	io 茄	ie 蟻	iu 牛	iue 銳	iau 消	ieu 狗
合口	u 煮					ui 隨		

陽聲韻：14

	舌尖鼻音韻尾				舌根鼻音韻尾		
開口		an 減	on 官	en 展	aŋ 膨	oŋ 宕	
齊齒	in 枕		ion 弦	ien 甜	iun 銀	iaŋ 名	ioŋ 搶	iuŋ 容
合口				un 問			uŋ 豐

入聲韻：14

	舌尖塞音韻尾				舌根塞音韻尾		
開口		at 壓	ot 刷	et 墨	ak 客	ok 博	
齊齒	it 隸		iot 乙	iet 疊	iut 屈	iak 錫	iok 若	iuk 續
合口				ut 律			uk 木

成音節鼻音：2

m　梧五女魚　　　ŋ　你

說明：

1、iue 韻的韻尾實際上接近 ɪ，但是不到 i，時程較短。ui 韻中，-u-是主要元音，是以羅壩沒有-u-介音。

2、舌尖鼻音韻尾的韻母中，除了主要元音為 e 的 en、ien 和 in 等韻外，其他都帶有鼻音，似鼻化韻。

3、iun 和 iut 韻圓脣明顯，實際讀音近於撮口呼的 yn 和 yt 韻。

4、鼻音韻尾沒有-m，原來的-m 韻尾多變成-n 韻尾。

5、塞音韻尾沒有-p，原來的-p 韻尾多變成了-t 韻尾。羅壩的-t 韻尾弱化較明顯，很多都已是喉塞音尾。但兩個發音人經常不一致，即使同一人有時也

表現不一，例如發單字調時弱化，講到詞彙時又存在。故歸納音位上仍保留-t 韻尾。

6、成音節鼻音較太平、馬市多一個 ŋ。例字只有「你」。

三、聲　調

	陰平	上聲	去聲	陰入	陽平	陽入
調號	1	2	3	4	5	8
調值	11	31	44	3	42	2
例字	漿耕鯉	本馬禮	訓待胃	克劇疫	圖芹型	落屬復

說明：

1、平聲、入聲分陰陽，共六個聲調，同於太平。

2、陽平調值較太平、馬市稍低，似 443。然與上聲低降相較，與太平、馬市相同為高降調，故本文定作 42。

3、入聲調值較太平、馬市稍低，且較短促，故陰入、陽入分別定作 3、2。

四、連讀變調

羅壩在二字組的連讀變調上與太平、馬市有較大的差異，主要是陽平在前字的時候，無論後字調類，一律變調。

前字 ＼ 後字	陰平 11	陽平 42	上聲 31	去聲 44	陰入 3	陽入 2
陰平 11	13 + 11	13 + 42	13 + 31	13 + 44	13 + 3	13 + 2
陽平 42	11 + 11	11 + 11	11 + 31	11 + 44	11 + 3	11 + 2
上聲 31	－	31 + 11	－	－	－	－
去聲 44	－	－	－	－	－	－
陰入 3	－	3 + 11	－	－	3 + 2	－
陽入 2	－	－	－	－	2 + 2	－

說明：

1、13 是變調後產生的新調值。變調集中在陰、陽平的前字變調，後字變調較少。

底下舉出變調的例子：

（一）前字變調

陰平　＋　陰平：安心　　on11→13　　çin11

陰平　＋　陽平：天時　　tʰien11→13　　sɿ42

陰平　＋　上聲：風雨　　fuŋ11→13　　ɿ31

陰平　＋　去聲：花布　　fa11→13　　pu44

陰平　＋　陰入：親切　　tɕʰin11→13　　tɕʰiet3

陰平　＋　陽入：商業　　soŋ11→13　　ȵiet2

陽平　＋　陰平：良心　　lioŋ42→11　　çin11

陽平　＋　上聲：長短　　tsʰoŋ42→11　　ton31

陽平　＋　去聲：黃豆　　voŋ42→11　　tʰeu44

陽平　＋　陰入：顏色　　ŋan42→11　　set3

陽平　＋　陽入：明白　　min42→11　　pʰak2

（二）後字變調

上聲　＋　陽平：可能　　kʰo31　　nen42→11

陰入　＋　陽平：作文　　tsok3　　vun42→11

陰入　＋　陰入：叔伯　　suk3　　pak3→2

陽入　＋　陰入：蠟燭　　lat2　　tsuk3→2

（三）前後字變調

陽平　＋　陽平：牛羊　　ȵiu42→11　　ioŋ42→11

第四節　隘子客家話之語音系統

一、聲　母

隘子客家話在含零聲母的形況下，聲母總數 21 個。如下表所示：

發音 方法 發音 部位	塞音		塞擦音		鼻音	擦音		邊音
	不送氣	送氣	不送氣	送氣				
	清		清		濁	清	濁	濁
雙唇	p 扮	pʰ 排			m 尾			
唇齒						f 貨	v 話	
舌尖前			ts 災	tsʰ 篩		s 賞		

舌尖	t 低	tʰ 豆			n 滷		l 連
舌面前			tɕ 結	tɕʰ 權	ɲ 娘	ɕ 神	
舌根	k 艦	kʰ 混			ŋ 扼		
喉	ø 役					h 莧	

說明：

1、v 聲母實際的摩擦比較輕微，近於 ʋ。

2、有兩套滋絲音 ts、tsʰ、s 和 tɕ、tɕʰ、ɕ 聲母。

3、舌面前的 tɕ、tɕʰ、ɲ、ɕ 只與細音相拼。

4、n、l 基本有別。

二、韻　母

　　隘子客家話的韻母，包含成音節鼻音在內，共有 53 個。較太平、羅壩為多，與馬市數量相同。韻母數量較多主要原因是有[-u-]介音的幾個韻母。

陰聲韻：20

	無韻尾					有韻尾			
開口	ɿ 梳	a 蛇	o 無	e 推	ɯ 如	ai 態	oi 梯	au 巧	eu 牛
齊齒	i 徐	ia 借	io 靴	ie 悅	iu 救			iau 苗	ieu 藕
合口	u 許	ua 瓜		ue 魁		uai 快			

陽聲韻：16

	舌尖鼻音韻尾				舌根鼻音韻尾			
開口		an 攤	on 餐	en 崩	aŋ 談	oŋ 湯		
齊齒	in 尋		ion 拴	ien 間	iun 均	iaŋ 迎	ioŋ 讓	iuŋ 蹤
合口		uan 關		un 存	uaŋ 梗			uŋ 鬆

入聲韻：15

	舌尖塞音韻尾				舌根塞音韻尾		
開口		at 髮	ot 喝	et 澀	ak 炙	ok 握	
齊齒	it 避			iet 薛	iut 術	iak 業	iok 藥	iuk 曲
合口		uat 闊		uet 國	ut 撮			uk 卟

　　成音節鼻音：2

　　m　吳梧五毋　　　ŋ　女魚

說明：

1、ue 韻不同於太平，只出現在見組之後，-u-在結構上是介音，同於馬市。

2、帶鼻音的程度不若其他各點，僅 an、un 等韻略帶鼻音，似鼻化韻。

3、iun 和 iut 韻圓脣明顯，尤其是 iut 韻實際讀音近於 yt。

4、鼻音韻尾沒有-m，原來的-m 韻尾部分變成-ŋ 韻尾，部分變成-n 韻尾。

5、塞音韻尾沒有-p，原來的-p 韻尾部分變成-k 韻尾，部分變成-t 韻尾。

6、成音節鼻音較太平、馬市多一個 ŋ，與羅壩同，然屬字較多。

三、聲　調

	陰平	上聲	去聲	陰入	陽平	陽入
調號	1	2	3	4	5	8
調值	33	31	55	2	11	5
例字	增馬禮	港待胃	訓壯棟	答骨革	承明榮	續族毒

說明：

1、陽平讀 11，為低平調，與其他各點不同。如此，共三個平調，陰平、去聲較其他點高，定作 33、55。

2、陰入低，陽入高，亦不同於其他各點。

四、連讀變調

隘子的二字組連讀變調，有前字變調，有後字變調，也有前後字變調，與始興其他地點相較，數量頗多，看起來最複雜。

前字 ＼ 後字	陰平 33	陽平 11	陰上 31	陽上（31）	陰去 55	陽去（31）	陰入 2	陽入 5
陰平 33	33＋24	24＋11	24＋31	24＋22	24＋55	24＋22	24＋2	24＋5
陽平 11	11＋24	－	－	11＋22	－	11＋22	－	－
陰上 31	33＋24	－	－	31＋22	－	31＋22	－	－
陽上（31）	22＋24	22＋11	22＋31	22＋22	22＋55	22＋22	22＋2	22＋5
陰去 55	55＋24	－	－	55＋22	－	55＋22	－	－
陽去（31）	55＋24	55＋11	55＋31	55＋22	22＋55	22＋22	22＋2	22＋5
陰入 2	2＋24	－	－	2＋22	－	2＋22	－	－
陽入 5	5＋24	－	－	5＋22	－	5＋22	－	－

說明：

1、看似複雜，其實大體可看作陰平、陽上和陽去三個調的變化。陰平無論作前、後字，原則上都變調成 24。陽上無論作前、後字，一律變成 22。陽去較複雜，作後字時，一律變作 22，同於陽上。作前字時，後接平、上聲則變作 55；後接去、入聲則變作 22。唯二例外的是陰平＋陰平，以及陰上＋陰平兩組。綜觀始興客家話的連讀變調，陰平＋陰平組都是前字低升（13），後字低平（11／22）。隘子卻相反為前平後升，如此一來，隘子後字陰平變調時，其前字都成平調的狀態，顯得較為單純，或是隘子這兩組例外的成因。

2、22 和 24 是變調產生的新調值。

底下舉出變調的例子：

（一）前字變調

陰平 ＋ 陽平：新聞　　çin33→24　vun11

陰平 ＋ 陰上：天狗　　tʰien33→24　keu31

陰平 ＋ 陰去：豐富　　fuŋ33→24　fu55

陰平 ＋ 陰入：書桌　　su33→24　tsok2

陰平 ＋ 陽入：收集　　çiu33→24　tɕʰit5

陽上 ＋ 陽平：老人　　lo31→22　ɲin11

陽上 ＋ 陰上：舀水　　iau31→22　se31

陽上 ＋ 陰去：限制　　han31→22　tsɿ55

陽上 ＋ 陰入：道德　　tʰo31→22　tet2

陽上 ＋ 陽入：五月　　m31→22　ɲiet5

陽去 ＋ 陽平：地球　　tʰi31→55　tɕʰiu11

陽去 ＋ 陰上：賣酒　　mai31→55　tɕiu31

陽去 ＋ 陰去：飯店　　fan31→22　tiaŋ55

陽去 ＋ 陰入：大雪　　tʰai31→22　çiet2

陽去 ＋ 陽入：樹葉　　su31→22　iak5

（二）後字變調

陰平 ＋ 陰平：開刀　　kʰoi33　to33→24

陽平 ＋ 陰平：梅花　me11　fa33→24

陰去 ＋ 陰平：茱心　tsʰoi55　çin33→24

陰入 ＋ 陰平：北方　pet2　foŋ33→24

陽入 ＋ 陰平：讀書　tʰuk5　su33→24

陽平 ＋ 陽上：零件　liaŋ11　tɕʰien31→22

陰上 ＋ 陽上：等待　ten31　tʰoi31→22

陰去 ＋ 陽上：送米　suŋ55　mi31→22

陰入 ＋ 陽上：穀雨　kuk2　i31→22

陽入 ＋ 陽上：活動　fat5　tʰuŋ31→22

陽平 ＋ 陽去：長壽　tsʰoŋ11　çiu31→22

陰上 ＋ 陽去：草帽　tsʰo31　mo31→22

陰去 ＋ 陽去：笑話　çiau55　va31→22

陰入 ＋ 陽去：失敗　çit2　pʰai31→22

陽入 ＋ 陽去：立夏　lit5　ha31→22

（三）前後字變調

陰上 ＋ 陰平：普通　pʰu31→33　tʰuŋ33→24

陽上 ＋ 陰平：眼科　ŋan31→22　kʰo33→24

陽去 ＋ 陰平：健康　tɕʰien31→55　kʰoŋ33→24

陰平 ＋ 陽上：車禍　tsʰa33→24　fo31→22

陽上 ＋ 陽上：犯罪　faŋ31→22　tsʰe31→22

陽去 ＋ 陽上：運動　iun31→55　tʰuŋ31→22

陰平 ＋ 陽去：新舊　çin33→24　tɕʰiu31→22

陽上 ＋ 陽去：道路　tʰo31→22　lu31→22

陽去 ＋ 陽去：敗類　pʰai31→22　le31→22

第五節　幾個音位問題說明

一、羅壩的 j-聲母

　　舌尖前具輔音性質的半元音[j]，鍾榮富（1998）認為來自展脣高元音因強

化作用而產生摩擦，記作[j]。鍾榮富記錄六堆的高樹、新埤、佳冬等地，在以[i]開頭的零聲母音節會產生摩擦現象，因此他認爲高樹、新埤、佳冬等地客家話比六堆其他地區多了一個聲母。例如：

	醫	姨	雨	意	一	翼
苗栗	i	i	i	i	it	it
高樹等	ji	ji	ji	ji	jit	jit
萬巒	i	i	i	i	i	i

苗栗和萬巒並沒有這種摩擦強化現象。這種展脣高元音前的摩擦現象在海陸話、饒平話、大埔話等客家次方言中都很明顯，因爲跟舌葉音聲母[tʃ-、tʃʰ-、ʃ-]配對，所以通常都記作[ʒ-]。

鍾榮富（2001）曾提到高樹、新埤、佳冬的高元音零聲母的摩擦現象，在過去海陸客語的文獻記錄中，都用[ʒ]來表示，而他則一律用[j]來代替[ʒ]。又說海陸、饒平、東勢等方言，比起苗栗多了四個舌面前音聲母：[tʃ-、tʃʰ-、ʃ-、j-]。

鍾榮富把[j-]處理成音位，主要著眼它和[v-]聲母有同樣的音變模式。他認爲/j-/和/v-/出現的語境是一樣的，其來源都是高元音零聲母音節摩擦強化而來。若把/v-/視爲一個音位，卻不把/j-/當作音位，顯然並不恰當。話雖如此，我們認爲客家人的語感中，將[v-]聲母視爲音位性的聲母，可能有其歷史因素。並且，各地客家話[v-]聲母十分普遍，而高元音[i]強化則非各地皆然，未必要將[j-]視爲音位。不過，本文站在始興客家話內部考量，太平、馬市、羅壩多數零聲母開頭的[i]元音都已前化爲舌尖元音[ɿ]，而隘子則保持舌面元音。羅壩少數沒有前化的舌面元音，其音質明顯與隘子不同，而帶有摩擦成分。爲說明這點，雖然羅壩[j-]聲母字不多，本文仍將其獨立爲一音位，連帶表現始興客家話內部聲母系統唯一的差異。

附帶一提，若將[v-]作爲音位化聲母，而要以[j-]描述展脣高元音前的摩擦性質，或許用舌面前音/ʑ/表示更爲恰當。〔註1〕台灣的海陸、大埔等客家話摩擦明顯，而羅壩在舌面高元音前的摩擦較輕微，故以[j-]描寫之。

〔註1〕鍾榮富雖也稱j-爲舌面前音，但用在描寫台灣客家話時實指ʒ-。況且j也很容易讓人直觀的認爲是摩擦輕微的半元音。

二、鼻音顎化

　　傳統上文獻認為客家話，凡中古泥、日、疑母字後接細音會顎化成舌面前鼻音[ȵ]。如年、二、月等。也就是說[ȵ-]來自於 n+i 和 ŋ+i，是[n]和[ŋ]在齊齒韻前所產生的顎化結果。不過這個舌面前音[ȵ]通常不被視為音位，多數人視為與[ŋ]互補，當作[ŋ]的音位變體處理。這是我們對客家話的一般認識。

　　不過本文對這個鼻音卻有不同看法：

　　1、實際上，從苗栗四縣話來看，並非所有[n]在齊齒韻前都讀作[ȵ]，如宜蘭的「宜 ni⁵」，「尼 ni⁵」，「面□□niau¹（花臉）」，「□niau⁵（騷弄）」，「□niu³/⁶（很小）」，「嬈□□hieu⁵ ni³/⁶ ni³/⁶（形容人三八、放蕩）」等不少字。這些字多本字不明，但多是口語當中時常使用的詞彙。始興客家話中也有很多 n+i 並未顎化的例子，如太平的「你 ni / 捏 niet」；馬市的「黏 nien / 入 nit / 年 nien」；羅壩的「擬 ni」；隘子的「紐 niu / 忍、認 nin」；太平、馬市、羅壩的「躡、鑷 niet / 拈 nien」等，我們認為[ni-]與[ȵi-]已構成對立，應該將之視為獨立的音位。除此之外，將之視為一個音位，還有一個用意，就是可以表示其來源除了疑母字外，還有泥、日母的。

　　2、再者就是這個音位的音質，通常見到標示為[ȵ]。這樣的標示很難確定是誰先開始的，我們看黃雪貞在《中國語言地圖集》（1987）裡處理梅縣、永定都標作[ȵ]，就是目前主流的標示。不過我們認為這個音應該是舌面中音[ɲ]。首先，為何傳統上都將[ȵ]視為與[ŋ]互補，而非與[n]互補？應該是有兩個原因，一是語感上音質較為接近，二是疑母來源的字數較多。如苗栗「你」，羅肇錦（1990）記作[n⁵；ȵi⁵]，實際上很多人是說[ŋ⁵]，音質上[ŋ]和[ȵ]較為接近。又因[ɲi]-多來自於疑母字顎化，泥、日母字較少，所以音質是舌面中音，而非舌面前音。疑母來源字數較多，說明了傳統將[ɲ]與[ŋ]互補的原因，也說明了音質上定為[ɲ]的理由。其實，袁家驊（1958）論及梅縣音系時，說應讀[ȵ]或[ɲ]，表示已經注意到這個現象，黃雪貞（1992）也提到：

　　　　[k、kʰ、ŋ、h]與[i]相拼時，實際音質是[c、cʰ、ɲ、ç]，作者以前把
　　　　[ɲ]記作[ȵ]。

　　他們說的雖是梅縣話，不過就筆者的語感，始興客家話、苗栗四縣話也都是如此。因此，我們認為這個音位應該獨立，定作/ɲ/。

三、ɿ和ɯ元音

[ɿ]元音在本文中的語音內涵有二：

1、為舌尖前元音[ɿ]，始興客家話除了與[ts-、tsʰ-、s-]相配合之外，尚可自成音節，來自於零聲母的[i]元音前化。

2、介於[ɿ]和[ʅ]之間的舌尖元音。太平話這個元音自成音節時，不若馬市、羅壩單純是舌尖前元音，而略帶翹舌。然而，這個翹舌並不明顯，又在與[ts-、tsʰ-、s-]相配合時，仍是舌尖前元音[ɿ]。因此，本文認為可視為一個音位的不同變體，不另立韻母。

太平、馬市、羅壩讀作舌尖前元音[ɿ]的，隘子多讀作舌面前高元音[i]。然而，隘子的日母「如、兒、而」等字，音質特別，既非舌面前高元音[i]，又與舌尖前元音[ɿ]有些不同。因其開口度不大，故認為是舌面後展脣高元音[ɯ]。

[ɿ]和[ɯ]在發音上或有關係，謝國平（2004）在討論國語ㄗ、ㄘ、ㄙ和ㄓ、ㄔ、ㄕ後的元音時，他認為其音質帶有軟顎化（velarization）的特色，比起一般描寫的[ɿ]和[ʅ]，用[ɯ]似乎更接近實際語音。該文指出，[ɿ、ʅ、ɯ]在聽覺上相近而不易分辨，受前行聲母影響之下，故而紀錄為[ɿ、ʅ]。該文給我們啟發頗大，表示舌尖元音[ɿ]與展脣後高元音[ɯ]除了舌尖和舌面的差別，在發音上，舌位必是十分相近的。

如此說來，[ɿ]和[ɯ]是可以歸為一個音位/ɿ/。然本文就始興客家話內部對應來看，太平、馬市、羅壩的[ɿ]對應於隘子的[i]，隘子的[ɿ]元音必定接於[ts-、tsʰ-、s-]之後，若將[ɯ]視為/ɿ/音位的音位變體，則容易誤會隘子「如、兒、而」的發音如同太平、馬市、羅壩一般，也破壞了隘子音系結構。如下表：

條　　件	太平、馬市、羅壩	隘　　子
遇攝合口；蟹攝；止攝開口	∅ + ɿ	∅ + i
	ts、tsʰ、s + ɿ	tɕ、tɕʰ、ɕ + i
		ts、tsʰ、s + ɿ

如果將[ɯ]標示成[ɿ]，那麼將破壞隘子在零聲母情況下只會是舌面前高元音[i]的態勢。我們也不考慮將[ɯ]歸入/i/音位中，主要是考慮兩者的發音，在聽覺上有比較明顯的差異。筆者在調查時，曾就「如、兒、而」再三詢問發

音人，發音人明白表示不同於太平等地的說法，是以雖然字數少，本文仍然獨立成一個音位。

第四章　始興客家話的音韻特點

　　始興客家話的形成歷史比較明確，主要是明代初中葉移入，是以客家方言中較爲突出的語音特點，如次濁上歸陰平、主要有六個聲調〔註1〕等，始興客家話也無例外。客家方言突出的語音特點討論者眾，這裡不再贅述。特點的呈現基於比較，本章主要從歷時角度，說明始興客家話共同的特點，表現其總體特色。至於共時的內部差異、同其他方言比較等，則留待下章討論。

第一節　聲　母

一、兩套滋絲音聲母

　　始興客家話有兩套滋絲音（sibilants）〔註2〕，分別是[ts-、tsʰ-、s-]和[tɕ-、tɕʰ-、ɕ-]兩套塞擦音和擦音聲母。[ts-]組與洪音相拼，而[tɕ-]組只與細音相拼。

　　漢語方言的滋絲音，多的有五套，例如山東沂南，有的方言只有一套，例如廣東梅縣。（張光宇　2006：87）客家方言多半有兩套滋絲音，例如福建

〔註1〕以李如龍、張雙慶主編《客贛方言調查報告》來看，其中收錄十七個客家方言點，六個聲調的共十二點，五個聲調的三點，七個聲調的兩點。雖然六個聲調內涵不盡相同，但多數客家方言有六個聲調是一特點。

〔註2〕sibilant 是指英文以 s-、sh- 等開頭的輔音，亦可稱絲絲音。

詔安（李如龍、張雙慶〔主編〕1992）、新竹海陸話（古國順等 2005）等，
一套舌尖前[ts-]組，一套舌葉[tʃ-]組。廣東五華（周日健 2002）、興寧（邱仲
森 2005）則是一套舌尖前，一套舌尖後[tʂ-]組。〔註3〕一套滋絲音的如梅縣、
臺灣苗栗等。

　　滋絲音的來源主要是中古精莊知章四母。精莊知章聲母在客家話的發展，
大抵有兩種類型：一類是精莊知章不分，合流爲[ts-、tsʰ-、s-]，像梅縣、苗栗
都是如此；一類是精、莊、知二和知三、章分開，構成兩套滋絲音，一如上述。
始興客家話精莊知章的表現屬於前者，就是合流爲舌尖前[ts-、tsʰ-、s-]而不分。
至於舌面前[tɕ-、tɕʰ-、ɕ-]一套的來源有二：一是見、曉組後逢細音；一是精、
照組後逢細音。這兩種都因爲後接細音而產生顎化現象，形成了舌面前的[tɕ-、
tɕʰ-、ɕ-]。可以如下公式表示：

$$\left.\begin{array}{ll}\text{精莊知章} & \text{ts、tsʰ、s} \\ \text{見、曉組} & \text{k、kʰ、h}\end{array}\right\rangle \quad \text{tɕ、tɕʰ、ɕ} \ / \ \underline{\quad\quad} + i$$

　　不過精莊知章和見系顎化的情況不同，從古音來源看，見系的顎化較爲
全面，各攝逢細音差不多都顎化。精莊知章中，精組遇細音讀[tɕ-、tɕʰ-、ɕ-]
也比較全面，除了蟹攝開口四等、蟹攝合口三等、止攝三等、臻攝合口三等
外的古三、四等字，其他逢細音都顎化。通攝合口三等各點較不一致，正在
變化當中。知三章組較複雜，只有流攝、深攝、臻攝、曾攝的知章三等字今
逢細音都讀[tɕ-、tɕʰ-、ɕ-]，而假、蟹、止、效、咸、山、宕等攝的知章三等
都讀[ts-、tsʰ-、s-]，韻母是洪音。梗開三則兩組互見。但一致的是，精莊知章
逢細音都會顎化，顎化出於條件式的音變。

　　滋絲音的表現是漢語方言聲母變化較多的部份，始興客家話的形式是其一
大特色。底下就以太平爲例，舉例如下：

〔註3〕據周日健〈五華客家話的音系及其特點〉紀錄，五華話知章組讀舌面後捲舌音，例
　　　如「照 tʂau」、「香 ʂoŋ」。不過徐汎平（2010）對五華客家話的調查研究指出，這
　　　套滋絲音介於舌葉[tʃ]和舌面後[tʂ]之間，「在前高元音[i（ʅ）]之前有其舌面性，翹
　　　舌不明顯；但於後高元音[u]之前則卷舌性較強。」又從聲韻配合情況考慮，五華
　　　話此套滋絲音後接[-iu]時，[-i-]介音仍存在，而捲舌音後不宜接細音，故定此套滋
　　　絲音爲舌葉音。

例字	菜	色	茶	昌	秋	珍	叫	靴
音讀	tsʰoi⁴⁴	set⁴⁵	tsʰa⁵³	tsʰoŋ¹¹	tɕʰiu¹¹	tɕin¹¹	tɕiau⁴⁴	ɕio¹¹

　　馬市和羅壩有少數例外。馬市蟹開四的「雞、稽」及馬市、羅壩流開一的「溝、狗、扣」等字，都有[-i-]介音，而聲母仍是[k-、kʰ-]。從上述例字都是見組字，又有一等字的情況來看，這個[-i-]介音應該是後來增生的，而並未參與見組的顎化。舌根音聲母之後是很容易增生介音的。

　　又羅壩在蟹攝合口、止攝合口等也有不少見組後接細音並未顎化，例如：

蟹合一灰		蟹合四齊		止合三支		止合三脂		止合三微	
傀	潰	閨	桂	規	虧	龜	櫃	鬼	貴
kʰi³¹	kʰi⁴⁴	ki¹¹	ki⁴⁴	ki¹¹	kʰi¹¹	ki¹¹	kʰi⁴⁴	ki³¹	ki⁴⁴

　　這跟羅壩蟹、止二攝的韻母有關，從見組接細音未顎化看來，這個現象應是在見系顎化完成之後。

二、非組讀如重唇的存古現象

　　幫組三等合口字輕唇化爲非組字是漢語方言重要的語音演變。非敷奉微在客家話中有文白異讀現象，一般來說，微母白讀[m-]，文讀[v-]，南方方言常見微母的文白讀。非敷奉三母白讀[p-、pʰ-]則除了閩方言外，較少見於其他方言。始興客家話非組一般讀[f-]輕唇音，部份保留重唇讀法。就非組字而言，微母讀重唇[m-]的，比非敷奉三母讀[p-、pʰ-]的要多，保存的較好。底下以太平爲例，列出微母字讀重唇音的例字

例字	無	尾	味	襪	蚊	問	亡	網	忘望	夢	目穆
音讀	mau	me	me	mat	mun	mun	moŋ	moŋ	moŋ	muŋ	muk

　　至於非敷奉的讀法各點較不一致，同一字有的讀如重唇，有的讀輕唇。存古程度不一。各點都讀重唇的只有「甫 pʰu、輔 pʰu、吠 pʰoi、販 pʰan」四個字。

三、泥來母接細音的特殊音讀

　　泥母和來母的分合，在大多數的客家方言中，都是屬於不混型。也就是不論韻母洪細，泥母都讀鼻音聲母，與來母不混。始興客家話也屬於不混的

類型。以太平為例，腦[nau²] ≠ 老[lau²]；難～易[nan⁵] ≠ 蘭[lan⁵]；泥[ne⁵] ≠ 犁[le⁵]；年[nien⁵] ≠ 蓮[lien⁵]。

在泥母內部，一般逢洪音韻母，聲母是[n-]，然逢細音韻母，聲母會顎化為[ȵ-]。然始興客家話泥母逢細音，仍有不少未顎化的，或至少舌面化不明顯。如太平的「你 ni／捏 niet」；馬市的「黏 nien／入 nit／年 nien」；羅壩的「念 nien」；隘子的「紐 niu」；太平、馬市、羅壩的「躡、鑷 niet／拈 nien」等。我們常把泥母逢細音讀作[ȵ-]，與疑母細音、日母細音合流，視為客家方言的聲母特色之一。〔註4〕始興客家話的表現，不失為一特點。

梗開四泥母平聲的「寧」字，各點都同來母，作[lin⁵]，甚為特殊。

來母字一般無論在洪細韻母前，讀作[l-]。始興客家話多數的來母字也是如此。但有幾個來母細音字，始興客家話讀作[t-/tʰ-]，與端、透定母音質相同。雖然字數不多，但各點表現頗為一致。

	太平	馬市	羅壩	隘子
隸 蟹開四去	tʰi³¹	tʰit⁴⁵	tʰit²	tʰi³¹
裡 止開三上	li³¹	li³¹/ti⁴⁴	li³¹/ti⁴⁴	li³¹
笠 深開三入	tit⁴⁵	lit⁴⁵/tit⁴⁵	lit²	tit²

關於來母細音讀同端（透定）的問題，後文會有詳細的討論。

另外，遇合一的來母上聲「魯、滷」和山合一來母平聲「鸞」字，除了隘子「魯」讀作[l-]外，其他各點都讀作[n-]。

四、曉匣母的 s-聲母

曉、匣母開口字一般讀[h-]，遇到合口字常變讀為[f-]（*hu＞f），從介音的角度看，這是介音與聲母融合，介音消失的表現。這種現象包含少數溪母合口字。始興客家話曉、匣母遇到細音會顎化成舌面前音[ɕ-]，例如山三的「掀 ɕin」、宕三的「香 ɕioŋ」等，已見上述。這些曉、匣母有些則會進一步前化為舌尖前音[s-]，主要是在遇、蟹、止攝的三、四等。這些曉、匣母讀[s-]的成因是主要

〔註4〕泥母、疑母、日母逢細音顎化為[ȵ]，粵方言也見得到。粵方言古疑母三四等韻字與日母字聲母合流，除廣府片外，大多自成一個音類[ȵ]。粵方言的這個特徵較少人提及，漢語方言中僅客贛、粵方言得見，很能說明客、粵方言的關係。

元音[-i]的進一步前化，帶動了聲母由[ɕ-]到[s-]的前化。這種形式與陳秀琪
（2005、2006）所謂的聲母前化運動不同。

	太平	馬市	羅壩	隘子
虛　遇合三魚	sɿ^{11}	sɿ^{22}	sɿ^{11}	ɕi^{33}
系　蟹開四齊	sɿ^{11}	sɿ^{22}	sɿ^{11}	ɕi^{33}
希　止開三微	sɿ^{11}	sɿ^{22}	sɿ^{11}	ɕi^{33}

演變的過程是：hi→ɕi（隘子）→（ʃi）→sɿ（太平、馬市、羅壩）
隘子的變化較慢，舌葉音的階段出於推測。

五、成音節鼻音 m

始興客家話的成音節鼻音表現相對一致，各點多讀作雙唇鼻音[m]。其轄
字多是疑母字，僅「女」是泥母字，音變只發生在平、上聲字。雖然各點在
音質上一致，但轄字卻不是各點都讀成音節鼻音。我們先看例字：

		太平	馬市	羅壩	隘子
吳	遇合一平	m^{53}	m^{53}	m^{42}	m^{11}
梧	遇合一平	mu^{53}	mu^{53}	m^{42}	m^{11}
五午	遇合一上	m^{31}	m^{31}	m^{31}	m^{31}
魚	遇合三平	m^{53}	m^{53}	m^{42}	ŋ^{11}
女	遇合三上	m^{31}	m^{31}	m^{31}	ŋ^{31}
『你』		ni^{11}/m^{11}	ɲi^{31}/m^{22}	ŋ^{11}	ɲi^{33}/ŋ^{11}

疑母的轄字都是合口字，各點大致相同。最複雜的是第二人稱『你』字。
成音節鼻音的形成，主要原因是聲母與高元音的互動，並且從例字看來，與鼻
音聲母關係密切。

我們看模韻字的現象，舌根鼻輔音與後高元音結合，中間經過聲母受韻母
同化階段，最後形成聲化韻。

*ŋu ＞ mu ＞ mũ ＞ m

太平、馬市的「梧」字正是代表過渡階段，甚至擴散到去聲字。例如：

		太平	馬市	羅壩	隘子
誤　遇合一去		mu^{44}	mu^{44}	vu^{44}	mu^{31}
娛　遇合三平		mu^{44}	mu^{44}	vu^{44}	ŋu^{31}

「誤」字情況同於「梧」，正在變化階段。虞韻的「娛」的變化較爲特別，音變可能來自「吳、誤」等相同聲符的詞彙擴散。羅壩的聲母應是變成脣音[m-]之後的再變化。

至於魚韻的「魚、女」二字，從魚韻泥來母、牙喉音聲母字觀之，鼻音聲母與前高元音[-i]互動，聲母受韻母同化而往前，最後形成聲化韻。隘子的聲母則保留舌根音，而後形成聲化韻，途徑不同。

* ŋi（ni）＞ mi ＞ mĩ ＞ m
* ŋi（ni）＞ ŋi ＞ ŋĩ ＞ ŋ（隘子）

第二節　韻　母

一、i 介音／元音的影響

始興客家話曉、匣母遇到細音會顎化成舌面前音[ɕ-]。當[i]作主要元音時，因爲主要元音[i]的進一步前化爲[ɿ]，帶動了曉、匣母進一步前化爲舌尖前音[s-]，主要是在遇、蟹、止攝的三、四等。已見聲母一節，此不贅述。

始興客家話見系顎化的範疇相對穩定，集中在三、四等，二等少數字開始顎化（不包括疑母）。見系的顎化是受韻母的介音影響，舌面抬高所造成，在二等韻中，我們可以發現見系顎化是先產生介音，而後聲母再顎化。且看「解」字的顎化。〔註5〕

	永定下洋、始興	梅縣	永定、武平岩前	武平
解 蟹開二	kai²	kiai²	tɕiai²	tɕia²

很明顯始興和永定（下洋）代表較早的語音，其次是梅縣，[ai]已出現介音[-i-]，自永定、岩前聲母已顎化，武平韻尾已脫落。

始興的見系二等不是全然保持在較早期的階段，已有少數字開始顎化，同樣是因爲[-i-]介音的產生所導致。假、蟹兩攝的見系二等未見顎化，效、咸、山、江、梗等攝則有少數開始顎化。

〔註 5〕除始興之外，語料引用自藍小玲（1999：48）。其聲調及聲母顎化經筆者調整。

	太平、馬市、羅壩	隘子	武平平川〔註6〕	上杭城關〔註7〕	永定城關〔註8〕
巧	tɕʰiau²	kʰau²	kʰɔ²	kʰɔu²	kʰau²
莧~菜	ɕien³	han²			
腔	tɕʰioŋ¹				

由上表可見[-i-]介音的作用。隘子變化較慢，[-i-]介音產生後，聲母開始顎化，太平等地已完成變化。

但始興內部顎化的腳步並不一致，也不全然是隘子變化較慢，例如：

	太平	馬市	羅壩	隘子
繭	tɕien³¹	kan³¹	kan³¹	
筧	tɕien⁴⁴	kan³¹		tɕien³¹

同樣是四等見母上聲字，馬市、羅壩反而保守。太平聲調不一，可見其變化較快較大。

綜觀見系[k-、kʰ-、h-]顎化的速度，應是以擦音[h-]較快。連城是屬於見系未顎化的，但是「香、喜、嫌」等都已顎化。〔註9〕永定（下洋）見系亦未顎化，但擦音「香」和永定、上杭一樣，顎化後跟著章組一起演變，讀爲[soŋ¹]。〔註10〕可見，見系演變得最快的應是擦音。

始興內部以二等字來說，基本上不顎化，從少數顎化的例子來看，塞音和擦音的比例相差無幾，並沒有擦音變化較快的現象。我們認爲這是詞彙擴散的結果，從三、四等擴散至二等，塞音和擦音的變化速度相似。

	太平	馬市	羅壩	隘子
夾見	kat⁴⁵	kat⁴⁵	kat³	tɕiak²
揀見	kan³¹	tɕien³¹/kan³¹	tɕien³¹	kan³¹
嵌溪	tɕʰien¹¹	kʰan³¹		tɕʰiaŋ³¹
巧溪	tɕʰiau³¹	tɕʰiau³¹	tɕʰiau³¹	kʰau³¹

〔註6〕見《武平縣志》（北京：中國大百科全書出版社，1993年）。

〔註7〕見《上杭縣志》（福州：福建人民出版社，1993年）。

〔註8〕見《永定縣志》（福州：中國科學技術出版社，1994年）。

〔註9〕見《連城縣志》（北京：群眾出版社，1993年）。

〔註10〕黃雪貞：（1983）。

腔 溪	tɕʰioŋ¹¹	tɕʰioŋ²²	tɕʰioŋ¹¹	tɕʰioŋ³³
峽 匣	hat³²	hat⁴⁵	hat²	tɕʰiak⁵
莧 匣	ɕien⁴⁴	ɕien⁴⁴	ɕien⁴⁴	han³¹
莖 匣	tɕin¹¹	tɕin²²	tɕin¹¹¹	tɕin³³
梢 生	ɕiau¹¹	sau²²/ɕiau²²	sau¹¹/ɕiau¹¹	ɕiau³³
牲 生	ɕin¹¹/saŋ¹¹	ɕin²²/saŋ²²	ɕin¹¹/saŋ¹¹	sen³³

　　[-i-]介音促使始興客家話精莊知章和見系聲母顎化，並經由詞彙擴散至二等韻。又因[-i]主要元音前化為[-ɿ]，進一步帶動已顎化且合流為舌面前音[tɕ-]組的聲母前化為[ts-]組，乍看狀似精組未曾顎化。

二、果假效攝

　　這三個攝的情況是各點的讀音較整齊，內部一致性高。假攝二等的見系都未顎化，仍為洪音。三等的知章組因為變成洪音，所以沒有顎化。假攝的音質各點相近，主要元音為[a]。果攝主要元音各點依舊相近，以[o]為主。效攝一等的讀音是唯一有不同的地方，太平、馬市、羅壩讀[-au]，隘子讀[-o]為多，部分讀[-au]。至於二等各點都讀[-au]，三、四等除了知章組沒有[-i-]介音外，都讀作[-iau]。

		太平	馬市	羅壩	隘子	例字	備註
假攝	二等	a	a	a	a	家瓦	
	三等	ia/a	ia/a	ia/a	ia/a	夜 / 車	知章組
果攝	一等	o	o	o	o	多婆	
	三等	io	io	io	io	茄靴	
效攝	一等	au	au	au	o/au	刀 / 稿	
	二等	au	au	au	au	飽	
	三四等	iau/au	iau/au	iau/au	iau/au	笑釣 / 燒	知章組

　　由上表可見此三攝在始興客家話內部表現的一致性很高。從上表也可看到果攝一等和假攝二等各地可以區別，跟多數客家話相同。隘子歌豪不分，與臺灣四縣話相近，而太平等地則不然，這是其內部南北差異之一。知章組聲母因為沒有[-i-]介音，以保持和精組聲母的差別。

三、流　攝

　　流攝在始興客家話內部同樣屬於各點表現相當一致的，一等各點讀作[-eu]，三等則幫系、莊組聲母讀[-eu]，其他聲母後讀[-iu]。

	太平	馬市	羅壩	隘子	例字	備註
一等	eu	eu	eu	eu	頭走豆	
三等	eu	eu	eu	eu	謀搜瘦	幫系莊組
	iu	iu	iu	iu	抽秋丘	知章組

　　三等的知章組因為讀作細音，與見系細音、精組細音不能區分，故「抽」、「秋」、「丘」同音，都是[tɕʰiu¹]。這與其他客家話不同，臺灣四縣話知章組丟失[-i-]介音，「抽」字讀[tsʰu]，見系字沒有顎化，「丘」字讀如曉母作[hiu]。「抽」、「秋」、「丘」三字都不同音是另一個極端。臺灣海陸話知章組仍有[-i-]介音，「抽」[tʃʰiu]、「秋」[tsʰiu]不同音（古國順等2005），「丘」同四縣作[hiu]，也是三字都不同音。始興客家話這種現象與閩西上杭、永定相同。

　　另外，一等部分見組字，馬市、羅壩、隘子等地增生了[-i-]介音，並且從聲母並未顎化看來，這是較後起的變化。其他韻攝見組字也常突出的有介音存在，我們認為也是增生的機會較大。

	太平	馬市	羅壩	隘子
狗	keu³¹	kieu³¹	kieu³¹	keu³¹
口	kʰeu³¹/heu³¹	kʰieu³¹/heu³¹	kʰieu³¹/heu³¹	kʰeu³¹/heu³¹
偶配～	ŋeu³¹	ɲieu³¹	ŋeu³¹	ɲieu³¹/ŋeu³¹

四、遇　攝

　　遇攝各點表現同樣很一致，不論是一等還是三等，各點表現都很相同；魚、虞韻間，除了精組、見系，始興南北表現不一外，其他大致相同。

	太平	馬市	羅壩	隘子	例字	備註
一等	u/m	u/m	u/m	u/m	蘇戶／吳五	
三等	u	u	u	u	斧豬	知章組
	ɿ	ɿ	ɿ	i	徐鋸	精組見系
	m	m	m	ŋ	魚女	

　　一等主要讀[u]韻，只有「做」、「錯」讀同果攝，跟多數客家方言相同。

「吳、五」等成音節鼻音則具有粵北的區域特色，粵北白話如韶關、曲江等也都是雙唇鼻音[m]，不過我們不認為這是白話的影響。考量到白話進入粵北的歷史較短，客家話在粵北仍有較大的勢力，事實上粵北客家話對白話的影響不會少。不可忽視的是粵北土話的表現，粵北土話不乏雙唇的成音節鼻音[m]，只要有雙唇成音節鼻音[m]的土話，其「五」字都讀[m]，而「吳」字也不少讀[m]。尤其在廣大的粵北，[m]出現的地區集中在南雄、仁化、曲江、韶關地區（莊初昇 2004），因此我們認為始興的成音節鼻音[m]，受粵北土話影響較大，連帶的翁源、曲江客家話「吳、五」讀[m]也作如是觀。

　　三等的精組和見系字，始興客家話聲母都顎化了，太平等地韻母又另行前化，故不同於隘子的表現。

五、蟹　攝

　　蟹攝在始興客家話的表現看來比較複雜，層次較豐富。尤其是合口字，因著聲母的不同，各點內有不同的讀法，而各點之間也有不同的表現。

		太平	馬市	羅壩	隘子	例　字	備　註
開口	一等	oi/ai/e	oi/ai/e	oi/ai/e	oi/ai/e	開／猜／貝	
	二等	ai/a/e	ai/a/e	ai/a/e	ai/a/e	排／佳／矮	
	三四等	ɤ/e	ɤ/e	ɤ/e	i/e	祭臍計／齊洗溪	精組見系
		ɿ	ɿ	ɿ	ɿ	滯製世	知章組
		i/e	i/e	i/e	i/e	弊米／例底	幫組／端組
合口	一等	oi/e	oi/e	oi/e	oi/e	賠／回配	幫影組
		ue	ui	i	e	堆催罪退	端精組
		e	ue	i	ue	魁傀	見組
	二等	ai/a	ai/a	ai/a	ai/a	壞／話	
	三等	ue/oi/e	ui/oi/e	oi/e	oi/e	贅／吠／肺	
	四等	e	e	e	e	惠	

　　開口一、二等還能夠分別，不過各點一等都有和二等相混的層次。一等字哪些讀[-ai]，哪些讀[-oi]，各點不盡相同。依照潘悟云（2000）的說法，二等韻以帶著介音和一等韻保持區別，南方方言二等韻介音一旦脫落，二等韻就和一等韻無法分別了。劉澤民（2009）就認為客贛方言蟹攝開口一等字主要元音發生了後高化的音變，即 ai＞ɑi＞ɔi＞oi。二等字則因原有介音的牽

制，所以沒有後高化。一等韻的音變在前。梅縣蟹開二見系字有介音，如「解」；美濃也保有介音，如「街」（羅肇錦 1990），似乎可爲潘悟云、劉澤民的說法提供證明。不過，客贛方言一等韻讀[-ai]的，讀音形式與北方官話近似，在各地都屬於較文的字，若有文白異讀，[-oi]類屬於白讀層，[-ai]類屬於文讀層。[-ai]應是官話方言覆蓋而來的文讀層，這樣理解相對單純一些。鄧曉華（1988）列舉閩西七縣 11 個方言點，詳細分析其韻母的音韻特點及演變，從閩西客家方言蟹開一的表現看來，閩西客家話咍泰韻早期可能經過一個念[-oi]的階段，像武平、永定的今讀形式。這也可以說明始興客家話[-oi]較早，而[-ai]較晚。

開口三、四等相對層次較單純，幫組和知章組各點讀[i]，不過知章組又前化爲舌尖前音[ɿ]。端組各點都讀[e]，表現一致。精組見系較複雜，兩個層次都有，而太平、馬市、羅壩等北部方言，若精組見系讀舌面前[i]元音時，韻母會前化爲[ɿ]，與知章組合流，隘子則不會前化，展現南北不同的格局。

合口的部份，大抵上是一、二等有別，而一、三等合流的格局。一等合口看來最複雜，太平端精組的[ue]和馬市的[ui]雖然音質不同，太平的[u]是介音，[e]是主要元音，但轄字大致相同。比較特別的是羅壩和隘子，端精見組讀法都相同，羅壩讀[i]，隘子讀[e]。尤其羅壩的讀法獨樹一格，是羅壩在始興北區方言中，與太平、馬市最大的不同。太平、馬市、隘子見組「魁、傀」實際讀音如下：

	太平	馬市	羅壩	隘子
魁	kʰe¹¹	kʰue³¹	kʰi³¹	kʰue³³
傀	kue³¹	kue³¹	ki³¹	kue³¹

這些字的讀音都不穩定，這兩字都是溪母字，卻一個送氣，一個不送氣；馬市、羅壩平聲字讀同上聲，可能不是常用字，受到聲符影響而讀音不定。但韻母的表現不脫蟹攝的格局。我們認爲太平、馬市、隘子的[u]是後來增生的，理由是，因爲聲母的影響，見組後面本來容易增生[u]介音；主要元音[e]（羅壩爲[i]）比較符合各點蟹攝合口一等的格局；太平「魁」字沒有介音，表示跟端精組的[ue]不同。馬市若說[u]介音本就存在，則端精組讀[ui]而見組讀[ue]沒有實質的必要。潘小紅（2002）紀錄太平沒有[u]介音，可見一斑。

所以，當[u]介音增生後，若溪母讀同曉母，則會有同影組字的變化，如「恢」字。同樣地，若曉母讀同溪母，可能跟溪母字有相同的表現，如「潰」。

	太平	馬市	羅壩	隘子
恢	fue¹¹	fui²²	foi¹¹	foi³³
潰	kʰue⁴⁴	kʰue⁴⁴	kʰi⁴⁴	kʰue¹¹

如此看來，始興蟹攝合口一等至少有兩個層次：[oi/e]。而端精組各點的讀法來歷不一，太平、馬市應來自[oi]，舌位高一些即變成[ui]，[ue]就是韻尾沒有確實到前面的位置而已。見組則來自[e]。隘子和羅壩的端精見組則都來自[e]，不過羅壩後來韻母又高化為[i]，這點從讀[i]的見組字沒有顎化可以證明。合口三等的格局似乎可顯見太平、馬市與隘子、羅壩不同的類型。合口四等的見組字亦可說明：

	太平	馬市	羅壩	隘子
閨	ke¹¹	kue⁴⁴	ki¹¹	kue⁵⁵
奎	kʰe⁵³	kʰue⁵³	kʰe⁴²	kʰue¹¹
桂	ke⁴⁴	kue⁴⁴	ki⁴⁴	kue⁵⁵

羅壩韻母兩讀，[i]韻應來自[e]韻母。馬市和隘子顯然較容易增生[u]介音。一、二等部分見組字有同樣的情形。這部份還可以和止攝相互參看。

	太平	馬市	羅壩	隘子
塊	kʰai⁴⁴	kʰuai⁴⁴	kʰai⁴⁴	kʰuai⁵⁵
怪	kai⁴⁴	kuai⁴⁴	kai⁴⁴	kuai⁵⁵
掛	ka⁴⁴	kua⁴⁴	ka⁴⁴	kua⁵⁵
快	kʰai⁴⁴	kʰuai⁴⁴	kʰai⁴⁴	kʰuai⁵⁵

六、止 攝

止攝開口字都有混同合口的，並且例字相當一致，從止攝字的表現看來，止攝和蟹攝的關係比較密切，例如開口的「徙」、合口的「帥」，各點都讀[ai]，和蟹攝一、二等同。

	太平	馬市	羅壩	隘子	例字	備註
開口 三等	i	i	i	i	皮利義	幫組來疑母
	ɿ	ɿ	ɿ	ɿ	此遲士志	精莊知章

ŋ̍	ŋ̍	ŋ̍	i	倚棄醫稀	見系
e	e	e	e	悲尼舐蟻	
e	e	e	e	尾位毀魏	非組影組疑母
ue	ui	ui	e	髓翠穗	精組
ue	ui	i	e	追衰垂水	莊知章
e	ue	i	ue	虧櫃鬼	見組

（合口三等，表格左側第一欄）

合口字的部份很能說明上述蟹攝字的一些問題。從合口非組和見組的型態可見，馬市、隘子見組的[ue]是增生介音而來的，馬市「櫃」字[kʰue⁴⁴/kʰe⁴⁴]兩讀可見一斑，此其一。羅壩見組的[-i]則是從[-e]高化而來，這個高化發生在見組顎化之後，此其二。那麼，羅壩的莊知章組的[-i]是否和見組的性質相同呢？我們認為不然，原因是從開口看，精莊知章表現相同，理應合流，而羅壩合口字亦露端倪；再者，從聲母看，莊知章組的聲母遇到細音[-i]都已經顎化為[tɕ-]組，而見組則未顎化，可見來源不同。莊知章組的[-i]應是[ui]韻變化來的。且看下表：

例字	隨邪	雖心	翠清	嘴醉精	衰生	槌澄	墜澄	龜見
讀音	sui	sui	tsʰui	tɕi	sui/ɕi	tɕi	tsui	ki

精組和莊知章組讀[-ui]和[-i]互見，「衰」字兩讀便是很好的說明，精莊知章本來一組，而後莊知章由[-ui]＞[-i]。而見組接細音沒有顎化表示來歷不同。若我們將羅壩止攝合口見、溪、群母字羅列來看，所有的字都讀[-i]韻，只有「葵」[kʰe⁵]、「季」[tsɿ³]二字例外。許多客家地區用蒲葵的葉製作較大的扇子，即蒲扇，就叫「葵扇」，例如臺灣苗栗稱[kʰi⁵ san³]（筆者母語）、連城（新泉）稱[kʰi⁵ iuə²⁸ ɕie³]（項夢冰 2009）等，有的地區因聲用字寫作「旗扇」，實是記音字，並非本字。（黃雪貞 1995）那麼連城（新泉）、苗栗「葵」字讀[kʰi⁵]當是來自合口成分的失落。音變過程如下：〔註11〕

　　*gwi ＞ kʰui ＞ kʰi

〔註11〕 從連城新泉來看，「葵」讀作[kʰi⁵]應屬白讀，因為連城其他止攝合口見組字尚有其他的音變，而「葵」字並未參與，可見是較早丟失合口成分。「葵」字失落合口成分也不僅見於客家話，例如李如龍等：《福州方言詞典》（福州：福建人民出版社，1994）、馮愛珍：《福州方言詞典》（南京：江蘇教育出版社，1998）等記錄福州話已用了本字。見項夢冰（2009）。

羅壩則路向不同，從「季」字的表現看來，是上述公式進一步顎化的表現，其他的見組字並未有此變化，可見其他見組字走的是另一個路子，從「葵」讀作[-e]韻看來，應是主要元音先前化，或者主要元音與韻尾直接中和為[-e]，接著才高化為[-i]，是以聲母都沒有顎化。

$$*kwi > kui > \quad ki > \quad t\varphi i > \quad ts\textroundcap{\imath} \quad 「季」$$
$$（kei）> \quad ke > \quad ki \quad 「龜」$$
$$*gwi > k^hui > \quad （k^hei）> \quad k^he >「葵」 \quad k^hi \quad 「跪、櫃」$$

始興客家話其他方言點跟羅壩的表現相似，太平、馬市「季」字也都讀作$[ts\textroundcap{\imath}^3]$，其他見組字各點都走向[-e]韻母，只不過各點到[-e]即不再高化，而馬市、隘子則又增生[-u-]介音，例如「葵」作$[k^hue^5]$。

當然，也有不同之處。隘子在遇攝、蟹攝的三、四等中，精組字後接細音[i]，韻母並不會前化為[ɿ]，然止攝開口精組字韻母則前化，與知章組合流。可見在隘子音系，止攝精組字的聲、韻母前化是後起的，是獨立於遇、蟹攝的發展，可能是受到太平等地的影響，只不過太平等北部方言向南部擴散僅及於止攝。

七、咸山攝的分合

在此將咸山二攝合而觀之主要是著眼於二攝主要元音相同，陽（入）聲韻的討論都是依著這個原則。

因為韻尾的不同，咸山攝在始興客家話的表現可二分：太平、馬市、羅壩等北部方言韻尾由雙唇[-m/-p]變為舌尖[-n/-t]，因而咸山不分；隘子代表的南部方言韻尾則變為舌根[-ŋ/-k]，故咸山有別。下表以陽聲韻代表，包括相對應的入聲韻。

咸攝的表現較單純，開口三、四等知章組字[-i-]介音失落，各點一致。太平、馬市、羅壩等地因為韻尾讀同山攝，故主元音由[a]提高為[e]，隘子則保持不變，南北有別。

山攝字主要元音同於咸攝，一等見系字較多讀為[-on/t]，三、四等有部分見系字相同讀作[-ion/t]。不過隘子三、四等沒有相對應的[-ion/t]。另外，有少數開口二等字讀如三、四等，例如「揀、諫、莧」等，各點讀同三、四等的狀況不一。三等的知章組，各地都沒有[-i-]介音，不過若與咸攝參看，隘子的咸

攝可以解釋介音失落，然山攝卻是選擇讀同一、二等，而太平等地無論咸、山攝都是失落介音。由此，隘子咸攝的表現就未必單純是失落介音了。

山攝合口字看來比較簡單，各點對應整齊，只有羅壩一、二等見系字讀同端精莊組，而其他點則讀同幫組。隘子三、四等的精組見系仍沒有相對的[-ion]，同一、二等。

從山攝來看，開口字尚可見一、二等的區別，合口字則完全消失，形成依聲母而異的韻母格局。

			太平	馬市	羅壩	隘子	例　字	備　註
咸攝	開口	一二等	an	an	an	aŋ	南盒鹹插	
		三四等	ien/en	ien/en	ien/en	iaŋ/aŋ	鐮帖／閃摺	知章組
	合口	三等	an	an	an	aŋ	范法	
山攝	開口	一等	an/on	an/on	an/on	an/on	懶達／肝割	見系
		二等	an	an	an	an	山板八瞎	
		三四等	ien/en/ion	ien/en/ion	ien/en/ion	ien/an	剪現／展舌／弦薛	en 知章組 ion 精見系
	合口	一二等	an	an	an/on	an	伴末／管	幫組／見系
			on	on	on	on	端算悶刷	端精莊組
		三四等	an	an	an	an	翻反飯襪	非組
			on	on	on	on	轉穿船說	莊知章組
			ion	ion	ion	ien	權絕血縣	精組見系

八、深臻曾梗攝

我們將深臻和曾梗放在一個平面上來看，主要是客家方言曾梗（文讀）二攝的韻尾由舌根變成舌尖音，並且四攝主要元音相同，故可合而觀之。我們先將各攝的讀音大列於下，僅標以陽聲韻涵括相對應的入聲韻：

		太平	馬市	羅壩	隘子	例　字	備　註
深	開三	in/en	in/en	in/en	in/en	林急／森澀	莊組
臻	開一	en	en	en	en	根墾恨恩	
	開三	in/en	in/en	in/en	in/en	勤七／襯蝨	莊組
	合一	un	un	un	un	溫本嫩骨	
	合三	un/iun	un/iun	un/iun	un/iun	脣律／均屈	見系日母

曾	開一	en	en	en	en	崩等贈塞	
	開三	in/en	in/en	in/en	in/en	蒸食／測色	莊組
	合一	un	un	un	un	國	
	合三	iun	iun	iun	iun	域	見系
梗	開二	en/aŋ	en/aŋ	en/aŋ	en/aŋ	衡責／耕客	
	開三	in/iaŋ/aŋ	in/iaŋ/aŋ	in/iaŋ/aŋ	in/iaŋ/aŋ	景惜／驚劇／鄭尺	知章組
	開四	in/iaŋ	in/iaŋ	in/iaŋ	in/iaŋ	經敵／醒錫	
	合二	en/aŋ	en/aŋ	en/aŋ	en/aŋ	宏／橫劃	
	合三	in/iaŋ/iun	in/iaŋ/iun	in/iaŋ/iun	in/iaŋ/iun	營穎／頃永役	見系
	合四	in/iaŋ	in/iaŋ	in/iaŋ	in/iaŋ	螢	見系

　　各點表現頗爲一致，深臻曾等攝三等的莊組字都讀同該攝的一等，梗開三的知章組沒有[-i-]介音，都讀同二等白讀。合口字的部份，曾梗合口字例不多，我們依音系結構處理，不過仍能看出其規則。合口三等見系大都有[-i-]介音，少數如「葷」各點讀同合口一等。各點相一致還表現在個別字例的讀音上，臻開一「吞」各點都讀同合口一等；臻開三「乙」各點讀同山攝合口三、四等；臻合一的「奔、核」各點讀同開口一等；曾開三的「憑、凝」各點讀同開一；曾合一「或、惑」讀同開口一等；梗合二有混同宕、江攝的，例如「礦、轟、獲」；梗合三「兄、榮」讀同通合三。

　　梗攝都有文白讀，而合口字都讀同開口。始興客家話同多數客家方言一樣，文白讀較集中表現在梗攝字，文讀韻尾爲舌尖音，白讀爲舌根音，由白讀可見梗攝原來面貌。如果不看梗攝白讀，深臻曾梗四攝的表現更趨一致，可如下表示：

		太平	馬市	羅壩	隘子	備註
開口	一二等	en	en	en	en	
	三四等	in/en	in/en	in/en	in/en	莊組
合口	一二等	un	un	un	un	
	三四等	un/iun	un/iun	un/iun	un/iun	見系

九、宕江通攝

　　宕江攝關係密切，各點表現亦都相同，如江攝「腔」字都讀作[tɕʰ ioŋ]，同

宕攝三等。合口三等字大多失去了[-i-]介音，各點僅有「钁」[tɕiok]保存，其他也僅隘子「筐、眶、網」等仍有[-i-]介音。

通攝主要元音為[u]，然「虹、沃」等讀同宕江一二等，各點相同，可見亦有聯繫。三等見系字[-i-]介音保留狀況不穩定，見、溪母字不少已經失去介音，影組字保留較好。

			太平	馬市	羅壩	隘子	例　字	備　註
宕江	開口	一二等	ɔŋ	ɔŋ	ɔŋ	ɔŋ	湯抗綁巷落角	
		三等	iɔŋ/ɔŋ	iɔŋ/ɔŋ	iɔŋ/ɔŋ	iɔŋ/ɔŋ	將響弱／床創酌	知莊章組
	合口	一等	ɔŋ	ɔŋ	ɔŋ	ɔŋ	光誑郭钁	
		三等	ɔŋ/iɔŋ	ɔŋ/iɔŋ	ɔŋ/iɔŋ	ɔŋ/iɔŋ	房往望／钁	
通	合口	一等	uŋ	uŋ	uŋ	uŋ	同送農木屋毒	
		三等	uŋ/iuŋ	uŋ/iuŋ	uŋ/iuŋ	uŋ/iuŋ	終鋒六／松窮肉	精組見系

多數客家地區通攝一、三等今音不同韻母，一等無[-i-]介音，三等除脣音外有[-i-]介音，始興客家話三等字知章組多半沒有介音，粵北的連南、曲江亦然。

粵語通攝三等（除日疑影云以外）也無[-i-]介音。若比較閩西上杭等地，閩西一、三等是有別的。（鄧曉華 1988）現以太平代表始興、永定代表閩西，比較如下：[註12]

	梅縣	太平	連南	曲江馬壩	永定	廣州
聾（籠）	luŋ	luŋ	（lɔŋ）	（luŋ）	lɔŋ	luŋ
鬆	suŋ	suŋ	sɔŋ	suŋ	ɕiɔŋ	suŋ
工	kuŋ	kuŋ	kɔŋ	kuŋ	kuŋ	kuŋ
紅	fuŋ	fuŋ	hɔŋ	fuŋ	fɔŋ	huŋ
鹿	luk	luk	lɔk		louˀ	luk
速	suk	suk			souˀ	tsʰuk
屋	vuk	vuk	ɔk	vuk	vouˀ	uk
龍	liuŋ	luŋ	lɔŋ	luŋ	lɔŋ/liɔŋ	luŋ

［註12］梅縣、廣州見黃雪貞（1987）、連南見李如龍、張雙慶（1992）、曲江馬壩見以林立芳：〈馬壩客家方言同音字匯〉（1992）、〈馬壩方言詞匯〉（1994）為主，輔以周日健、馮國強：〈曲江馬壩（葉屋）客家話語音特點〉（1998）等文整理而來。永定見《永定縣志》（1994）。

嵩	siuŋ	ɕiuŋ			soŋ	suŋ
弓	kiuŋ	kuŋ	koŋ	kuŋ	koŋ/tɕioŋ	kuŋ
胸	hiuŋ	ɕiuŋ	hoŋ	soŋ	ɕioŋ	huŋ
六	liuk	luk	lok	luk	liu⁷	luk
粟	siuk	suk			ɕiu⁷	suk
育（浴）	iuk	iuk			（iu⁷）	iuk

　　永定一、三等基本不混，不過部份通攝三等的入聲字，如「竹、燭」等已經讀同一等。「嵩」字羅壩、隘子讀作[suŋ]，可見三等[-i-]介音保存不多，只有少數字有介音。整體來說，粵北客家話三等多失落介音，粵北土話南雄、仁化、曲江（周田）、韶關（石陂）等接近始興、曲江的地區，基本上一、三等有別，三等有[-i-]介音。（莊初昇 2004）如此看來，粵北始興、曲江（馬壩）一、三等不分可能有粵語的影響。

第三節　聲　調

一、聲調的數量

　　客家話的聲調數量主要從五個到七個之間，以六個聲調數為大宗。七個聲調的如江西瑞金、臺灣新竹海陸客話，特點是擁有獨立的陽去調。五個聲調的如福建連城、長汀，沒有入聲調。六個聲調的客家話，情況較複雜，以梅縣為例，其六個調主要是平聲、入聲分陰陽，上聲、去聲不分陰陽，只有一個去聲，陰去等於陽去是其特點。

　　始興客家話主要也是六個聲調，其類型接近梅縣。馬市僅有五個聲調，入聲不分陰陽，但其入聲字基本不混入舒聲，且從移民來源閩西上杭，以及週遭方言比較來看，馬市應該也是原有兩個入聲的，且待後話。

太平、羅壩、隘子	陰平	陽平	上聲	去聲	陰入	陽入
馬市	陰平	陽平	上聲	去聲	入聲	

二、濁上歸陰平

　　客家話有一個比較一致的特點，那就是部分次濁上聲和全濁上聲歸陰平，又以全濁上歸陰平為尤。最早由橋本萬太郎（1973）提出次濁上歸陰平，

羅杰瑞（1989）的文章篇幅不長，但提到客家方言聲調問題的各個方面，其中也包括次濁上讀陰平，甚而認爲這點堪爲判斷一個方言是否爲客家方言的依據。〔註13〕黃雪貞（1988）列舉了 16 個方言點，提出次濁上和全濁上聲都有歸陰平的字，表現出客家方言的一大特色。

客家話部分次濁上和全濁上聲歸陰平的變化不會太晚，因爲從黃雪貞文中所見，閩西、廣東、廣西、四川都有這種變化，而且基本一致。〔註14〕全濁上聲又比次濁上聲更爲一致，其變化時間當比次濁上歸陰平要早。

始興客家話各點都有濁上歸陰平的變化，各點除隘子之外，相去不遠。現列舉始興比較一致的例字：

全濁上：坐下苧柱在弟徛技距被舐舅臼斷旱近上淡厚動重。

次濁上：尾鯉呂買咬有酉懶暖軟忍冷領嶺兩癢養。

三、次濁去聲歸陰去

古去聲根據聲母清濁分爲兩類的客家方言，其古去聲次濁聲母字有一部份跟著清聲母走，另外一部分跟著全濁聲母走，字的歸屬很一致。羅杰瑞（1989）就舉出梅縣、海陸、長汀、永定（下洋）爲例，列舉「罵露墓奶妹艾面夢徤問」等十字，說明這些次濁去聲字很一致的跟著清去聲。其中「奶」字應屬上聲，且客家方言的讀音很特殊〔註15〕，另「夢」字在客家話裡一般是跟著全濁聲母的，這兩字姑且不論。「徤」字資料不全，扣除這三字，其他字在始興客家話中，都很一致讀作清去聲。

四、古入聲次濁聲母的分化

客家方言中，次濁入聲字很有規律地分爲兩類，一類跟著清聲母入聲字

〔註13〕這個問題主要牽涉客贛方言的分合，現在以次濁上和全濁上歸陰平要作爲區分客贛方言的條件並不適當，贛方言中也不乏相似的特徵。尤其客家方言中也發現如「馬買暖鯉懶咬」等字不讀陰平而讀陰去的，如大庚、惠州、河源等，見沙加爾（Laurent Sagart 1998）。

〔註14〕黃雪貞（1988）提到的 16 個點分別是：梅縣、興寧、大埔、蕉嶺、平遠、豐順、惠陽、陸豐、紫金、永定、陸川、賀縣、鄜縣、桃園、龍潭寺、廣東。其中廣東是根據 1926 年《客家話英漢字典》來的，並未說明確切地點。

〔註15〕關於「奶」（表乳汁）的討論可參見謝留文（2003）。

走，另一類跟著全濁聲母入聲字走。黃雪貞（1988，1989）當時提出這個現象，並列出不少地點的例字，其中跟著清入的如「日襪肉木笠育六脈額」等常用字，而跟著濁入的如「月末捋綠麥逆玉篋入納滅」等常用字。〔註16〕

總是跟著清入聲的例字中，始興客家話大抵符合規律，只有羅壩有少數字，如「笠、脈、額」等讀作陽入。

總是跟著濁入聲的例字中，始興客家話亦可稱符合規律，然羅壩仍有少數字混入陰入調，如「末、麥」。較特別的是太平，本來次濁入讀陰入的，太平都很符合規律，但是次濁入讀陽入的，太平有較多混同陰入，如「捋、綠、逆」等。

黃雪貞（1997）再舉出十處客家方言的讀音，〔註17〕其中包括始興，對照之下，太平這種次濁入該讀陽入卻混同陰入的例外現象，我們認為和馬市的影響有關。馬市位居始興到南雄的交通要衝，太平是縣城所在，兩地來往密切。馬市只有一個入聲調[45]，太平陰入也是[45]，陽入是偏低的[32]，所以太平該讀陽入調的次濁入聲字容易讀同陰入調，造成太平陰入字較多。至於羅壩，次濁入聲字的讀法很不穩定，除了發音人較年輕，屬中年層的主觀因素外，應當和羅壩地處始興中部有關。始興北部入聲調，陰入高陽入低；南部的入聲調，陰入低陽入高，南北相反，兩相綜合，羅壩的陰入[3]，陽入[2]，基本上能見其偏向北部的特點，但調值卻拉近，聽辨上有時不易區辨。發音人本身也常有兩讀皆可的情況。

五、連讀變調

太平和羅壩入聲的兩字組連讀變調十分有趣，饒富特色。我們發現在陰陽入的連讀組合上有趨同的現象。先說太平，當陽入作後字，前接平、上聲時，陽入便讀同陰入調；前接去聲、入聲時，陽入不變。另外，陽入作前字，後接

〔註16〕黃雪貞（1988）列舉的地點有梅縣、興寧、大埔、蕉嶺、平遠、豐順、惠陽、陸豐、紫金、永定、陸川、賀縣、鄹縣、桃園、美濃、龍潭寺、廣東。又（1989）增舉長汀（城關）例。

〔註17〕該文再列舉始興、乳源、五華、連平、龍川、博羅、寶安、連山、東莞、新豐等十處客家方言點。文末有記，始興、乳源的資料來自鄭張尚芳先生調查，乃未刊稿。

入聲時，陽入也變同陰入調。整體而言，其入聲連讀變調公式如下：

$$> \quad 陰入 \quad / \quad 平、上聲 \quad + \underline{\qquad}$$
$$陽入 > \quad 陽入 \quad / \quad 去、入聲 \quad + \underline{\qquad}$$
$$> \quad 陰入 \quad / \underline{\qquad} + 入聲$$

再加上在語流中，入聲調變得較短促，不若單字調有些微的上揚和下降，然則太平的入聲連讀變調會變成如下圖所示：（加網底者表變調，下同）

前字＼後字	陰入 45	陽入 32
陰平 11	13 + 45	13 + 45
陽平 53	53 + 45	53 + 45
上聲 31	31 + 45	31 + 45
去聲 44	44 + 45	44 + 32
陰入 45	45 + 45	45 + 32
陽入 32	45 + 45	45 + 32

前字＼後字	陰入 45	陽入 32
陰平 11	13 + 44	13 + 44
陽平 53	53 + 44	53 + 44
上聲 31	31 + 44	31 + 44
去聲 44	44 + 44	44 + 22
陰入 45	44 + 44	44 + 22
陽入 32	44 + 44	44 + 22

其趨同的模式很明顯，平聲、上聲在前，後字不論陰陽入，都各自變作相同。去聲、入聲在前時，後字接陰入，都讀成[高平＋高平]；後字若接陽入，則都讀成[高平＋低平]。總歸來說，變化的都是陽入，變化的結果讓陰陽入界限模糊。同時也說明了上述太平陽入字容易混同陰入的現象。

再看羅壩，羅壩的情形較太平單純，但同樣在陰陽入的組合上有趨同的現象。羅壩的陰入作後字時，前字接入聲，會變作陽入。其公式如下：

$$陰入 > \quad 陽入 \quad / \quad 入聲 + \underline{\qquad}$$

那麼羅壩的趨同模式成為，陰入在前，後字不論陰陽入，都讀同[中＋低]；陽入在前，後字不論陰陽入，都讀同[低＋低]。變化的是陰入，陰入調值低化的現象可能跟南部地區如隘子陰入低、陽入高有關。圖示如下：

前字＼後字	陰入 3	陽入 2
陰入 3	3 + 2	—
陽入 2	2 + 2	—

前字＼後字	陰入 3	陽入 2
陰入 3	3 + 2	3 + 2
陽入 2	2 + 2	2 + 2

馬市和太平、羅壩在音韻表現上多所相同，詳見下章。馬市只有一個入聲

調，看不出連讀的變化。不過太平、羅壩的入聲連讀變調趨向混同，我們認為跟馬市一個入聲調有關。

第五章　始興客家話的差異與源變

　　上一章介紹了始興客家話的音韻特點，主要是各點比較一致的特徵。本章接著討論始興客家話的差異，主要針對始興內部立論，大致可見南北分立的格局，也就是說始興客家話可大分為南北兩片。接續進行一些以共時層面為主的比較，包括與粵北地區甚而其他客家地區的比較，以及與始興移民祖地－閩西上杭等地的比較。透過比較，呈現始興客家話的承繼與變化，我們會發現方言接觸在此區起到相當的作用。

　　必須要說的是，比較的特點並非截然可分，例如有些南北對立的差異，經過與閩西祖地比較，正是呈現南北承繼與變化的對立；具體變化的型態，與其他客家話比較之後，可見受到方言接觸的影響，於是各節的劃分，其實不是絕對。

第一節　內部差異：始興的南北差異

　　始興客家話內部有些許差異，雖然始興乃一純客住縣，各點在音韻表現上未必一致，容或有異。大體來說，南北的差異較為突出。太平、馬市、羅壩表現較相近，隘子地處始興縣南方山區，與前述三地較多不同之處。

一、非組的重唇讀法和「疿」

　　非敷奉母的讀法各點較不一致，同一字有的讀如重唇，有的讀輕唇。存古

程度不一。整體而言，南部的隘子比北部三點讀重唇的較多，而太平最差。底下列出太平和隘子的例字

例字	孵	符	斧	發	分	糞	幅	扶
太／隘	fu/ pʰu	fu/ pʰu	fu/ pu	fat/ pot	fun/ pun	fun/ pun	fuk/ puk	pʰu/ fu

只有「扶」字是太平讀重唇，隘子讀輕唇的。其中「發、分、扶」有的點有文白讀。馬市、羅壩跟太平的表現相近。上述例字「孵」敷母平聲，太平讀陰平[fu¹]，隘子讀陽平[pʰu⁵]比較特殊。

另外有一個非母去聲字「痱熱～」，始興客家的表現南北迥異。除了隘子之外，都讀作[me]，相當特別。而羅壩還有[fe]的讀法。

	太平	馬市	羅壩	隘子	武平	上杭	永定
痱熱～	me¹	me²	me¹	pe³	pi³	pei³	pi³

從武平等地（藍小玲 1999：149）看來〔註1〕，隘子較近於上杭，然太平等地讀同明母不知所從。從聲調來看，讀陰平、上聲也很難解釋。我們檢視李如龍、張雙慶主編（1992）、劉綸鑫（1999）共 28 個客家方言，讀重唇[p-]的共 19 個點，而只有詔安（秀篆）、石城讀作上聲，其他都是去聲。倒是粵中的河源、東莞（清溪）、揭西、廣西陸川（李如龍、張雙慶〔主編〕1992）、惠州、深圳（沙頭角）、從化（呂田）（詹伯慧、張日昇〔主編〕1988）、中山（甘甲才 2003）、香港（新界）（劉鎮發 2004）等客家話讀作[m-]。

那麼是否和粵語有關？粵北白話在地理上最接近始興的韶關、曲江、仁化等地都讀[f-]（詹伯慧、張日昇〔主編〕1994），廣府片多數的粵語都讀[f-]，只有花縣（花山）讀[mei]（詹伯慧、張日昇〔主編〕1988），應該不是受到粵方言的影響。

二、遇蟹止攝三等的ᶇ：i

始興客家話的南北不同還可從遇合三、蟹開三、止開三等看到明顯差異。前文說過，始興客家話的精莊知章組和見系字逢細音皆會顎化合流，變為舌

〔註1〕武平、上杭、永定等若無特別註明，都指城關口音，語料則分見《武平縣志》（1993）、《上杭縣志》（1993）、《永定縣志》（1994）。若有其他語料來源，如藍小玲（1999），另註。

面前音。爾後，遇、蟹、止攝主要元音[-i]，因進一步前化爲舌尖前元音[-ɿ]，精組及見系聲母則會被帶動前化爲舌尖前[ts-、tsʰ-、s-]。不過隘子只有在蟹開三、止開三時，[-i]韻母才會前化爲[-ɿ]，而知章組也才會讀[ts-]組。其他多數精組和所有見系聲母之後，韻母沒有前化仍舊是[-i]，而聲母自然是舌面前音[tɕ-、tɕʰ-、ɕ-]。這種現象及於影、云、以母。形成太平、馬市、羅壩讀（ts）[ɿ]，而隘子讀（tɕ）[i]的對比，南北有別。

	太平	馬市	羅壩	隘子
徐邪	tsʰɿ⁵³	tsʰɿ⁵³	tsʰɿ⁴²	tɕʰi¹¹
聚從	tsʰɿ⁴⁴	tsʰɿ⁴⁴	tsʰɿ⁴⁴	tɕʰi³¹
妻清	tsʰɿ¹¹	tsʰɿ²²	tsʰɿ¹¹	tɕʰi³³
矩見	tsɿ³¹	tsɿ³¹	tsɿ³¹	tɕi³¹
啓溪	tsʰɿ³¹	tsʰɿ³¹	tsʰɿ³¹	tɕʰi³¹
戲曉	tsʰɿ⁴⁴	tsʰɿ⁴⁴	tsʰɿ⁴⁴	tɕʰi⁵⁵
芋以	ɿ⁴⁴	ɿ⁴⁴	ɿ⁴⁴	i³¹
椅影	ɿ³¹	ɿ³¹	ɿ³¹	i³¹
製章	tsɿ⁴⁴	tsɿ⁴⁴	tsɿ⁴⁴	tsɿ⁵⁵
池澄	tsʰɿ⁵³	tsʰɿ⁵³	tsʰɿ⁴²	tsʰɿ¹¹
屍書	sɿ¹¹	sɿ²²	sɿ¹¹	sɿ³³
絲心	sɿ¹¹	sɿ²²	sɿ¹¹	sɿ³³

三、「魚、女、你」

始興客家話這三字都讀成音節鼻音，不過讀法不盡相同，北部的太平、馬市、羅壩讀雙脣鼻音[m]；南部的隘子則是舌根鼻音[ŋ]。

		太平	馬市	羅壩	隘子
魚	遇合三平	m⁵³	m⁵³	m⁴²	ŋ¹¹
女	遇合三上	m³¹	m³¹	m³¹	ŋ³¹
『你』		ȵi¹¹/m¹¹	ȵi³¹/m²²	ŋ¹¹	ȵi³³/ŋ¹¹

隘子在模韻的成音節鼻音也是讀作雙脣鼻音的，但魚韻的表現就不同其他地方。成音節鼻音的讀法還擴及到第二人稱的『你』，也是南北有別。

鄭曉峯（2001）詳細介紹各漢語方言成音節鼻音的分布，其中也提到「魚、女」二字在客家話中的表現，始興僅錄雙脣鼻音一類，從隘子可知始興內部

具有差異，尤其位居南部山區的隘子與北部縣城區的差別最明顯。

四、一二等

此小節主要以韻攝一、二等為出發點，觀察始興客家話南北之間的差異。

始興客家話看似一、二等大多不分，其實可以看出原來有別的痕跡，例如蟹攝開口，一等[-oi]韻母可以二等[-ai]區分。又如山攝一、二等，一等[-on]可與二等[-an]區分。至於始興南北有別的首先是效攝一、二等，太平、馬市、羅壩等地不分，隘子則一等部份讀[-o]，同於歌韻，使得肴豪有別。若北部以太平為例：

	歌果開一歌	刀效開一豪	考效開一豪	飽效開二肴
太平	ko¹	tau¹	kʰau²	pau²
隘子	ko¹	to¹	kʰau²	pau²

歌豪同音是上杭、永定、永定（下洋）、武平（岩前）等的特點，這點始興客家話基本上不同於閩西。客家話一、二等韻間有整齊的[o：a]對比，（張光宇 1996）如上述蟹一、蟹二，山一、山二等，效攝一、二等在梅縣已大量合流，如同太平等地，然就隘子看來，仍舊保有此特質。

北部方言咸山不分，山攝開口三等的知章組沒有[-i-]介音，讀作[-en]，同於深攝臻攝三等莊組、臻攝開口一等。這點與上杭、武平相同。隘子則不然，山攝開口三等知章組讀同一、二等，是以山臻有別。

	單山開一端	纏山開三澄	根臻開一見
上杭	tã¹	tsʰɛ̃⁵	kɛ̃¹
太平	tan¹	tsʰen⁵	ken¹
隘子	tan¹	tsʰan⁵	ken¹

上一章談過，若不論梗攝白讀，深臻曾梗等攝可以合而觀之。在部分梗攝開口四等的端組和心母字中，隘子有特殊的表現，與太平等北部方言迥異。這些字隘子都讀同開口一、二等的文讀，而太平等北部方言則仍保持三、四等白讀的格局。仍以太平代表北部方言：

	釘端	廳透	腥心	另來	糴定	冷來
太平	tiaŋ¹	tʰiaŋ¹	ɕiaŋ¹	liaŋ³	tʰiak⁴	laŋ¹
隘子	ten¹	tʰen¹	sen¹	len²	tʰet⁸	len¹

梗開二也有不少字北部方言俱讀白讀,唯獨隘子作文讀的,「冷」字是其中一例,隘子的讀法近於閩西。

最後,江攝二等的「窗、雙」二字,僅有隘子讀同通攝,這是東江不分的痕跡,這點隘子與閩西相同。

五、次濁平讀陰平

黃雪貞(1989)列舉 15 個客家方言有些古次濁聲母平聲字今讀陰平的例子,在客家方言內部一致性很高。其列舉的例字共有「毛蚊拿拈鱗籠研~藥芒昂」等九字。

前述九字在始興客家方言中形成南北的差異,主要差別在「毛、昂」兩字,北部太平等地讀陽平,而南部隘子俱讀陰平。看似平淡無奇,然特別之處在於黃雪貞(1989)該文亦提及始興,情況如下:

	始興(黃雪貞 1989)	太平、馬市	羅壩	隘子
毛	mau^5	mau^5	mau^1	mo^1
昂	ŋɔŋ^5	ŋɔŋ^5	ŋɔŋ^5	ŋɔŋ^1

羅壩的「毛」字聲調讀陰平,同於隘子。然從韻母型態以及「昂」字來看,羅壩基本上還是近於北部的太平、馬市。羅壩「毛」的陰平調,若不是隘子的影響,就是太平、馬市的影響尚不及於聲調。不管如何,均顯示其位居南北之間,受到南北擴散波交互影響的特點。而黃雪貞的記錄明顯同於北區,應是縣城太平的語音。

本文的調查表明,「毛」字發音人在語流中不定會發出陰平的調子。潘小紅(2002)記錄太平語音,也記載「毛」字有陰平、陽平兩讀。其「昂」字記上聲。太平、馬市、羅壩等北部各點,陽平與上聲都是降調,在聽感上有時不容易區辨。潘小紅(2002)就有很多陽平、上聲互見的字例。另外,在黃雪貞(1989)的記錄中,「毛」讀陽平只有始興和乳源,「昂」讀陽平的只有始興和美濃。另外,贛南的大庾、粵中的河源「毛」字亦讀陽平,始興正處於贛南越過大庾嶺路沿著北江南下之要道,應是受到這支客家話的影響。

六、濁上歸去後的歸併

大部分濁上字歸濁去聲已是客家方言普遍的特徵,且為人所熟知。濁上

歸去是比較早的層次，始興客家方言都有濁上歸去的變化。問題是濁上歸去之後的路向，始興南北呈現不同的類型。

始興北部濁上歸去後，濁上去又歸併到清去，形成一個上聲、一個去聲，去聲包含著陰去、陽上、陽去。始興南部，濁上去則歸併到清上，同樣形成一個上聲、一個去聲，然上聲包含陰上、陽上、陽去。南北之間，同樣是陰平、陽平、上、去、陰入、陽入（馬市僅一個入聲）的格局，然內涵有別，性質不同。底下北部以太平為例，圖示之：

古調	平		上				去		入	
古聲	清	濁	清	次濁		全濁		清	濁	清	濁
				D	C	B	A				
今調	1	5	2	（6）				3	（7）	4	8
太平	11	53	31	（11）		（44）		44	（44）	45	32
隘子	33	11	31	（33）		（31）		55	（31）	2	5

第二節　溯源明變：始興與閩西客家

一如本文前述，粵北各縣客家有相當的族譜資料顯示其移民來源為閩西地區，始興縣據本人調查，受訪者多表示祖上的閩西來歷。尤其是上杭一地，儼然是粵北客家之源。文獻資料也顯示明初有大量閩西客家入墾粵北的史實。（莊初昇 1999）因為移民歷史明確，本節將始興與閩西客家作一溯源比較，以觀其變。閩西七個純客縣中，上杭、永定、武平等地的音韻表現較為接近，可視為一類（龍巖地區志 1992；藍小玲 1999；呂嵩雁 1999），我們的溯源比對也以此三地為主。

一、精莊知章與見系的顎化

閩西客家方言在精莊知章的表現大抵可分為兩組：寧化、上杭、武平、永定精莊知章不分，都讀為舌尖前[ts-、tsʰ-、s-]；另外長汀、清流、連城則有兩套塞擦音擦音，精莊一組讀為舌尖前，知章一組讀為舌葉音[tʃ-、tʃʰ-、ʃ-]。始興客家話在精莊知章的表現上，同於前者，如同上杭等地精莊和知章合流。〔註2〕

〔註2〕見《上杭縣志》和藍小玲（1999）。黃雪貞（1987）曾提及上杭屬於精莊和知章對

　　始興客家和上杭等地不同之處在於，精莊知章逢細音都會顎化爲舌面前音[tɕ-、tɕʰ-、ɕ-]，幾無例外，也就使得始興客家話有兩套滋絲音。若連繫見系字來看，始興的舌面前音來歷相當一致。始興客家話的見系字逢細音也都發生顎化，成爲舌面前音，與來自精組細音字合流。閩西等地，根據《武平縣志》記錄平川話、《上杭縣志》記錄城關話、《永定縣志》記錄城關話來看，精組逢細音都有顎化現象，至少有顎化成舌面音的色彩。見系逢細音也發生顎化，與精組細音合流。據前述三縣志，三地見系逢細音都有顎化。不過武平、上杭只列一套滋絲音[ts-、tsʰ-、s-]，而永定列出兩套，多一套舌面前音[tɕ-、tɕʰ-、ɕ-]。然呂嵩雁（1999：172）記錄永定城關話卻表示見系不顎化，可見也有見系不顎化的地方。

　　另外，精莊知章和見系顎化後的變化，始興也不同於閩西祖地。從古音來源看，遇攝、蟹攝、止攝等三、四等精組字，始興太平、馬市、羅壩韻母讀舌尖音[ɹ]，聲母爲[ts-]組，而隘子韻母爲舌面前音[i]，聲母顎化爲[tɕ-]組。這應是精組先顎化爲舌面前[tɕ-]組後，因爲[i]前化爲舌尖音[ɹ]，聲母受韻母影響跟著前化爲[ts-]組。隘子則是正在變化之中，蟹開三、止開三的知章母，隘子的韻母也進一步前化爲[ɹ]。

　　見系顎化之後，始興客家話又因韻母進一步前化，聲母也跟著前化爲[ts-]組，而這是閩西上杭等地沒有發生的變化。

	太平	馬市	羅壩	隘子	武平	上杭	永定
祭	tsɹ			tɕi	tɕi	tsɹ	
姊	tsɹ			tɕi	tɕi	tsɹ	
西	sɹ			ɕi	sɹ		
世	sɹ				sɹ		
寄	tsɹ			tɕi	tɕi		
去	tsʰɹ		sɹ	tɕʰi	ɕi	tɕʰi	
喜	sɹ			ɕi	ɕi		

　　由此可見，精莊知章組可能先顎化，變爲舌面前音[tɕ-]組，因爲[-i]＞[-ɹ]的影響，再前化爲舌尖前[ts-]組。見系顎化爲舌面前後，同樣受到韻母影響，再前化爲舌尖前，這個變化包括曉匣母。但是閩西上杭等地的見系顎化之後

不再前化，這和始興不同。然始興精莊知章和見系顎化先後很難判斷。

二、效攝流攝不合流

　　閩西上杭、永定效攝三等知章組並不讀同一、二等，而是讀作流攝一等，使得效攝和流攝有交叉現象。永定（下洋）、武平（岩前）也同此。始興客家話卻有志一同，並無此現象。以太平代表始興方言，見下表：

	朝今~	照	燒	走
武平岩前〔註3〕	tsɯ¹	tsɯ³	sɯ¹	tsɯ²
上杭	tsiɒ¹	tsiɒ²	siɒ¹	tsiɒ²
永定	tsəu¹	tsəu³	səu¹	tsəu²
苗栗〔註4〕	tseu¹	tseu³	seu¹	tseu²
始興	tsau¹	tsau³	sau¹	tseu²
梅縣	tsau¹	tsau³	sau¹	tsɛu²
翁源	tsau¹	tsau³	sau¹	tsɛu²
揭西	tʃau¹	tʃau³	ʃau¹	tsɛu²
南雄珠璣〔註5〕	tsau¹	tsau³	sau¹	tsəu²

　　始興客家話顯然跟廣東客家話趨向一致，有趣的是，臺灣苗栗四縣話表現卻同於閩西，苗栗四縣話來自嘉應州，反倒留有閩西的特點，更顯存古。廣東客家話可能在梅縣話的擴散影響下，趨於一統。影響所及，始興全然不同於閩西祖地，頗為特別。

三、梗開四的讀法

　　梗攝字是客家方言文白異讀最具規模的一攝，獨具特色。多數客家話梗攝開口三、四等文白讀形式為[-in（-iŋ）/-iaŋ]。（李如龍、張雙慶 1992）當然，每個字都文讀或白讀，並非各地都一致。始興客家話在梗開四有部分字，北部方言俱讀白讀，南部隘子則偏愛讀同一、二等的文讀，對立型態明顯。

〔註3〕武平（岩前）、梅縣、翁源、揭西等語料見李如龍、張雙慶：《客贛方言調查報告》（1992），下不再注。

〔註4〕苗栗乃筆者母語。

〔註5〕南雄（珠璣）見林立芳、莊初昇：《南雄珠璣方言志》（1995），下不再注。

	釘端	聽透	腥心	另來	羅定	冷來
武平	tɛŋ¹				tʰɛʔ⁸	lɛŋ¹
上杭〔註6〕	tɛ̃¹	tʰɛ̃¹	sɛ̃¹	lɛ̃²		lɛ̃²
永定	tɛ̃¹	tʰɛ̃¹	sɛ̃¹		tʰɛ̃⁸	lɛ̃¹
太平	tiaŋ¹	tʰin¹/tʰiaŋ¹	ɕiaŋ¹	liaŋ³	tʰiak⁴	laŋ¹
隘子	ten¹	tʰen¹	sen¹	len²	tʰet⁸	len¹
翁源	tɛn¹	tʰɛn¹			tʰɛt⁸	lɛn¹

　　我們看到上表對應整齊，有理由相信隘子的表現正是承襲閩西祖地的形式，因爲閩西梗攝白讀主要元音還是[-a]，很明顯這幾個字是屬於文讀的形式。加以同樣來自閩西的翁源表現一致，可見其來有自。閩西的武平（岩前）、長汀，閩南的秀篆同樣讀文讀。（李如龍、張雙慶 1992）

　　那麼太平等北部方言應該另有來源。我們看下列客家話的表現，梗攝四等的表現一致，差別僅在於[-i-]介音之有無。大庾、河源次濁上歸陰去是贛南老客家話向南延伸一線上的特點。珠璣方言僅有一個入聲，韻尾已消失，然主要元音不變。我們注意到，珠璣及大庾、河源等老客家話都保有[-i-]介音，始興北部方言受其擴散影響的可能性很大。

	釘端	聽透	腥心	另來	羅定	冷來
梅縣〔註7〕	taŋ¹	tʰaŋ¹	siaŋ¹	laŋ³	tʰap⁸	laŋ¹
清溪〔註8〕	taŋ¹	tʰaŋ¹			tʰiak⁸	laŋ¹
河源	tiaŋ¹	tʰiaŋ³				laŋ³
南雄珠璣	tiaŋ¹	tʰiaŋ¹	ɕiaŋ¹	liaŋ³	tʰia⁴⁸	laŋ¹
大庾	tiã¹	tʰiəŋ¹/tʰiã¹				lã³
寧都	tʰiaŋ¹	tʰiaŋ¹			tʰiat⁸	

四、次濁上歸陰平

　　部分次濁上聲和全濁上聲歸陰平是客家話的一大特點，全濁上的部份尤其一致。橋本萬太郎（1973）首先揭櫫次濁上聲調兩分是客家話的特點，黃

〔註6〕據《上杭縣志》（1993），「另」字除了上聲之外，還有陽平一讀。

〔註7〕梅縣「腥、另」語料來自嘉應大學中文系：《客家話字典》（1994）。

〔註8〕清溪、河源、大庾、寧都語料見李如龍、張雙慶：《客贛方言調查報告》（1992），
　　　下不再注。

雪貞（1988、1989）指出客家方言都有部分次濁上、全濁上聲字讀陰平，且內部相當一致。羅杰瑞（Norman 1989）甚至以此作爲客家話的區分條件。藍小玲（1997）整理出閩西全濁上歸陰平的例字如下：坐下苧柱在弟荷被婢舐舅臼斷早辮近上淡厚社動重。並表示閩西各地客語基本一致。始興各地的表現大體同於閩西，只有「社」字都讀去聲。

次濁上聲的部份，始興客家內部同樣可大分南北兩類，太平、馬市、羅壩情況相近，隘子比起北部而言，其讀陰平的數量較多。我們可以黃雪貞（1988）所列永定的語料爲比較基準，永定次濁上讀陰平的有：馬惹野也每美尾呂禮里理鯉旅魯滷買卯惱某有滿懶免暖軟忍冷猛領嶺往兩養。另外，據藍小玲（1997）、《永定縣志》（1994）：「咬、癢、母」也是次濁上讀陰平的常用字。上述例字中，隘子只有「惹、野、美、旅、滷、卯、惱、忍、猛、往」等不讀陰平。其他三點則「馬、惹、每、美、禮、理、里、旅、魯、滷、卯、惱、某、滿、免、猛、往、母」等不讀陰平，太平連「野、有、忍」也都不讀陰平。換句話說，北部的太平等地至少比隘子多了「馬、每、禮、理、里、魯、某、滿、免、母」等十字不讀陰平。就字數來說，始興內部構成了南北差異。就與閩西祖地的比較而言，隘子相對於北部三點接近閩西原鄉。在程度上，北部三點變化較多。

我們列出下列六字，將始興與閩西、粵北做個比較。閩西語料主要採用縣志，「*」的部分，武平、上杭來自呂嵩雁（1999）、永定來自黃雪貞（1988）。以馬市代表北部始興。

	武平	上杭	永定	馬市	隘子	翁源	曲江馬壩〔註9〕
簿	$*p^hw^3$		$p^hu^2/*p^hi^1$	p^hu^1	p^hu^2	p^hu^2	
辮	$pi\epsilon\eta^1$		$p^hi\tilde{\epsilon}^1/*p^hi\epsilon n^1$	p^hien^3	$pien^1$	$pien^1$	$pian^1$
社	sa^1	$s\mathrm{p}^1$		sa^3	sa^3	sa^1	sa^1
惹	$*\eta ia^2$	$*\eta i\mathrm{o}^2$	$\underset{\cdot}{n}ia^1$	$\underset{\cdot}{n}ia^2$	$\underset{\cdot}{n}ia^2$	ηia^2	ηia^1
野	ia^1	$i\mathrm{p}^2$	ia^1	ia^1	ia^2	ia^2	ia^1
母	mu^2	mu^2	mu^2	mu^2	mu^1	mu^1	mu^1

〔註9〕曲江（馬壩）語料以林立芳：〈馬壩客家方言同音字匯〉（1992）、〈馬壩方言詞匯〉（1994）爲主，輔以周日健、馮國強：〈曲江馬壩（葉屋）客家話語音特點〉（1998）等文整理而來。下同。

從上述例字看來，始興南北差異較大，「簿、辮、野、母」四字南北全然不同。「簿、野」很難說清閩西與始興的關係，但值得注意的是隘子與翁源、曲江的關係，「母」字隘子與閩西完全不同，而同於翁源、曲江，可能受粵北當地影響。

「辮」字需要特別說明。張雙慶、萬波〈客贛方言「辮」讀如「邊鞭」的性質〉文中認為客贛方言說「辮子」的「辮」字讀成陰平或去聲，聲母讀送氣[pʰ-]的，符合《廣韻》上聲銑韻「薄泫切」一讀；而讀成陰平調不送氣[p-]聲母的，其本字應該是「編」。因為至遲在漢代，「編」有結髮為辮之義，如《釋名・釋首飾》：「編，編髮為之也」。而「辮」在漢代並沒有「辮子」或「結髮為辮」之義。「編」字若作「編輯、編織」意義，在梅縣等讀陰平調，聲母送氣[pʰ-]，來源應是滂母平聲「紕延切」；若作「辮子」義，則聲調陰平，聲母不送氣[p-]，來源幫母平聲的「卑連切」或「布玄切」。始興的「辮、編」兩字頗為有趣。

	太平	馬市	羅壩	隘子
辮	pʰien⁴⁴	pʰien⁴⁴	pʰien⁴⁴	pien³³
編	pʰien¹¹	pʰien²²	pʰien¹¹	pʰien³³

在始興，「辮」字只有隘子讀作[p-]聲母陰平調，從隘子濁上字讀陰平的情況近於閩西來看，讀作陰平調可能來自閩西，但聲母不送氣可能是粵北客家話的影響。太平等地則全部依「全濁上歸去聲」規律讀作送氣去聲，既非閩西模式，亦不是粵北模式。「編」字卻清一色讀作送氣陰平，來源應是上述滂母平聲「紕延切」。從隘子的情況看來，我們相信隘子是「辮」讀如「邊鞭」的反映，太平等地「辮」的讀法符合「薄泫切」來源。至於始興的「編」字全都同於「紕延切」，作「編輯」解，與「辮子」的「辮」全然不同。

「社、惹」二字始興南北相同，「惹」字難說始興北部對隘子的影響，不過「社」字卻可見始興南北相異的格局外，交融統合的一面。因為北部太平縣城的政治經濟地位，其擴散向外的能力較強，應是隘子受到北部的影響。

五、次濁平歸陰平

黃雪貞（1989）提到客家方言有些古次濁聲母平聲字今讀陰平的例子，在客家方言內部一致性很高。其列舉的例字共有「毛蚊拿拈鱗聾研～藥芒昂」

等九字。始興內部「毛、昂」的表現並不相同，現將閩西的情況加以比較。

	武平、上杭、永定（縣志）	武平、上杭、永定（藍小玲1999）	武平、上杭／永定（呂嵩雁1999）	太平、馬市	羅壩	隘子
毛	1	5	1／5	5	1	1
昂	5		5	5	5	1

根據黃雪貞（1989）的記錄，「昂」字在大多廣東客家話都讀陰平，甚至閩西的長汀、永定都有陰平的。不過，就始興客家的原鄉，閩西上杭地區而言，《縣志》、呂嵩雁（1999）都記錄為陽平。隘子陰平調可能來自廣東客家話的影響，梅縣、興寧、惠陽等都讀陰平。

「毛」字情況相對複雜，《縣志》、藍小玲（1999）、呂嵩雁（1999）都記錄城關音，卻大相逕庭。把眼光放大，有「老客家話」稱號的江西大庾讀陽平，老客家話延伸至廣東，南雄（烏逕）、河源等地也都讀陽平。〔註10〕不過，與始興較近的南雄珠璣讀作陰平，還是很難說太平、馬市是受了烏逕等老客家話的影響。

王福堂（1998）認為上述讀陰平的陽平字中，有不少在南昌、長沙、廣州、廈門等方言中也都讀陰平，未必是客家方言自身演變的結果。我們看江西方言中，讀陰平、陽平參差不齊，倒是客家話廣東、臺灣、四川華陽涼水井（董同龢1974）讀作陰平。我們認為，遷徙到各地的客家話讀陰平，包括到江西的新客家話，如安遠、瑞金、龍南、定南、全南等，而江西陽平調的讀法應是受到北方官話的影響，範圍有限，並非老客家話所保留的底層，因為老客家話如南康、上猶、贛縣等也都讀陰平。始興太平、馬市讀陽平也是這波官話影響了老客家話後，老客家話向南擴散的結果。這樣的論斷也符合移民的時代，當官話「毛」等讀陽平字影響了老客家話，明初陸續從閩西遷來粵北的客家，開始受到老客家話的擴散滲透。到了明末清初從閩西、粵東遷來贛南的新客家，就讀陰平而不受影響了，甚至還影響了原來老客家話的南康、上猶等地。

〔註10〕老客家話就是贛南自稱「本地人」所說的「本地話」，這些人基本沒有客家意識，祖先多是元、明時期從贛中遷來，較早於後來明末以降從閩西、粵東遷入的客家人。參見劉綸鑫（2001）。烏逕、河源、惠州等自北而南連成一片的客家話，可能有老客家話的成分，最顯著的特色是常用的濁上字如「坐艼舅旱斷近重」等、次濁上字如「有懶暖鯉尾買」等都讀陰去調，與其他客家話讀陰平調不同。

隘子則因位居始興南部，可能未受老客家話擴散波及，而保留閩西讀法。當然也可能受到廣東、粵北當地客家話的影響，諸如梅縣、興寧、惠陽、翁源、曲江等地，「毛」字都讀陰平。我們認為應是保留閩西上杭等地的讀法，因為隘子及同樣源自閩西的曲江、翁源其韻母均為[o/ou]，而閩西武平、上杭、永定等效攝一等也是[ɔ/ɔu]形式，而不同於梅縣、興寧等的[au/ao]形式。

基於相同的原因，太平、馬市「毛」字讀陽平不是當地粵方言白話的影響。韶關、曲江的白話聲調都是陽平，但韻母形式是[ou]，而太平、馬市則是[au]，倒是南雄的烏徑、珠璣方言其效攝一等都作[au]。

第三節　外部比對：始興與粵北客家

本節透過外部比較彰顯始興客家話的部份特點來自周遭方言的接觸，透過比較也可以解釋一些客家方言突出的特徵。是以本節的比較範疇不僅止於粵北客家，還包括其他地區的客家話。

一、脣齒擦音 f 和 v 的對立

始興客家話曉、匣母合口字通常讀脣齒清擦音（*hu＞f），有些在[f-]聲母外，還有[v-]的白讀，如「會」，開「會」讀[fe]、「會」不會讀[voi]；「還」，「還有」讀[han]、「還原」讀[fan]、「還你」讀[van]。或者失去聲母（*hu＞u＞v），如「完」[van]。以上例字在客家話中常見，不是這裡討論的重點。

這裡有幾點值得討論。首先，羅肇錦（2007）認為客家話的[u]元音帶有脣齒色彩，實際上是脣齒濁擦音[v]。所以曉、匣母合口字若失去聲母，自然是濁擦音聲母（*hv＞v）。而正因為介音的脣齒音色彩，當介音與聲母融合，介音消失時，會自然的變成脣齒清擦音（*hv＞f）。

始興客家話有幾個曉、匣母合口字，始興各點的選擇不一，並不一致。

	太平	馬市	羅壩	隘子
諱　止合三曉	ve²	ve²	fe³	ve³
煥　山合一曉	fan³	van³	von³	fan³
換　山合一匣	fan³	van³	von³	van³

然始興客家話還有非曉、匣母合口字，卻有唇齒音清濁對立的現象，這個

現象就饒富趣味。且看下表：

	太平	馬市	羅壩	隘子
撫 遇合三敷	fu²	vu²	vu²	vu⁵
穢 蟹合三影	ve¹	ve³	fe³	ve³
核果～ 梗開二匣	het³²/vut³²	het⁴⁵/vut⁴⁵	het³/vut²	het²

「核」雖是匣母字，但能幫助說明這個[f-]：[v-]對立的情形。非組字一般文讀爲[f-]，若有白讀則讀重唇音[p-]或[pʰ-]，則「撫」的濁擦音從何而來？影母字讀[v-]屬常例，然清擦音讀法怎麼解釋？當然，我們可以說「撫」、「穢」是罕用字，比較沒有說明能力。然「核果～」是相當常用的基本詞，值得討論。文讀[het]殊無二致，始興客家話的白讀爲[vut]，就很有趣。我們看各地的讀法：

	梅縣	翁源	連南	河源	武平	上杭	永定
核果～	fut⁸	in²（仁）	vɔt⁸	hut⁸	fɛ⁷⁸	fɛ⁷⁸	fei⁷⁸

可見各地的聲母多來自匣母合口（hu＞f），梅縣和閩西各點都符合變化的規律。連南的濁擦音[v]聲母同於始興，然連南和始興在地理上有一段差距，互不相連，很難說是接觸影響。始興客家來自閩西，連南鄰近連山，連山客家出自嘉應（陳延河 1993），那麼連南和始興的濁擦音[v-]可能不是簡單的丟失聲母而已。很有可能是清、濁擦音交替的結果，表示客家話的[f-]和[v-]聲母關係密切。我們認爲這是起於客家話聲母系統結構的對稱，促使清、濁擦音彼此交替。我們可將客家話的聲母減列如下：

	唇音	舌尖音	舌根音
塞音	p，pʰ	t，tʰ	k，kʰ
鼻音	m	n	ŋ
擦音／邊音	f	(ɬ)	h
	v	l	ɦ

關於清邊音[ɬ]的設立，在談論來母異讀時會有詳細討論。這個簡表讓我們清楚看到客家話聲母系統的結構性，這樣對稱的結構，使得[f-]、[v-]之間，甚而[f-]和[p-]、[pʰ-]之間都有交替的可能。

「屁股」一詞在客家話中本字不明，或寫作「屎窟」，或寫作「屎朏」。「屎」

字姑且不論，此字止攝書母上聲，「屁股」於音卻有讀去聲的，例如苗栗、隘子。後字是討論重心。

	梅縣〔註11〕	翁源	連南	秀篆	武平〔註12〕	上杭	永定	馬市	隘子	苗栗
「屁股」	pʰut⁴	fut⁴	fɔt⁴	vut⁴	pɛ²⁴	pe²⁴	pei²⁴	fut⁴	put⁴	vut⁴
窟	fut⁴			kʰut⁴	pɛ²⁴	kʰuo²⁴	kʰue²⁴	kʰut⁴	fut⁴	fut⁴

「屁股」後字聲母有讀[f-]，有讀[v-]的，還有讀[p-]、[pʰ-]的，情況紊亂，各地不同，但聲調都是陰入調，連讀濁擦音聲母的秀篆、苗栗也不例外。可見應有相同的來源。前面說過因為客家話聲母系統的對稱，故而脣音之間可能產生交替，正可以此為例。比對「窟、朏」字，「窟」乃臻攝合口一等溪母字，「朏」字苦骨切，亦溪母字。溪母讀如曉、匣母並不少見，則[f-]的來歷就很清楚了。而由[f-]開始，聲母交替而有上述各種形式。那麼，其變化的過程可以如下所示：

$$k^h（u）> \ h（u）> \ f（u）> \ v \qquad 秀篆、苗栗$$
$$> \ p、p^h \qquad 梅縣、閩西、隘子$$

據《武平縣志》，「屁股」記作「屎北」[pɛ²⁴]，「窟」字作[fɛ²⁴]，該字若依呂嵩雁（1999）則讀[kʰuɛ²⁴]，武平音的記錄正好可以說明上述的公式。經過上面兩表，我們可以發現這個脣音交替，其介音有[－低]的徵性。相對於「朏」，若上述各點「屁股」作「屎窟」，則各點內部「水窟」和「屎窟」讀音均不相同，像文白讀形式。從語意上推敲，可能是「屎窟」不甚好聽，因而避諱。隘子和苗栗將前字「屎」讀成去聲或許也有這個原因。相對於「朏」：臀也，「屁股」用「朏」字較為適合。

二、魚韻的成音節鼻音

　　魚韻字在始興客家話的表現南北不同。基本上，精組、見系字韻母是前高元音[-i]，知組、照系韻母則是後高元音[-u]。來母則前後都有。然太平、馬

〔註11〕梅縣「屁股」語料來自李如龍、張雙慶〔主編〕（1992）。「窟」字字音來自羅美珍、林立芳、饒長溶：《客家話通用詞典》（2004），該書梅縣「屁股」仍作[fut⁴]。

〔註12〕武平語料見羅美珍等（2004），據載為縣城口音。另據《武平縣志》，「窟」字字音[fɛ²⁴]，乃平川口音，該字若據呂嵩雁（1999）讀[kʰuɛ²⁴]。但不影響討論。

市、羅壩等地，前高元音會進一步前化爲舌尖元音[ŋ]。所以，形成南部的媵子在韻母發音部位上較北部爲後。

魚韻的「魚、女」兩字，始興讀作成音節鼻音，情況已見上述。另外第二人稱代詞『你』亦讀同成音節鼻音，且各點內部「魚、女、『你』」讀法原則相同。客家話中，成音節鼻音讀作雙脣的較少，尤其第二人稱『你』尚未得見有雙脣讀法的，始興的雙脣音來源爲何？

我們先看看對始興客家而言，閩西祖地的情況如何。

	武平平川	上杭城關	永定城關	永定下洋〔註13〕
魚	ŋe⁵	ŋei⁵	ŋei⁵	ŋei⁵
女	ŋ²	hŋ²	hŋ²	hn²
『你』	xŋ⁵	hŋ⁵	hŋ⁵	hn⁵

閩西武平、上杭等地「魚」字都不是成音節鼻音的讀法。至於「女、『你』」，從武平看來，應該都經過成音節鼻音，而後才形成「喉擦音加成音節鼻音」的特殊現象。其出發點應是[* ŋi]（鄭曉峯 2001）。再來看看粵北各地的情況。

	翁源	連南	曲江馬壩	仁化長江〔註14〕	南雄城關〔註15〕	南雄珠璣	南雄烏逕〔註16〕
魚	ŋy	ny	i	n̩	n	ŋ	m
女	ŋy	ny	ŋy	n̩	n	ŋ	m
『你』	n	ni		n̩		ŋ	

從上表看來，鄰近的翁源、曲江等不讀成音節鼻音居多，倒是始興北邊的南雄和仁化多作成音節鼻音，尤其是地理和往來都密切的南雄，雙脣鼻音的讀法形成了區域特色。

第二人稱代詞『你』在閩西和止攝「耳、二」同音，因此『你』應是「爾」字。因此，我們將「魚、女」分開來說，始興的「魚、女」成音節的讀法，可能不是來自閩西祖地，而是來到始興之後，接受南雄等地影響，共同融攝

〔註13〕黃雪貞：〈永定（下洋）方言詞匯〉（1983）、〈福建永定（下洋）方言自成音節的鼻音〉（1985）。下同。

〔註14〕莊初昇、李冬香：〈仁化縣長江方言同音字匯〉（2000）。下同。

〔註15〕陳滔：〈南雄城關話音系〉（2002）。

〔註16〕張雙慶、萬波：〈南雄（烏逕）方言音系特點〉（1996）。下同。

而來。這包含了模韻「吳五午梧」等字。這個過程可能經過一段時間的積累，對始興客家話而言層次較早。隘子「魚、女」舌根音的讀法，應是變化過程中路向不同，也可說明其受南雄以及始興北部的影響較小，雙脣音的讀法尚未全面擴及。

$*\eta u > mu > m\tilde{u} > m$　　　　模韻　→　始興、珠璣、烏逕

$*\eta i（ni）> mi > m\tilde{i} > m$　　　→　太平、馬市、羅壩、烏逕

$*\eta i（ni）$　$> ni > n\tilde{i} > n$　　魚韻　→　南雄城關

　　　　　　$> \eta i > \eta\tilde{i} > \eta$　　　→　隘子、珠璣

　　始興魚韻成音節鼻音的南北差異跟音韻結構應有關係。上面提到，太平等北部韻母多舌尖元音[-ɿ]，隘子則為舌面元音[-i]，結構上隘子的韻母整體偏後，因而影響到成音節鼻音的變化。我們參看日母的「如」，以及止攝日母「兒、耳」，可幫助我們說明這個情況以及第二人稱的『你』。

	太平	馬市	羅壩	隘子
如	γ^{53}	γ^{53}	lu^{42}	$ɯ^{11}$
兒	γ^{53}	γ^{53}	γ^{42}	$ɯ^{11}$
耳	γ^{31}	γ^{31}	$ȵi^{31}$	$ȵi^{31}$

　　太平、馬市、羅壩明顯發音位置往前，舌面元音在北部三地的系統中都會前化，而隘子則保留舌面元音，故相對位置較後。隘子的展脣後元音字數不多，但很可以說明隘子韻母較後的態勢。從隘子的音韻表現上看，其承繼閩西祖地的成分較多，其展脣後元音未必突出，武平的「而、兒」讀作$[ə^5]$（《武平縣志》：760），隘子的「而」也是展脣後元音$[ɯ^5]$，恐非巧合。羅壩地處南北之中，同是郊區山城，與縣城和隘子距離皆相去不遠，同受影響可想而知。

　　由上可知，北部各點其成音節鼻音偏向發音部位較前，除了南雄等地的影響外，音韻結構同起作用。隘子地處始興南部，舌面元音的變化保有自身的特點，並未跟著前化，因而讀作舌根鼻音。至此，第二人稱代詞『你』複雜的讀音應有所解：

	太平	馬市	羅壩	隘子
爾	ni^{11}/m^{11}	$ȵi^{31}/m^{22}$	η^{11}	$ȵi^{33}/\eta^{11}$
二	$ȵi^{44}$	$ȵi^{44}$	$ȵi^{44}$	$ȵi^{31}$

各地非成音節鼻音的讀法是固有的《切韻》系的層次，馬市保留上聲讀法，太平、隘子則符合次濁上歸陰平之例。成音節鼻音則是移民到來前已存在的層次，太平、馬市配合著音韻結構讀作雙唇鼻音，而隘子則保留舌根音讀法。隘子的讀法更接近閩西祖地，從聲調上看，太平、馬市讀作陰平，已說明了雙唇鼻音的白讀身分；隘子陽平的讀法可能來自閩西或者翁源的接觸影響。

三、y 元音的出現

一般所知客家話並無撮口呼，也就是沒有[y]元音。然始興客家話中羅壩、隘子有部分以[y]為主要元音的韻母。又以羅壩字數較多，主要分布在臻攝、曾攝、梗攝、通攝等三等字。羅壩可出現在[-iun]和[-iut]兩個韻母中，而隘子則僅出現於[-iut]韻母中。下面例字列出實際讀音：

	銀	潤、閏	術	域	役	浴
羅壩	ȵyn[42]	yn[44]	sut[2]	yt[2]	yt[3]	iuk[2]
隘子	ŋen[11]	iun[31]	çyt[5]	yt[5]	it[5]	yt[5]

太平、馬市則沒有明顯的[y]元音。潘小紅（2002）說太平沒有撮口呼，亦無[-u-]介音。撮口呼的記錄和本文調查相同。閩西祖地同樣沒有撮口呼，那麼始興[y]元音的來歷為何？

粵北客家話有不少有[y]元音者，如翁源、連南、河源、曲江。粵北土話也有許多有[y]韻的（莊初昇 2004），甚而粵北白話如韶關、曲江等都有（詹伯慧、張日昇 1994）。可說是粵北地區特徵之一。不過從比較的觀點來看，上述方言出現[y]韻的，多是遇攝三等字，例如「豬、煮、柱、雨」等，以南雄（烏徑）為例，也僅有少數出現在止攝及通攝入聲字。如「耳」[ny[2]]、「竹」[tçy[8]]（張雙慶、萬波 1996）。本文調查羅壩、隘子出現[y]元音韻母的均不是遇攝，且從上表看來，羅壩、隘子的[y]元音明顯來自[*-iu]，並且僅出現在舌尖韻尾之前，既有一定的條件，當是後起的變化。始興的[y]元音並非方言接觸而形成的特徵，與翁源、曲江等粵北客家話、土話無涉，而是各自發展的結果。

羅壩[y]元音出現較隘子多，除了音韻條件的關係，羅壩的發音人較為年輕或有影響。

四、歌豪肴韻的分合

上文提到，始興客家話基本上是歌豪不同音，而豪肴不分，而隘子有部分豪韻字讀同歌韻。閩西祖地的情況主要是歌豪同音，與始興不同，然豪肴分合各有不同，上杭豪肴不分，故歌豪肴同音；永定豪肴有別，歌豪肴不同音。

	歌果開一歌	刀效開一豪	考效開一豪	飽效開二肴
武平	ko¹	tɔ¹	kʰɔ²	pɔ²
上杭	kɔu¹	tɔu¹	kʰɔu²	pɔu²
永定	kɔu¹	tɔu¹	kʰau²	pau²
太平	ko¹	tau¹	kʰau²	pau²
隘子	ko¹	to¹	kʰau²	pau²

武平歌豪不同音，與始興相同，然豪肴同音，與上杭、始興北部相同。就韻母形式來說，隘子豪韻以[-o]為主，而見系則多[-au]，這點與永定相似，隘子較接近永定。

	歌果開一歌	刀效開一豪	考效開一豪	飽效開二肴
翁源	kou¹	tou¹	kʰau²	pau²
武平岩前	kɔu¹	tɔu¹	kʰɒu²	pɒu²
梅縣	kɔ¹	tau¹	kʰau²	pau²
河源	kuɔ¹	tau¹	kʰau²	pau²
大庚	ko¹	tɔ¹	kʰɔ²	pɔ⁵
南雄珠璣	ko¹	tau¹	kʰau²	pau²

翁源、武平（岩前）與永定、隘子型態相同，翁源同始興客家都是來自閩西，如此則隘子源自永定可能性頗大。從翁源、隘子與永定、岩前的型態相比，始興客家話歌豪肴韻基本應屬歌豪不分，豪肴有別的類型。梅縣、河源、大庚、珠璣跟武平型態相同，都屬於歌豪有別，豪肴不分，就韻母形式來看，始興北部方言可能受到梅縣、河源等廣東客家話的影響，然以地緣關係來說，廣東客家話未影響到位置相對南邊的翁源、隘子，反而影響到較北邊的太平，可能性較低。故可能受南雄珠璣方言的影響。

五、蟹攝開口四等的層次

蟹攝開口四等在客、贛方言中一般讀為[-i-]，但有些字讀作洪音，多見於

客家方言，通常認爲是客家方言保留了中古洪音的讀法。（羅美珍、鄧曉華 1995；張光宇 1996）若一個字同時有文白讀，洪音讀法爲白讀，細音則爲文讀。以臺灣四縣話爲例：「弟」[tʰi/tʰai]、「底」[ti/tai]。文讀層同時與止攝合流。

至於洪音的情況比較複雜，有的方言洪音有兩類或兩類以上的讀法，例如梅縣就至少有[-ai]和[-εi]兩類（北大《漢語方音字匯》2003），有的記錄還多了[-iε]一類（李如龍、張雙慶 1992）。比較起來，始興客家話的讀音就簡單一些，只有[-e]一類。〔註17〕

蟹開四的文讀一般會與蟹開三[-i（-ɿ）]和止開三[-i（-ɿ）]合流，始興客家話亦同，這是客贛方言普遍存在的層次。蟹開四的洪音還有和蟹開三、蟹開二合流的層次，熊燕（2003）利用 98 個客贛方言的材料，詳細說明了這一點。蟹開三和蟹開四合流的字最多見的是「例、世」，其次是「祭、歲」；蟹開二和蟹開四合流最多見的字是「篩、矮」。贛方言很少見到這種情形。下面我們列出一些方言來觀察這個情況：

	篩二	矮二	例三	雞四	溪四	弟四	洗四	細四
武平平川	sa¹	a²		ke¹	kʰe¹/xa¹	tʰi¹	se²	se³
上杭	sɑ¹	ei²	lei²	kei¹	kʰei¹	tʰei¹	sei²	sei³
永定	sai¹	ei²		kei¹	kʰei¹	tʰei¹	sei²	sei³
武平岩前	tsʰεi¹	εi²	lεi²	kεi¹	ha¹	tʰεi¹	sεi²	sεi³
秀篆	tsʰεi¹	εi²	li⁶⁷	kεi¹	kʰεi¹	tʰεi¹	sεi²	sεi²³
梅縣	si¹/sai¹	ai²	li³	kiε¹	hai¹	tʰai¹	sεi²	sεi³
連南	sai¹	εi²	li³	kεi¹	kʰεi¹	tʰεi¹	sεi²	sεi³
翁源	tsʰεi¹	εi²	lεi²	kεi¹		tʰεi¹	sεi²	sεi³
曲江馬壩	tsʰe¹	e²	li²	ke¹		tʰe¹	se²	se³
始興隘子	tsʰe¹	e²	le²	ke¹	kʰe¹	tʰe¹	se²	se³
始興馬市	se¹	e²	le³	kie¹	kʰe¹	tʰe¹	se²	se³
南雄珠璣	se¹	e²	le³	ki¹	kʰi¹	tʰe¹	se²	se³
河源	sai¹	ai²	liε³	kiε¹	kiε¹	tʰiε³	siε²	siε³
大庾	sæ¹	æ²	lie⁴⁸/tie⁴⁸	tɕi¹		tʰi²	ɕi²	ɕi³

「篩」中古有三個音韻地位，除了蟹開二平聲佳韻生母外，另外還有止

〔註17〕蟹開四「梯」字一般讀同一等，始興亦不例外，讀音爲[tʰoi¹]，不列入討論。

開三支韻和脂韻生母，梅縣讀爲[si¹]是來自止攝開口三等。「例」字秀篆讀去
聲，閩西則讀作上聲，粵北客家凡來自閩西的：翁源、曲江、隘子都讀上聲，
馬市、珠璣等則讀去聲。連南地處粵北，然連山、連南、連縣位置相近，移
民多來自梅縣地區，（陳延河 1993）故同梅縣等廣東客家話讀去聲。河源「弟」
白讀，不同於多數客家話濁上歸陰平而歸陰去符合常例。

　　從上表可見，除了大庾之外，福建、廣東的客家話都有蟹開四白讀與蟹
開二合流的層次。其中只有武平（平川）和梅縣是因爲「溪」讀[-ai（a）]而
和「篩、矮」字合流。其他地方大致上都是[-ɛi/ei（e）]系列。至於河源的[-iɛ]
比較特殊，其蟹開三和蟹開四完全合流，從河源的角度看，我們猜想大庾、
珠璣早期也是相同類型的，即不管蟹開二是否與四等合流，蟹開三、四應該
是合流而不分。珠璣「雞、溪」變讀文讀層應是後起，這二字都沒有發生顎
化。

　　從粵北和閩西比較看來，粵北客家話明顯承繼閩西客方言，均屬同一個
類型。有趣的是，武平（岩前）「篩」字與四等合流，聲母塞擦化，而粵北客
家話凡「篩」字韻母讀同於四等的，聲母亦都塞擦化。連南恐是梅縣系列的
影響讀作[sai¹]，而馬市則應是受大庾、珠璣等老客家話系列影響保持聲母擦
音的型態，從韻母[-e]來看，明顯不是來自武平（平川）、上杭、永定仍讀二
等[-ai（a、ɑ）]。同樣與四等合流，然隘子、馬市「篩」字來歷不同。馬市、
梅縣「雞」字介音應屬增生殆無疑問。

　　梅縣特出之處在於蟹開四「溪、弟」等讀[-ai]而同於二等，閩西、粵北
多讀[-ɛi/ei（e）]，那麼[-ai]和[-ɛi]的關係如何？張光宇認爲梅縣蟹開四有三
類韻母是司豫移民南下時已然如此，因爲隋唐時期佛經翻譯，齊韻字已被用
來對譯梵文的[-ai、-e、-i]，而以[-e]爲大宗。張光宇認爲閩語中蟹開四有讀[-ai]
的現象，並且蟹開四在日語吳音裡也是讀[-ai]，所以得出[-ai]是比較古老的形
式，[-i]是比較後起的形式，[-e（~ei）]是中古時期最普遍的形式。（張光宇
1996）

　　[-i]韻比較後起殊無疑義。然張光宇[-ai]韻較早的說法，遭到熊燕（2003）
的否定。熊燕認爲，張文提出閩語中蟹開四有讀[-ai]的，數量有限，例如福
州：「臍」[sai⁵]、「婿」[sai³]；漳平：「臍」[tsai⁵]、「婿」[sai³]；廈門：「臍」
[tsai⁵]、「西犀」[sai¹]；潮陽：「底」[tai²]、「臍」[tsãi⁵]、「西」[sai¹]、「荔」

[nãi⁶]。這些字主要是精組字，而梅縣主要讀[-ɛi]和[-i]。同樣的，蟹開四在日語吳音讀[-ai]的，多是幫端精組字，熊燕認為客家方言在閩西地區幫端精組仍是[-ɛi]系，梅縣至少精組不讀[-ai]，是以用日語吳音和客家方言聯繫起來對比難以令人信服。

　　從上面的比較可知，熊燕的說法有其道理，蟹開四的[-ai]應該是由[-ɛi]經過元音低化而來，所以河源表現蟹開二和蟹開四截然分立的格局，而梅縣則是「溪、弟」等字因元音低化而同二等合流，其他客家方言則是二等的「篩、矮」元音高化（蟹攝開口二等主要元音是[-a]）而同四等合流，方向不同。若是反過來說則難以成立，李榮（1952）從反切、音理、梵漢對音等証明四等韻的元音為[*e]，我們傾向四等韻讀作前元音。南雄方言包括城關雄州、百順、長江、周田、上窯、石陂等鄰近始興、曲江、韶關客家方言區者，蟹開四白讀都是[-ɛi/ei（ɛ/e）]系列，同於客家方言，而粵北土話則以[-a/ʌ/ɑ（ia）]類最為常見，〔註18〕可見前述土話包含珠璣在內應是受客家方言影響。

　　張光宇的看法也並非全然無據，從佛經對譯以及閩語的材料來看，尤其閩語所列舉均是相當白話的常用詞，[-ai]作為較古老的形式不無可能。然說客家方言是自司豫移民南下時就是這樣，意即四等的[-ai]是古音的殘留，然則廣大的贛南、閩西都沒有這樣的殘留形式就說不過去。

　　所以我們認為，從蟹開二和蟹開四的關係看，客家方言早期在贛南時應是如大庾、河源一般分立的狀態，而後進入閩西南前後，「篩、矮」元音開始高化與四等合流，到移民廣東嘉應州初期應該都是如此，閩南秀篆可以為證。粵西地區客家話也是來自梅縣地區，蟹開四同樣沒有[-ai]韻的層次，又為一例。（李如龍 1999）梅縣及後期從梅縣遷徙出去的方言（不包括粵西、桂東），較後期蟹開四開始有元音低化的現象產生，故而同二等合流。至於「篩、矮」是已先回流二等，還是待蟹開四產生[-ai]韻，無須以[-ɛi]的形式與四等合流，故而回流二等則不得而知。這樣的演變順序還可以從粵方言一窺一二，多數粵方言點和客家方言接近，通常「篩、矮」和蟹開四同韻，表示客粵方言走過共同的道路。我們知道宋末元初，經贛南越過大庾嶺南下珠三角者，即成為今天粵方言使用者；而經贛南進入閩西者，就是今天客家方言的先祖。客、

〔註18〕見莊初昇（2004：189）。

粵方言在江西有過一段共同發展的時間。

第四節　文白異讀

在漢語特殊的語文條件下，因為古今差異和方言接觸等，產生了不同類型的文白異讀。漢語的南方方言中，這種異讀甚為常見，複雜者如閩南語，文白幾乎各成系統。〔註19〕

楊秀芳（2007：81～82）說明文白異讀原指因讀書、口語場合不同，而使用同一語位但讀音不同的語言形式。〔註20〕語言內部隨著時間演化會發生自發的演變，形成語言內縱向的古今變化。不同方言間的接觸，往往會彼此影響，促成橫向的變化。這樣縱向和橫向的交互變化，亦為文白異讀產生的原因。讀書音的形式通常來自勢力較強的其他方言，而口語音則是本地口耳相傳的生活語言。

文白異讀代表著不同的語音層次，是不同的語音系統疊置的結果。（王洪君 2007）並且是經過長時間發展而產生的。客家話的文白異讀比起閩南語相對單純，主要分布在梗攝，較多成系統的對應。其他如輕脣讀如重脣、古濁上聲字聲調的文白等，數量較少。始興客家話分布大致相同，以梗攝數量最多。底下分別從聲、韻、調等方面說明始興客家話的文白異讀，詞例以馬市和隘子為主，行文原則文讀在前白讀在後。

一、文白異讀現象

（一）聲母的文白異讀

f / pʰ	划	太平、馬市	划算 fa⁵	划船 pʰa⁵
	符	隘子	符合 fu⁵	符笈 pʰu⁵
f / v	和	各點	和平 fo⁵	和尚 vo⁵
	還	馬市、隘子	還原 fan⁵	還錢 van⁵
	環	馬市	環境 fan⁵	耳環 van⁵

〔註19〕關於閩南語文白異讀的情況，可參看楊秀芳：《閩南語文白系統的研究》（1982年），台灣大學中國文學研究所博士論文。

〔註20〕楊秀芳：〈論文白異讀〉。見丁邦新主編：《歷史層次與方言研究》。

f / p	分	隘子	春分 fun^{1}	分開 pun^{1}
	糞	馬市	糞寮 fun^{3}	糞 pun^{3}
k^{h} / f	苦	太平、馬市、羅壩	貧苦 k^{h}u^{2}	苦瓜 fu^{2}
ts / t	知	太平、馬市	知識 tsɿ^{1}	毋知 ti^{1}
	中	馬市	中藥 tsuŋ^{1}	中秋節 tuŋ^{1}
s / ts^{h}	試	馬市	考試 sɿ^{3}	試看啊 ts^{h}ɿ^{3}
	像	各點	影像 ɕioŋ^{3}	相像 tɕ^{h}ioŋ^{3}
k^{h} / h	口	太平、隘子	小口（零食）k^{h}eu^{2}	口水 heu^{2}
	肯	太平、馬市、羅壩	肯定 k^{h}en^{2}	毋肯 hen^{2}

（二）韻母的文白異讀

墊　太平、馬市、隘子文讀去聲[t^{h}ien]，白讀入聲[t^{h}iet]，隘子讀[t^{h}iak]。例如馬市墊（t^{h}ien^{3}）笪；尿墊（t^{h}iet^{4}）。

結　馬市文讀[tɕiet^{4}]，白讀[kat^{4}]。例如結（tɕiet^{4}）婚；結（kat^{4}）口。

摸　文讀[mo^{1}]，白讀[mia^{1}]。各點一致。

刻　馬市文讀[k^{h}et^{4}]，白讀[k^{h}at^{4}]。例如刻（k^{h}et^{4}）薄；雕刻（k^{h}at^{4}）。

生　梗攝二等文讀[sen^{1}]，白讀[saŋ^{1}]。各點皆然。梗攝二等字文讀[-en]，白讀[-aŋ]，這類字頗多，如馬市的「羹」；馬市、羅壩的「猛」；各點一致的「爭」。

牲　梗攝二等字。太平、馬市、羅壩等地牲口讀[ɕin^{1}]，畜牲讀[saŋ^{1}]。羅壩「杏」字，做杏壇時讀[ɕin]，做杏仁時讀[hen]，我們認爲[-aŋ]是白讀，而羅壩的[-in]應是較晚近的一層文讀，可能受普通話影響。

格　梗攝二等入聲字文讀爲[-et]，白讀爲[-ak]的形式，如太平、馬市、隘子的「格」。

平　部分梗攝三、四等字文讀[-in]，白讀[-iaŋ]。「平」字各點文讀[p^{h}in^{5}]，白讀[p^{h}iaŋ^{5}]。梗攝三、四等這樣形式的文白讀，還有馬市、羅壩、隘子的「明」；太平、馬市、羅壩的「星、訂」；太平、馬市的「頂、營」；太平的「柄、聽」；馬市的「名、領、零、青」；太平、馬市、隘子的「精」；馬市、隘子的「性」；各點一致的「命、清」等。

聲　部分梗攝三等字文讀[-in]，白讀爲[-aŋ]的形式。「聲」字太平、馬市、羅壩文讀[ɕin^{1}]，白讀[saŋ^{1}]。這類的字不少，如各點一致的「成、整、

正」；太平、羅壩的「鈴」字等。

踢　梗攝四等入聲字。依照梗攝字的文白形式，太平文讀[tʰit⁴]，白讀
　　　[tʰiak⁴]。相同條件的還有隘子的「曆」字。

（三）聲調的文白異讀

1、去聲：陰平

在　蟹攝從母上聲，文讀去聲[tsʰoi³]，白讀陰平[tsʰoi¹]。太平、馬市、羅
　　　壩屬之。

近　太平文讀去聲[tɕʰiun³]，白讀陰平[tɕʰiun¹]。羅壩文讀去聲[tɕʰyn³]，
　　　白讀陰平[tɕʰyn¹]。例如文讀近視，白讀遠近。

動　太平、馬市、隘子文讀陽去聲[tʰuŋ³]（隘子歸上聲[tʰuŋ²]），白讀陰平
　　　[tʰuŋ¹]。例如動（tʰuŋ¹）毋得；運動（tʰuŋ³ᐟ²）。

2、去聲：陽平

治　太平、羅壩、隘子文讀去聲[tsʰɿ³]，白讀陽平[tsʰɿ⁵]，宰殺之義。

3、上聲：陰平

淡　太平、馬市、隘子文讀上聲[tʰan²]、[tʰan²]、[tʰaŋ²]，白讀陰平[tʰan¹]、
　　　[tʰan¹]、[tʰaŋ¹]。例如文讀淡水；白讀味道好淡。

兩　各點文讀上聲，如兩個；白讀陰平，如斤兩。

（四）聲韻皆異的文白異讀

儒　羅壩兩讀[ɿ⁵/lu⁵]。舌尖元音的讀法符合規律，而[lu⁵]的讀法明顯來自
　　　普通話的發音，應是後起的文讀。同理，「如」字讀[lu⁵]亦是文讀。

外　蟹攝疑母去聲，太平、馬市、羅壩文讀[vai]，白讀[ŋoi]。

會　馬市文讀[fe³]，白讀[voi³]。例如開會（fe³）；你會（voi³）無。

吠　馬市文讀[fe³]，白讀[pʰoi³]。

口　馬市、羅壩文讀[kʰieu²]，白讀[heu²]。

發　隘子文讀[fat⁴]，白讀[pot⁴]。例如發（fat⁴）粉；發（pot⁴）赤眼。

核　太平、馬市、羅壩「果核」，文讀[het⁸]，白讀[vut⁸]。羅壩文讀陰入，
　　　白讀陽入，聲調亦分文白。

笛　梗攝四等入聲字，依照梗攝的文白形式，馬市、羅壩此字文讀[-it]，

白讀[-iak]。不過聲母卻不符合定母規律,馬市、羅壩讀不送氣的[t-]。從隘子作[tit]看來,不像誤讀,應是受普通話影響而來。

(五)韻調皆異的文白異讀

在　隘子文讀上聲[tsʰai²],白讀陰平[tsʰoi¹]。例如有人在(tsʰoi¹)無;自在(tsʰai²)。

弟　文讀去聲[tʰi],白讀陰平[tʰe],各點一致。例如兄弟(tʰi³);老弟(tʰe¹)。

外　隘子文讀上聲[ŋai²],白讀去聲[ŋoi³]。例如外(ŋai²)套;外(ŋoi³)背。

裡　馬市、羅壩文讀上聲[li²],白讀去聲[ti³]。

(六)聲調皆異的文白異讀

舐　止開三船母上聲,太平、馬市白讀上聲[tʰe²],文讀陰平[se¹]。

鳥　太平、馬市、隘子文讀上聲[niau²]、羅壩則為[ɲiau²],白讀則各點皆讀陰平[tiau¹]。

調　馬市、羅壩、隘子文讀陽去[tʰiau],白讀陰去[tiau]。例如聲調(tʰiau);調(tiau)動。

(七)聲韻調皆異的文白異讀

無　文讀作[vu⁵],讀陽平,白讀隘子與其他三點韻母不同,然均為陰平。各點讀音如下:

例字	太平	馬市	羅壩	隘子
無	vu⁵³/mau¹¹	vu⁵³/mau²²	vu⁴²/mau¹¹	vu¹¹/mo¹¹

呆　文讀作[tai],讀陰平,白讀作[ŋoi],讀陽平。各點一致。

乳　文讀作[iue/ie],皆讀上聲,白讀[nen],皆為去聲。

會　隘子文讀上聲[fe²],白讀去聲[voi³]。

近　隘子文讀上聲[tɕʰin²],白讀陰平[kʰen¹]。

擇　太平、馬市、隘子文讀[tsʰet⁴],白讀[tʰok⁸]。

虹　太平、馬市、隘子文讀陽平[fuŋ⁵],白讀去聲[koŋ³]。

二、特殊文白異讀討論

本小節主要討論始興客家話內部在文白異讀上的表現。有些文白讀就單點觀察不見蹤影，然各點比對後痕跡立現。這種現象主要發生在非組和濁上字之中。另外，梗攝的文白讀有特殊的文讀層，時代較晚近，是後來北方官話的影響，甚爲特別。

（一）非組和濁上的文白讀

非組「斧」字，太平、馬市、羅壩讀[f-]，隘子讀[p-]。[f/p]明顯是文白讀的對應形式，隘子保留了重脣白讀，其他各點則選擇文讀。「扶」字太平兩讀，馬市讀[pʰ-]，而羅壩、隘子讀[f-]，也是選擇了文白其一而已。「吠」字各點白讀去聲[pʰoi]，而太平、馬市另有文讀去聲[fe]。「糞」字馬市文讀去聲[fun]，白讀去聲[pun]，太平、羅壩只有文讀，隘子只有白讀。

	太平	馬市	羅壩	隘子	珠璣	武平	上杭	永定
斧	fu²	fu²	fu²	pu²	fu²	pʰu²	pu²	pu²
糞	fun³	fun³/pun³	fun³	pun³	fuŋ³	pɛŋ³	pɛ̃³	
扶	fu⁵/pʰu⁵	pʰu⁵	fu⁵	fu⁵	fu⁵/pʰu⁵	pʰu⁵	pʰu⁵	fu⁵/pʰu⁵
吠	fe³/pʰoi³	fe³/pʰoi³	pʰoi³	pʰoi²	pʰø³	pʰuɛ²	pʰei²	pʰei²

這種情況說明始興客家話的文白異讀比較混亂，各點應經歷過文白並存的時候，而各點發展變化的情況不一，故而各點所保留的文白讀數量不一，轄字不同。整體而言，隘子較接近閩西祖地，隘子在非組字讀重脣的比例亦高於太平等北部方言。太平等北部方言相對近於南雄（珠璣）話。

項夢冰（2003）詳細討論了客家話古非組字今讀的情況，將 50 個客家話依照古非組字讀重脣的比例排列出來，一目暸然。我們可以取其大要列表如下：

〔註21〕

〔註21〕項夢冰該文非母共 35 字、敷母共 23 字、奉母共 39 字，非數奉合計凡 97 字。微母共 26 字。本文所收非母共 35 字、敷母共 23 字、奉母共 32 字，合計共 90 字。微母則有 28 字。例字雖然與項文所錄不盡相同，然就比例來看，相去不遠。計算方法是始興各點有兩個點以上讀重脣的算重脣，否則算輕脣。計算方式與項夢冰也有出入，但仍能說明問題。

方　言	非敷奉	區　域	方　言	微	區　域
武平岩前	35.00	閩西	廣州	96.15	珠三角
上杭城關	25.21	閩西	連南	81.82	粵北
梅縣	22.68	粵東	武平岩前	63.64	閩西
五華	15.39	粵東	翁源	63.64	粵北
翁源	15.00	粵北	梅縣	53.85	粵東
始興	10.00	粵北	始興	46.43	粵北
南雄珠璣	8.18	粵北	上杭城關	40.00	閩西
廣州	6.19	珠三角	五華	34.21	粵東
連南	2.50	粵北	南雄珠璣	23.08	粵北

就項夢冰該文的討論，古非敷奉母今讀重脣的比例在 10％以上者，屬於閩語類（退化型），集中在閩西、粵東；10％以下者屬於粵語類，比較集中在贛南、粵北、粵西、桂東等。微母讀重脣比例在 90％以上者，集中在粵中、粵西、珠三角和桂東。很明顯是受了粵語的影響。連南處於粵北客家話的邊陲地帶，受粵語影響較深，從古非敷奉母讀重脣比例之低，而微母讀重脣比例之高可見一斑。南雄（珠璣）的非敷奉讀重脣接近廣州，亦近於始興，然微母讀重脣比例偏低，離始興、廣州還有一段距離，可見南雄（珠璣）雖近於客家話，但在粵北發展較早，又地處偏遠，較不受粵語影響。我們說粵北白話影響粵北客家話的程度不深，若要說粵語對粵北客家話有較明顯的影響，古非組字的今讀大概堪稱代表。

另濁上字的表現亦為一例，我們以並母字為例。「簿」，文讀是陽去，白讀是陰平。正是全濁上歸去、濁上歸陰平的綜合表現。始興客家話各點表現不一，太平、隘子讀文讀，馬市選擇白讀，羅壩則兩者兼有。「鮑」則太平、隘子讀陰平白讀，馬市、羅壩讀去聲文讀。由此看來，各點在濁上字是否讀陰平的表現上各有不同，沒有絕對。「鮑」字雖非常用，然亦具參考價值。

	太平	馬市	羅壩	隘子
簿	p^hu^{44}	p^hu^{22}	$p^hu^{44}/\underline{p^hu^{11}}$	p^hu^{31}
鮑	pau^{11}	pau^{44}	pau^{44}	pau^{33}

（二）梗攝文白的詞彙擴散

梗攝具有較多的文白讀是客家方言的特色，文讀層韻尾讀作舌尖音，白讀

層則保持中古的舌根韻尾。梗攝的文白讀較爲人所熟悉，不過哪些字作文讀，哪些字作白讀，也不是所有客家方言都相同。始興客家話梗攝文白讀不少，有些文讀層時代較晚近，較爲特別。以「領」爲例，「領」字的文白顯得較爲複雜，始興客家話有陰平和上聲的不同，各地讀音如下：

	太平	馬市	羅壩	隘子
領	lian^{11}	lin^{31}/lian^{22}	lian^{31}/lian^{11}	lian^{33}

領，梗開三來母上聲字。以臺灣四縣話來說，領字只有陰平[lian^1]一讀，符合次濁上歸陰平的規律。始興客家話也是如此，陰平一讀各點皆有，屬白讀層次。梅縣則另有上聲一讀，羅壩的表現同於梅縣，但鄰近的翁源、曲江都沒有上聲一讀，而閩西祖地武平、上杭、永定無論文白讀，都只有陰平一讀。〔註22〕羅壩的上聲讀法恐不是來自梅縣一派。江西大庾、南雄珠璣等方言「領」字則有上聲讀法，尤其珠璣文讀上聲[lin]，和馬市的文讀形式非常相近，馬市和珠璣的文讀應來自北方官話。我們可看太平的記錄，潘小紅（2002）所記錄太平的「領」字有三個讀音：

頁 147

陰平 lian^{11}，衫～兒：衣領

上聲 lian^{31}，～導（也作 lin^{31}），帶～（也作 lin^{31}）

頁 148

上聲 lin^{31}，～導（也作 lian^{31}），帶～（也作 lian^{31}）

由此可見，上聲的詞例來自現代用語，受普通話影響較大。上聲[lian^{31}]顯然是在文讀層[lin^{31}]的基礎上，因爲梗攝三、四等[-in/-ian]的文白對應關係而形成的新文讀，應是後起的，潘小紅的記錄也說明了這個上聲文讀層的來歷。若是如此，羅壩和馬市的上聲表現正好體現了這個過程：羅壩的[lian31]正是因爲梗攝三、四等有文白讀[-in/-ian]的對應，在太平、馬市文讀上聲[lin^2/lin^2]的基礎上，產生了上聲[lian^2]的讀法。這是同攝字透過詞彙擴散影響而來，不過羅壩文讀選擇了上聲形式，卻無法忘懷白讀形式的韻母。

如此，始興客家話梗攝字文白讀可能在原有的文白格局之上，透過詞彙擴

〔註22〕見《武平縣志》（1993）、《上杭縣志》（1993）、《永定縣志》（1994）。

散增加了一些文白讀，看起來似乎位居同一個平面，然實是後起的新層次。且看下表：

	太平	隘子	珠璣	武平岩前	上杭永定	梅縣	翁源	河源
星	ɕin¹/ɕiaŋ¹	sen¹	ɕiŋ¹/ɕiaŋ¹	sɛŋ¹	sɛ̃¹	sən¹	sɛn¹	siaŋ¹
腥	ɕiaŋ¹	ɕiaŋ¹	ɕiaŋ¹		sɛ̃¹	siaŋ¹		

「星」字大多數的客家方言都只有一個讀音，並偏向文讀，隘子讀法即爲文讀，讀同梗攝開口二等字。太平等地之文讀是開口三、四等的格局。太平等地兩讀的情形同於珠璣，白讀顯然受到珠璣方言的影響，而這種兩讀的態勢，很可能來自贛語的影響，贛語吉水、平江、修水、安義、都昌、南城都是上述型態的方言。贛語向南擴散影響了贛南、粵北的客家方言，大庾「星」即爲兩讀：[ɕiəŋ¹/ɕiã¹]。

最後，附帶一提。潘小紅（2002）記錄太平有[-iŋ]韻而無[-in]韻，例如「品」，然亦說明「[-iŋ]有時近[-in]」。又提及「[-an、-ɔn、-iɔn]有時小韻[-i-]較明顯，作[-aⁱn、-ɔⁱn、-iɔⁱn]」。從後者的記錄顯示太平話的[-n]韻尾正在弱化，其所謂小韻，正是韻尾弱化爲鼻化韻之前一階段。

* an → aⁱn → añ（aɪ̃）→ ã

然潘小紅沒有提到[-in]韻有小韻產生，因爲實際上不容易發生，故就韻尾消失的大勢中，向後發展成爲[-iŋ]。這個韻母的變化也可能來自方言接觸，鄰近的方言，珠璣話梗攝三、四等文讀；百順深臻曾攝開口三等、梗開三、四；長江咸山二攝開口三、四等均爲[-iŋ]。〔註23〕

我們認爲太平仍保有[-n]韻尾，且[-iŋ]的出現並不穩定，很多時候確是[-in]。況且，[-iŋ]的結構較不符合客家方言的音系，客家話[-ŋ]韻尾前接的主要元音以[-前]爲主（鍾榮富2001），故本文調查仍記作[-in]。〔註24〕

〔註23〕 百順、長江見莊初昇（2004）。粵北土話還有[-iŋ]韻的尚有石塘、黃圃、星子、長來。

〔註24〕 不過[-iŋ/k]並非全然不存在客家方言中，閩西武平、永定（縣志），閩南南靖客家話均可見（陳秀琪2006）。然南靖亦是受到閩南方言接觸的影響。

第六章　始興客家話的入聲韻尾與聲調歸併

　　漢語方言中，入聲韻尾的發展以及聲調的歸併，向來是受到關注的問題。其變化的類型多樣且複雜，各方言又有不同的面貌，可說是方言間突出的特色所在。其中因為入聲韻尾的消失與否，及消失之後連帶對聲調系統的影響調整，使得上述現象之間常互為脣齒，彼此牽連。故本章將始興客家話的入聲韻尾與聲調歸併一起討論，看看始興客家話在此兩類問題的現況、特色與發展。

　　漢語入聲韻尾和聲調的發展自屬東南方言最為複雜，既有簡化，也有繁化。〔註1〕從歷時層面看，有趨於嚴整的方言，也有趨於駁雜的方言；自共時平面看，方言差異反映在結構類型上，方言之間內涵各不相同。在入聲韻尾的存廢上，客家方言一般被認為保有完整的[-p、-t、-k]尾，這點僅粵方言可與之比擬。不過，現在許多客家方言並非如此，梅縣一類保有完整的塞音韻尾（包括鼻音韻尾），從移民史及語言現象來看，已有學者認為恐是粵方言，尤其是廣府片強勢影響力作動下所造成的突出特徵。〔註2〕始興客家話就不是

〔註1〕東南方言聲調問題繁雜，可供討論的問題眾多，也是方言比較研究的重要課題。關於東南方言聲調的比較研究，可參見辛世彪：《東南方言聲調比較研究》（上海：上海教育出版社，2004）。

〔註2〕羅師肇錦持此主張，這就牽涉到客家方言陽、入聲韻尾的發展變化的次序，證諸閩

入聲韻尾俱全的類型，內部的演變也不相同。客家方言的入聲已有多位前輩學者著文討論，〔註3〕本章著重始興客家話入聲韻尾（包括陽聲韻尾）的演變。

始興客家方言在聲調的歸併上亦具特色，內部也不相同。漢語方言發展歷史，聲調的歸併轉移屢見不鮮。眾所周知的例子如「濁上歸去」，吳方言是主要的例外區，其他方言都參與了這個相對較早的變化。客家話還具備了「部分濁上、次濁上歸陰平」的聲調變化，始興方言的情況已見前面幾章，並無例外於客家方言。此外，客家方言尚有「去聲歸上」的類型，〔註4〕在始興客家話中我們也見到此類型的產生，本章會討論始興客家話「濁上歸去」後調類的演變，甚而推導發現始興客家話的調值的變化。

當然，為了進一步釐清始興客家話入聲韻尾和聲調演變的成因，以及與其他客家話的關係，我們的眼光會將閩西、粵北的客家方言列入，著眼於移民來源與語言接觸。我們發現始興客家話內部的差異，與方言間的接觸有直接的關係。經由方言比較，我們可以得知差異的成因，而從地理位置來看，這些方言接觸自然成立。

第一節　始興客家話的入聲韻尾

本節要討論始興客家話入聲韻尾的類型，始興內部存在著差異。我們透過比較，追溯移民來源的閩西客家，以及粵北當地客家話，觀察差異的成因、語言接觸的影響。因藉著語料記錄，呈現始興客家話入聲韻尾正處於變化之中。這裡談論的入聲韻尾，會一併論及陽聲韻尾，以便論述。

西客家話，梅縣的陽、入聲韻尾俱全乃經歷消失復重現的過程：-ø＞-ʔ＞-p、-t、-k（以入聲韻尾代表）。或質疑重現的結果竟與韻攝吻合，絲毫不差，在型態上過於完美。若考慮粵方言的影響，也並非無所據。見羅肇錦（2000、2002）。

〔註3〕如黃雪貞：〈客家方言聲調的特點〉，《方言》第 4 期（1988）、〈客家方言聲調的特點續論〉，《方言》第 2 期（1989）、〈客家方言古入聲字的分化條件〉，《方言》第 4 期（1997）。李如龍、張雙慶：〈客贛方言的入聲韻與入聲調〉，《中國東南方言比較研究叢書‧第一輯》（1995）。劉綸鑫：《客贛方言比較研究》（1999）。

〔註4〕關於客家方言聲調的演變亦有許多討論，無法盡數。陳秀琪（2006）從「去聲歸上」和「入聲歸去」兩點，將客家方言劃分為北區的入聲歸去型、南區的去聲歸上型以及閩南的綜合型，可供參考。

一、客家方言入聲韻尾的發展

客家方言入聲韻尾變化複雜，依據分合存廢可大分四種類型：

第一種是[-p、-t、-k]尾齊全，這類客家話很多，大多分布在廣東。例如寧都、梅縣、河源、東莞（清溪）、陸川等。

第二種是入聲韻尾不齊全，在[-p、-t、-k、-ʔ]中有兩種入聲尾留存。這種客家話類型複雜，根據入聲尾的留存又可細分成幾類。1、有[-t、-k]尾，如江西的定南（歷市）、銅鼓（三都），粵北的翁源、連南、曲江（馬壩）。2、有[-p、-t]尾，這類變化獨具風格，[-k]尾先消失，主要是閩南的詔安（秀篆、霞葛）、雲霄（和平）。3、有[-t、-ʔ]尾，如永定（下洋）。4、有[-k、-ʔ]尾，如武平（岩前）。

第三種是入聲尾弱化爲[-ʔ]。這類客家話多分布在江西，如龍南、全南、瑞金（象湖）。少部分在閩西，如上杭（城關）。

第四種是僅存調類，未有入聲韻尾。即有入聲調無入聲尾，如江西上猶（社溪）、大庾。

上述客家方言的入聲韻尾，包含相對應的陽聲韻尾，大體上都是依古咸深、山臻、宕江曾梗通等攝的區別，分別讀[-m/-p]、[-n/-t]、[-ŋ/-k]尾。不過曾梗（三、四等）兩攝在主要元音的影響下，不少方言都變成[-n/-t]尾。入聲韻尾不全的客家話，其韻尾的變化大致上也跟中古韻攝相配，由上可知，咸深攝的變化最快亦最劇烈。〔註5〕

始興客家話在形式上同於上述第二種第一類，即有[-n/-t、-ŋ/-k]尾，其[-m/-p]尾都消失了。不過其內部仍有差異，內涵不同。

二、演變類型

始興客家話表面上看來脣音韻尾都消失了，不過消失的歸併上，南北卻有不同。北部的太平、馬市、羅壩一類，[-p]尾併入[-t]尾，相應的[-m]尾併入

〔註5〕客家方言還有韻攝分調的情形，在入聲韻尾舒化之後，入聲調類或根據清濁不同而有不同的走向，或因韻攝不同而分調。跟客家方言關係密切的江西贛語情況更形複雜，其入聲韻尾演變甚有[-p、-t]尾變作邊音尾[-l]者。因非本章論述重點，且論述者眾，故本文不加贅述。可參看劉綸鑫：：《客贛方言比較研究》（1999）、彭心怡：《江西客贛語的特殊音韻現象與結構演變》（2010）。

[-n]尾；而隘子自成一類，[-p]尾部分併入[-k]尾，部分併入[-t]尾，相應的[-m]尾亦然，部分併入[-ŋ]尾，部分併入[-n]尾。由此，始興內部輔音韻尾的類型迷有不同，北部以太平為例，可以圖示如下：

	*-m	*-n	*-ŋ	*-p	*-t	*-k
太平	-n	-n	-ŋ	-t	-t	-k
隘子	-ŋ/-n	-n	-ŋ	-k/-t	-t	-k

從韻攝來看，隘子咸攝收[-ŋ/-k]尾，深攝收[-n/-t]尾，主要元音咸攝為[a]、深攝為[i]。太平等則咸深攝都收[-n/-t]尾，主要元音咸攝一、二等為[a]，三、四等為[e]，深攝為[i]。

隘子咸攝收[-k/-ŋ]尾的變化是非常特別的，在客家方言中可說是少見的現象，客家方言更多的還是咸深攝讀為山攝，即[-p/-m]尾併入[-t/-n]尾，如太平一般。太平和隘子因為咸深攝韻尾的變化，使得輔音韻尾韻攝的對立型態改變。

	深山臻	咸	宕江曾梗[註6] 通
太平	-t/-n		-k/-ŋ
隘子	-t/-n		-k/-ŋ

為何會有這樣的改變，是否移民自閩西帶來的早期特色，亦或移民到來後的晚期變化？我們比對閩西武平、上杭、永定以及粵北的翁源、曲江等方言，看看情況如何。

始興太平和隘子的類型不同已見上述，主要差異是古咸深攝韻尾消失後的分合，而粵北的翁源和曲江與隘子類型相同，翁源古咸深攝韻尾的歸併同於隘子，咸攝併入宕江一組，深攝併入山臻一組。曲江稍有不同，咸攝一、二等收[-n/-t]和收[-ŋ/-k]各半，三、四等及深攝收[-n/-t]尾。主要元音都是咸攝為[a]，深攝為[i]。大同小異，基本上隘子、翁源、曲江馬壩是同類型的。加之以其地緣相近，我們相信這不是偶然，他們的關係顯然十分緊密。

茲將比較表列如下，亦可供下文討論之用：

〔註6〕客家方言中曾攝與梗攝三、四等的文讀，很多隨主要元音的變化也歸併到山臻攝，只有少數方言不變，如寧都。在此我們仍將曾梗與宕江通視為一體。

方言點	*-m	*-n	*-ŋ	*-p	*-t	*-k	語料來源
武平岩前	-ŋ	-ŋ	-ŋ	-ʔ	-ʔ	-ʔ/-k	李如龍、張雙慶 1992
武平平川	-ŋ	-ŋ	-ŋ	-ʔ	-ʔ	-ʔ	縣志 1993
上杭城關	-ṽ/-ŋ	-ṽ/-ŋ	-ṽ/-ŋ	-ʔ	-ʔ	-ʔ	縣志 1993
永定城關	-ŋ	-ŋ	-ŋ	-ʔ	-ʔ	-ʔ	縣志 1994
永定城關	-ŋ	-n	-ŋ	-ʔ	-t	-ʔ	呂嵩雁 1999
始興太平	-n	-n	-ŋ	-t	-t	-k	本文調查
始興隘子	-ŋ/-n	-n	-ŋ	-k/-t	-t	-k	本文調查
翁源	-ŋ/-n	-n	-ŋ	-k/-t	-t	-k	李如龍、張雙慶 1992
曲江馬壩	-ŋ/-n	-n	-ŋ	-k/-t	-t	-k	劉勝權 2006

三、變化成因

　　根據前表，我們將始興客家話跟閩西祖地作一對比。我們採用的語料來源雖不同，但時間相去不遠，永定城關不同的材料有不同的記載，可提供很好的解釋。我們發現閩西和始興有相當的差異，以入聲韻尾來說，閩西多數的韻尾已經弱化為喉塞音，少數保留。始興則比較完好的保留了[-t]、[-k]尾，從同樣來自閩西上杭一帶的翁源、曲江來看，本文調查所見不孤。

　　將閩西與粵北對照之後可見，從閩西到粵北，移民初期輔音韻尾正在變化，而變化當自咸深攝開始。粵北始興、翁源、曲江保留[-n/-t]和[-ŋ/-k]尾，在相當程度上說明了當時的變化，也說明了當移民在明代初中葉到達粵北之後，或因粵北大地湧入大量客家人口，內部一致性較高，故數百年來變化不大，至少在鼻音韻尾的變化上是如此。

　　由隘子、翁源的陽聲韻尾看來，變化初期好像是[-ŋ、-n、-ŋ]的模式，而後因為深攝主要元音[i]較高較前，帶動了韻尾由[-ŋ]＞[-n]，形成[-ŋ（咸）/-n（深）、-n、-ŋ]的模式。然則，太平等始興北部方言就不好解釋，同樣出自閩西，咸深攝的主要元音亦相同，其咸攝韻尾（主要元音[a]，[－高][－前]）如何由[-ŋ]＞[-n]。我們看永定（城關）仍有[-n/-t]韻尾，其變化的過程應該是咸深攝先變，併入山臻攝，而後咸深和山臻分別先後併入宕江曾梗通。可圖示如下：

$$-ŋ、-n、-ŋ \qquad -ŋ、-n、-ŋ \quad 永定（呂嵩雁 1999）$$
$$*-m、-n、-ŋ ＞ -n、-n、-ŋ ＞ -n、-ŋ、-ŋ ＞ -ŋ、-ŋ、-ŋ$$
$$武平、上杭、永定$$
$$-ŋ、-ŋ、-ŋ \qquad -ŋ、-ŋ、-ŋ$$

我們這麼主張還有一個重要的原因，就是漢語方言韻尾演變之中，由雙唇音向內往舌根音失落是較為常見的態勢。以入聲韻尾為例，-p＞-t＞-k＞-ʔ＞-ø 這樣的演變模式較為自然，〔註7〕大多數的客家方言符合此入聲韻尾的演變模式。陽聲韻尾的變化亦然。張琨（1993）以眾多官話和吳方言為依據，說明漢語鼻音韻尾在[-m]尾併入[-n]尾之後，[-n]尾鼻化或消失的速度快於[-ŋ]，雖然文中沒有討論南方閩客方言，但引證廣泛，仍具參考價值。〔註8〕

至此，我們認為始興等地原來的型態應是[-n、-n、-ŋ]，而後太平等地保留了變化初期的形式，隘子等地咸攝因主元音[a]較低較後，進而使韻尾由[-n]變作[-ŋ]，原來自閩西，但後來與閩西發生了平行演變。

或說隘子、翁源、曲江等地的型態是受粵北白話的影響，粵北白話咸攝開口一、二等和深攝，除陽山讀[-m/-p]之外，多數讀[-n/-t]及[-ŋ/-k]。咸攝開口三、四等則都讀[-n/-t]。粵北白話輔音韻尾變化的態勢很接近隘子、翁源、曲江。詳細情況見下表：〔註9〕

	咸開		咸合	深開
	一二	三四	三	三
陽山	-m/-p	-n/-t	-n/-t	-m/-p
連山	-n/-t	-n/-t	-n/-t	-n/-t
連縣	-n/-t	-n/-t	-n/-t	-n/-t
樂昌	-n/-t	-n/-t	-n/-t	-n/-t
曲江	-ŋ/-k	-n/-t	-n/-t	-n/-t
仁化	-ŋ/-k	-n/-t	-ŋ/-k	-n/-t

〔註7〕見 Chen（陳淵泉 1973）：Cross-dialectal comparison：a case study and some theoretical considerations. Journal of Chinese Linguistics 1（1）：38-63。從中古收[-p/-m]、[-t/-n]只有咸深山臻四攝，而收[-k]尾的就有宕江曾梗通五攝看來，收[-k/-ŋ]韻尾的韻母音節顯然較易保存。唇音韻尾只要發音者稍不注意就容易丟失，現今官話方言沒有[-m]韻尾就是很好的說明。

〔註8〕張琨：〈漢語方言中鼻音韻尾的消失〉，《漢語方音》（台北：學生書局，1993），頁23～63。張琨在該文緒言提及，陳淵泉1975年曾發表一篇關於漢語方言鼻音韻尾消失問題的文章於史丹佛大學語言學系的一個刊物上，文中提及鼻化作用發生在低元音後邊較普遍，並且多半先發生在舌尖鼻音韻尾的韻母上。張琨該文延續陳文論點。陳淵泉（1975）正好可與其（1973，見前注）相互參看。

〔註9〕見辛世彪：（2004，68）。

從地緣上最接近隘子、翁源、曲江等地的曲江、仁化白話上看，其類型基本相同，尤其是曲江白話的類型和曲江馬壩客家話完全相同，很像白話對粵北客家話起了作用。

然而，我們知道粵方言在咸深攝韻尾的變化不若客家方言，粵方言廣府片基本上保有完整的輔音韻尾，廣州話就是如此。廣州話在廣東粵方言的影響是非常巨大的。從最接近廣府片的陽山白話可知原有的格局，而變化同樣起於咸攝，其變化的態勢應該是由[-m/-p]變成[-n/-t]。是以曲江馬壩客家話要說是受了曲江白話的影響，恐不盡然。

我們若將仁化白話和仁化客家話輔音韻尾加以比較可更加清楚。仁化長江方言本屬土話之列（《中國語言學地圖集》1987），然其音韻特徵接近客家話，學者認為可劃入客家方言（李冬香2000、莊初昇2004）。仁化長江陽聲韻尾都讀成[-ŋ]，入聲韻尾則弱化消失為[-ø]。

	咸開		咸合	深開
	一二	三四	三	三
仁化長江〔註10〕	-ŋ/-ø	-ŋ/-ø	-ŋ/-ø	-ŋ/-ø
仁化白話	-ŋ/-k	-n/-t	-ŋ/-k	-n/-t

由上表，仁化白話咸攝陽聲韻尾由[-n]到[-ŋ]，恐是客家話的影響，連帶影響了入聲韻尾改變。那麼，粵北白話咸攝陽聲韻尾由[-m]到[-n]，應該也是客家方言的影響，曲江白話當是受到曲江客家話影響而有相同的表現。

本來，在粵北大地，客家方言的分布廣、人口多，尤其是韶關市轄區，客家移民又較說白話人早到，客家話的影響力在多數地區要大於白話，是以當地客家方言對粵方言的影響較大較明顯也就可想而知。（甘于恩、邵慧君2000）

四、變化速率

從上文的比較中，閩西客家話內部在輔音韻尾的變化上速率不一，武平、上杭、永定等地，上杭的變化速度較快，入聲韻尾都弱化為喉塞音外，陽聲韻尾更在[-ŋ]之外，進一步已產生了鼻化的現象。永定的變化較慢，雖然語料記載

〔註10〕見莊初昇、李冬香：（2000）。

不同，但根據呂嵩雁（1999）的調查，永定山臻攝還保持著[-n/-t]韻尾。

閩西客家話和始興客家比較起來，始興的型態比較保守，閩西的變化速度較快，陽聲韻尾普遍讀作[-ŋ]，甚而產生鼻化音；入聲韻尾除了武平（岩前）還有[-k]尾、永定（城關）還有[-t]尾外，一律弱化成喉塞音[-ʔ]。始興則比較完整地保有[-n/-t]和[-ŋ/-k]韻尾，將翁源、曲江客家話的情況一併觀之，這種型態代表粵北客家話的大勢。

不過始興的情況和閩西客家的差距也不全然那麼大，根據《始興縣志·方言》（1997）和潘小紅（2002）的記錄，始興太平話咸深山臻攝的入聲韻尾已經弱化為喉塞音。為了便於說明，我們將南雄（烏逕）、南雄（珠璣）、仁化（長江）等方言一併列入討論。

方言點	*-m	*-n	*-ŋ	*-p	*-t	*-k	語料來源
始興太平	-n	-n	-ŋ	-t	-t	-k	本文調查
始興太平	-n	-n	-ŋ	-ʔ	-ʔ	-k	縣志 1997、潘小紅 2002
仁化長江	-ŋ	-ŋ	-ŋ	-ø	-ø	-ø	莊初昇、李冬香 2000
南雄烏逕	-ṽ	-ṽ	-ṽ/-ŋ	-ø	-ø	-ø	張雙慶、萬波 1996
南雄珠璣	-ṽ	-ṽ	-ŋ	-ø	-ø	-ø	林立芳、莊初昇 1995

潘小紅（2002）的調查基本延續縣志的記錄，不過本文的調查認為太平在咸深山臻攝的入聲韻尾仍然存在，雖然有時不甚明顯。如此看來，入聲韻尾與陽聲韻尾的變化速率不一，入聲韻尾變化較快。從太平和粵北土話的比較看來，仁化、南雄方言顯然變化較快，而太平並未受到南雄、仁化的影響，而是像隘子、翁源、曲江等地一樣，獨立的發展著。

我們要特別說明，仁化（長江）、南雄（烏逕）、南雄（珠璣）等方言，經過學者的比較研究，都已分別劃入客家方言。〔註11〕這裡仍沿襲舊名，主要著眼於其輔音韻尾的變化型態，顯然與始興，甚而翁源、曲江等來自閩西上杭等地的客家方言不同。這些土話入聲韻尾變化快，已全部消失，陽聲韻尾也緊跟在後，整體型態與粵北的客家方言有頗大出入。尤其南雄（烏逕）方言在一般客家話讀陰平的濁上字，不讀陰平而讀陰去，這點跟大庾、河源、惠州相同；

〔註11〕可參見李冬香：〈粵北仁化縣長江方言的歸屬〉（2000）；張雙慶、萬波：〈南雄（烏逕）方言音系特點〉（1996）；林立芳、莊初昇：《南雄珠璣方言志》（1995）。

烏徑、長江方言還有韻攝分調，[註12] 也接近贛南的大庾、南康（蓉江）、于都
（貢江）、安遠（欣山）等，這些方言大多有一個特點：擁有陽去調。我們認爲
這應是層次較早的客家話，南雄、仁化的表現正同於這些層次較早的「老客家
話」。這裡爲了表示他們與始興、翁源、曲江等客家話的不同，姑且仍用「土話」
稱之。

	咸深山臻		宕江曾梗通	
	清入	濁入	清入	濁入
仁化長江	入聲		去聲	
南雄烏徑	陰平		陽去	
大庾〔註13〕	陰平／入聲		陰平	
南康蓉江〔註14〕	陰入甲	去聲	陰入乙	陰平
于都貢江〔註15〕	陰去	入聲		陽去
安遠欣山〔註16〕	上聲	陰平	陽去	

仁化的古[-k]尾舒化爲去聲，古[-p]、[-t]尾仍爲入聲，可見其古[-k]尾舒化
速度快於古[-p]、[-t]尾。[註17] 南雄陰平調值是[42]，陽去調爲短促的[5]，可
見剛從陽入脫胎而來，陰平的變化應早於陽去。南康和于都濁入字舒化較快，
安遠則觀察不出演變速度的差別，一概舒化，不過演變方向倒是分得很清楚。
比較特別的是大庾，大庾只有咸深山臻的次濁入還有入聲，似乎古[-k]尾變化
較快，至於舒化的方向一致歸入陰平，甚爲少見。

始興沒有韻攝分調的現象，顯然沒有受到南雄等土話的影響，南雄土話
的陽聲韻尾較早變成鼻化音、入聲韻尾也較早弱化，始興太平等並未參與其
變化，故其速度較慢，自成一格。

〔註12〕客家方言有韻攝分調的方言不多，目前發現的有江西于都、大庾、信豐、贛縣、
　　　　南康、安遠以及福建詔安。

〔註13〕李如龍、張雙慶：（1992）。

〔註14〕劉綸鑫：（1999）。

〔註15〕劉綸鑫：（1999）。另外，于都貢江宕江曾梗通攝的濁入字有部分讀入聲。

〔註16〕劉綸鑫：（1999）。

〔註17〕仁化[-k]尾演變速度較[-p]、[-t]尾快，尚與福建詔安秀篆相同，應屬共同脫軌現象。
　　　　可參看陳秀琪：（2006）。

在本文的調查中，太平有部份三等的影、以母入聲字，其韻尾弱化為喉塞音。巧合的是，這些字都是[it]韻母。

韻攝	臻開三		曾開三	梗開三			
例字	一影	逸以	翼以	益影	譯以	易以	液以
音讀	i^ʔ45	i^ʔ45	i^ʔ32	i^ʔ45	i^ʔ45	i^ʔ45	i^ʔ45

上述以母例字中，除了「翼」字讀陽入調，其他都混入陰入調。這些原來讀[it]韻的字韻尾弱化，說明[-t]尾較[-k]尾容易變化失落，尤其主要元音[-i-]和舌尖韻尾[-t]舌位均偏前，或許產生排斥，使得[it]成為較快弱化的音節。又或者與聽者有關，Ohala（1989、1993）提出了聽者的誤聽佔著語言變化的關鍵角色，意即語音變化的責任在於聽者。太平深開三的「緝（清）」和「輯（從）」亦都讀[i^ʔ45]，可能是深攝併入山臻攝後，聲母不知何故失落而進行了相同的變化。

另外，《始興縣志》（1997）記錄太平語音，其入聲喉塞韻尾的說明言及喉塞程度較弱，趨向舒聲。其鼻音韻尾[-n]部位後移，並已弱化，阻塞輕微，實際音質是[-Vn̩]（V表示元音）。可視為鼻化前一階段的表現。可見太平方言的輔音韻尾正處於變化之中。

附帶一提，上文說過，從韻尾的變化來說，以入聲尾為例，-p＞-t＞-k＞-ʔ＞-ø這樣的演變模式較為自然，在客家方言中也較為常見。這個模式改寫如下會更清楚演變速率：

　　-p、-t、-k ＞ –t、-k ＞ -ʔ ＞ -ø

從客家方言曾攝、梗攝三、四等文讀韻尾讀作[-n/-t]來看，上面這個公式自[-t、-k]到[-ʔ]之間應該有一個[-t、-k] ＞ [-t、-ʔ]的過程，呂嵩雁（1999）記錄永定（城關）話便是一個很好的注解。然就始興而言，[-t]尾弱化早於[-k]尾。

第二節　始興客家話的聲調歸併

聲調的歸併向來是漢語方言研究的熱點，從四聲八調談起，各方言都有不同的歸併樣貌，既複雜又多采。方言間的分合，聲調歸併的類型往往起到相當重要的作用。聲調歸併問題，各方言呈現的方向和機制各異，聲調的調值在聲

調歸併上或起作用。本節主要在始興客家話內部呈現南北分立的基礎上，從移民角度與閩西客家話進行比較，討論始興客家話聲調調值的鏈移變化。

一、客家話的聲調歸併

「濁上歸去」是漢語方言的一個特別現象，在不同方言中有不同程度的發展。濁上歸去發生的時代較早，大約是在唐代，至遲在宋代（周法高 1948；周祖謨 1966；邵榮芬 1979）。〔註18〕在濁上歸去之後，客家方言內部一致的聲調變化是「部分濁上歸陰平」。這個變化指得是部分全濁上、次濁上聲字歸併入陰平，歸併的字在客家方言內部相對一致。對比客家的移民歷史，濁上歸陰平應該在客家大量移出閩西之前就已完成。（羅香林 1933／1992）不過，在客家方言中，濁上歸去在時間層次上是否早於濁上歸陰平？從全濁上、次濁上歸陰平的字多為口語常用字，而全濁上歸去聲則為次常用、非常用字來看，濁上歸陰平恐是客家方言較早發生的變化，張雙慶、萬波（1996）對贛語南城方言的討論中提出過類似的意見。

如此一來，客家方言早期應有獨立的陽上調。從與客家方言關係密不可分的贛方言中，可以發現這個事實。（Sagart 1993）劉鎮發（2001、2003）根據對粵客贛方言濁上字的比較，提出濁上歸陰平前已有獨立的陽上調，目前多數粵語方言有獨立的陽上調，粵中的惠州、河源則是歸併到陰去，其他包括贛東、閩西和粵東的客家話則歸併入陰平。

至於濁上歸（濁）去後，聲調的歸併在客家方言中又有三種方式：惠州、河源、南雄（烏徑）、海陸客語等形成一個獨立的陽去調；以梅縣為代表的粵東方言，如興寧、臺灣四縣話，濁上／濁去跟清去組成一個去聲調；粵東五華、揭西、閩西上杭、武平、永定（城關）、粵北曲江等方言，濁上／濁去合併到上

〔註18〕周法高：《玄應反切考》，《史語所集刊》。周祖謨：〈關於唐代方言中四聲讀法的一些資料〉，《問學集》（北京：中華書局）。邵榮芬：《漢語語音史講話》（天津：天津人民出版社）。王力在《漢語史稿》中指出濁上歸去的變化在八世紀已經完成，又《漢語詩律學》舉不少近體詩例子說明上去通押的情形在中晚唐比較多見。是以濁上歸去的變化應不會晚於唐末。據周法高（1948）提及慧琳音義，幾乎是以濁去字當濁上的反切下字，可見濁上歸去實際是和濁去相混。相當程度地說明了，至少在唐代，聲母的清濁不同已使得四聲的讀音有異。

聲。這樣說來，五華等方言形成過程中將濁上／濁去的字，填補歸入陰平的濁上空檔，是一個拉鍊（drag chain）。比之梅縣屬於創新變化。

始興客家話在濁上歸濁去後的走向，南北有不同的發展。太平、馬市、羅壩等北部方言濁上／濁去同歸清去，共組一個去聲調，可謂梅縣型；隘子則濁上／濁去歸清上，合併爲上聲調，可謂五華型。

二、始興客家話的聲調與閩西客語

始興客家話聲調的走向南北迥異，我們首先觀察與始興客家話關係密切的閩西祖地的情況，方能往下討論。閩西武平、上杭、永定等地，濁上／濁去都合併到上聲，與隘子同屬五華型，隘子的情況應屬其來有自。翁源、曲江等亦可爲證，翁源、曲江客家也都稱祖上來自閩西上杭等地，他們也都是濁上／濁去歸入上聲的，可見其承繼關係。

太平等北部始興客家話的類型則與梅縣相同，屬於陰陽去合併的變化。梅縣型客家話主要分布在粵東、粵西、贛南、桂東，以及贛西北、部份粵北地區〔註19〕。粵西、桂東、部份粵北地區的客語是清代中葉從粵東遷入的，（李如龍等 1999）贛西北客家也是清代從粵東、閩西等地遷來，而粵東來的主要是梅縣客家人，人口也多於閩西，曹樹基《中國移民史・第六卷》記載贛西北萬載縣明清時期廣東客家所建村落 234 個，福建客家所建村落 90 個，可爲一例。贛南地區的「客籍人」多是明末清初從粵東回流的，去聲多不分陰陽，有兩個入聲，調值陰低陽高。（劉綸鑫 1999）我們看到，陰陽去合併的梅縣型方言，不管是粵東、粵西、桂東，還是贛南、贛西北、粵北，其來源都是有關係的，都與明清時期嘉應州人的遷徙有關。而這些梅縣型客語，其聲調演變與贛東、閩西全然不同，無法在寧化石壁的來源得到解釋。粵東地區其實也找不到讓陰陽去合併的條件，粵方言和潮汕閩語俱分陰陽去，五華型客語濁去歸陰上，本來也是分陰陽去的。針對這個問題，辛世彪（2004：133）認爲「梅縣型可能是宋末元初客家人大量南遷時從江淮一帶遷入的」，其來源

〔註19〕例如連南、連山。據陳延河（1994）的記錄，連山小三江客家話其特點近於梅縣，當地客家來自嘉應州，還曾組團回到梅州掃墓。這裡所言粵北，不包括本文所說的始興、翁源、曲江等。

是官話方言。可見這支方言在進入粵東前，陰陽去可能已完成合併。

　　五華型濁去歸陰上的變化出現在閩西南的上杭（城關）、永定（城關）、武平（岩前、平川），粵東的大埔（長治）、豐順（八鄉）、五華、揭西，粵北的翁源、新豐、曲江（馬壩）、始興（隘子），以及部份珠三角和粵西地區。這些地區移民的來源都可上溯至閩西南，尤其是粵北地區大多稱祖上來自上杭，我們已引用過《曲江縣志》（1999），新豐客家《李氏族譜》記載，新豐李氏於明末自福建上杭移居新豐。（周日健 1990）清道光《英德縣志》卷四〈風俗〉記載明成化年間自福建遷來客籍居民較多，「成化間自閩、自江右遷來入籍，習尚一本故鄉」。移民時間大多是明代至清初，且五華型方言只見於閩粵兩省，不見於贛南，可見這支客語是明清時期從閩西遷到廣東各地的。

　　閩西客語中濁去歸陰上的方言主要分布在永定、上杭、武平、長汀四縣，地理上連成狹長的一片。但並非四縣內部全然一致，長汀西南片與武平、上杭交界處，濁去歸陰上、有兩個入聲，屬此類。永定東部的下洋片，相鄰南靖、平和，清去歸陰上，屬秀篆型；東北的坎市片，分陰陽去，有七個聲調，都不屬五華型。只有城關片西連上杭，屬於五華型。據《永定縣志》（1994），永定客家人主要從上杭遷徙而來，是以永定城關片濁去歸陰上與上杭移民有關。上杭除了東北古田片有兩個去聲，其他大部分地區屬城關片，都是濁去歸陰上，有六個聲調的五華型。武平縣客語雖可分為五片，但至少有四片是屬濁去歸陰上類型的。（《武平縣志》1993、《龍巖地區志》1992）

　　以上閩西南四縣客語濁去歸陰上的地區連成一片，可見這種變化是同源關係。這些地區的客家人是宋代以後從寧化石壁遷徙而來，[註20] 現寧化客語有兩個去聲，[註21] 所以可推測濁去歸陰上的變化是在上杭、長汀、武平一帶形成，爾後經移民帶到永定及廣東各地，時間應在明代。

　　至此，我們可以確定，始興隘子濁去歸陰上是來自閩西南上杭一帶的移民，同屬五華型。太平、馬市、羅壩等則同於梅縣型，至於其不同於閩西南祖地的原因，在第八章中會再說明。接下來我們要討論始興客家與閩西南客家話在聲調上的相關問題。

─────────

〔註20〕羅香林：《客家研究導論》（1933/1992）。
〔註21〕見《寧化縣志》（1992）。

三、始興客家話與閩西南客家的調值

上文說過，五華型客家話分布在閩粵兩省，地域不可謂不廣，然其聲調調值卻相當近似，這引起了我們的注意。下面列出幾個屬於五華型客家話陰上、去聲（陰去）調調值，包括閩西南、粵東、粵北、珠三角及粵西等地。

	上杭城關	永定城關	武平平川	五華水寨〔註22〕	豐順八鄉〔註23〕	曲江馬壩	增城長寧〔註24〕	陽春三甲〔註25〕
陰上	41	31	42	21	31	31	31	31
陰去	452	52	452	52	53	53	53	42

五華（水寨）依照徐汎平（2010）則記作[31]，若用魏宇文（1997）橫陂鎮的材料，陰上亦記作[31]。從比較中可以看到，五華型客語在閩粵兩省的調值非常接近，陰上基本上是中降調，而陰去則是高降調，幾無例外，一定具有同一來源。上文已說過，這源頭是在閩西南上杭、永定、武平一帶，這種現象令我們特別注意始興和閩西南客家話的比對，而情況又出人意料，始興客家話有不同以上各點的表現。

古調	平		上			去		入	
古聲	清	濁	清	次濁 (D C)	全濁 (B A)	清	濁	清	濁
今調	1	5	2	(6)		3	(7)	4	8
武平岩前	45	22	31	(45)	(31)	452	(31)	2	5
武平平川	24	22	42	(24)	(42)	452	(42)	32	4
上杭城關	44	22	41	(44)	(41)	452	(41)	43	35
永定城關	24	21	31	(24)	(31)	52	(31)	32	5
始興太平	11	53	31	(11)	(44)	44	(44)	45	32
始興隘子	33	11	31	(33)	(31)	55	(31)	2	5
曲江馬壩	44	24	31	(44)	(31)	53	(31)	1	5
翁源	22	51	21	(22)	(21)	55	(21)	2	5

〔註22〕 周日健：〈五華客家話的音系及其特點〉（2002）。

〔註23〕 高然：〈廣東豐順客方言的分布及其音韻特徵〉（1998）。

〔註24〕 王李英：《增城方言志‧第二分冊》（1998）。

〔註25〕 李如龍等：《粵西客家方言調查報告》（1999）。

　　上面這個表格有幾點要注意，首先我們以太平代表馬市、羅壩等北部始興客家話，也只有太平濁上歸濁去後與清去合併，屬梅縣型。陰上和陰去在五華型客家話中高度相近已見上述，始興客家話陰上的表現同於閩西南，然去聲有較大的改變：變為高平調。閩西南陰平多為升調，陽平則為低平，入聲則均為陰低陽高的型態。始興客家話北部方言陰平出現低平調，陽平為高降調，入聲變為陰高陽低等，相異於閩西南祖地。這類型包括翁源，不過從濁去歸陰上，陰入低陽入高等特點來看，翁源還是明顯閩西本色。

　　始興太平等地有如此相異於閩西南祖地的調值表現，我們認為還要從去聲調開始說起。上文已述及由移民歷史來論斷，始興客家源自閩西南一帶，然則太平等地濁去原也應是歸陰上一類，如同隘子一般，屬五華型。後來才有濁去與清去合併的變化，這個改變應是使得調值產生變化的動因。改變的過程可能是當濁上／濁去字從陰上轉而歸入陰去時，因為陰上和陰去的調值近似，都是降調，所以引發了陰去調的變化。當然，這個過程不是一步到位，應是經由詞彙擴散的步驟，當有部份濁上／濁去字從陰上變讀陰去時，還有不少濁上／濁去字仍讀陰上，也就是說濁上／濁去字就同時有兩種讀法，而由讀陰上逐步轉而讀陰去。但在此兩讀的過程中，陰上和陰去的調值近似，於是陰去字聲調發生了變化。這種推測，我們在太平部分濁上字不歸陰去，而仍讀陰上可為證明。如此，當時濁上歸去後的調值可能接近高平調，所以高平調替代了原來的高降調。

　　然而高降調並未就此消失，而是取代了陽平的低平調，陽平的低平調受到推擠又取代陰平的升調，從而構成一個推鏈（push chain）。那麼何以被取代的高降調不向陰平走，而要侵犯陽平呢？我們認為可能是陰平調中有來自部分濁上、次濁上歸陰平的常用口語字，使得陰平的內涵較複雜，並且因為這些來自濁上、次濁上的陰平字時代較早，也就較為強勢。我們從客贛方言來看，陰平調型為升調和平調的占絕大多數，因此太平等地可接受陽平來的平調，而不能接受高降調。這一推鏈維持了原來閩西南客語聲調系統一個平調、兩個降調的型態。那麼，原來陰平的升調是否就此消失呢？我們認為不然，回顧第三章論及始興客家話的音系，各點的陰平字都常發生連讀變調，變調的調值都一律是升調，我們認為在連讀變調之中保存了原來的升調。本文調查，太平的陰平調值時而接近低升的[13]，潘小紅（2004：133）記載：「陰平11有時是112。」

正是陰平原讀升調之證明。

以上的解釋可以說明始興太平、馬市、羅壩的情況，從類型上看，翁源應同於始興北部方言，不過翁源沒有發生濁上／濁去由陰上而陰去的變化，隘子亦然，則翁源、隘子的聲調調值改變可能是受到太平等地擴散波的影響。擴散波就無關乎推鏈的變化，而是調類對調類的影響。隘子陽平沒有受到影響，翁源則有，可見陰平擴散先起作用，隘子對應為中平調，翁源則對應為次低平調。比對閩西南來源，翁源、隘子之陽平調應原讀低平，結果隘子陽平原屬低平，與陰平調的中平調型、陰去調的高平調型仍能區別，故陽平調不受影響。翁源不然，其陰平以次低平對應之，加之以其陰上調值偏低，若陽平調保持低平不變，則恐生混淆，無法辨義。就類型學角度而言，不乏多個平調的語言，例如珠三角不少地方和香港的粵語。（詹伯慧、張日昇 1987）所以隘子三個平調也就不奇怪了。

四、早期始興客家話的聲調推擬

本小節要談早期始興客家話各聲調調值的推擬，早期是指移民自閩西南初來始興之時。經由閩西南祖地武平、上杭、永定各地與始興南北方言的比較，我們已比較明確知道陽平、陰上、陰去以及兩個入聲的調值。陽平調閩西南各地均為次低平，陰上俱為中降調，陰去當為高降調，而入聲是陰低陽高，這點在隘子、翁源、曲江等地都仍保持不變。是以本小節主要討論濁去和陰平的調值推擬。

先說濁去，上文說明濁去可能接近高平調，理由已見上述。這裡可補充說明。太平梗攝開口四等錫韻的入聲字「歷、曆」都讀成陰聲韻去聲[li^{44}]，羅壩的「歷」字亦然，而「曆」字讀[liak^2]。羅壩的情況比較突兀，因為在羅壩尚未發現有入聲韻尾弱化的例子，而太平有部份零聲母的[-t]尾字已開始弱化，產生了喉塞音韻尾。可見太平的「歷、曆」兩字可能經歷了韻尾弱化而至韻尾失落的過程：liak＞lit＞li$^?$＞li。羅壩「歷」字讀音或是受了太平的影響。那麼為何這個舒聲化的走向是去聲呢？我們看客家方言中入聲韻尾已經消失或者弱化為喉塞音者，舒化可大分為兩類，一是因聲母的清濁而有快慢不同，濁聲母較清聲母變化快，例如寧化、泰和；一是因韻尾不同而有快慢和方向的差異，例如仁化、南雄、南康（蓉江）、于都（貢江）等，仍是以濁入變化

較快，而且這些入聲舒化歸併的調類大多都是去聲，又以陽去為多。（辛世彪 2004、陳秀琪 2006）所以太平「歷、曆」兩個濁入字舒化至陽去，後隨同濁上併入陰去。從此點來看，太平、馬市、羅壩去聲調[44]可能是原來陽去調（包含濁上）的調值。本來始興陽入調值高，其舒化時向調值接近的陽去歸併就不足為奇。

再來討論陰平。上文說過，從客贛方言中擁有大量濁上歸陰平的口語常用字（包含有文白異讀時，白讀多為陰平）來看，大庾、河源、惠州等歸陰去性質相同，原來有獨立的陽上調。（Sagart 1993、劉鎮發 2001、2003）這些原來獨立於陽上的濁上字，歸併於陰調何以歸入陰平呢？漢語方言聲調的性質不外乎調型與調值兩方面，聲調的歸併與調型和調值是不是有關？就目前的認識，調類間的歸併往往與調型、調值相近有關。

嚴修鴻（2004b）提出眾多客家方言為證，說明早期陽上調與陰平調調型均為升調，故而在聲母清濁對立消失之後，陽上調遂併入陰平調。其說明大致如下：

1、濁上歸陰去者（[　]內為調值）：

贛西南的大庾[24]（李、張 1992）、粵北南雄（烏徑）[12]（張、萬 1996）、粵中惠州[13]（黃雪貞 1987）、河源[12]（李、張 1992）等其濁上字歸陰去，構成客家方言中旗幟鮮明的一支，但其陰去調一致為升調。這可能暗示客贛方言早期陽上調的調型是升調。

2、有尚且保留陽上調者

贛語中有僅存的三個保留陽上調者，並且都是升調。分別是蓮花[35]、安福[13]、遂川[24]（據顏森 1986）。根據劉綸鑫（1999），蓮花濁上歸陽上的字與其他客贛方言大致吻合。

客語中也有保留陽上調者，嚴修鴻該文指出據劉綸鑫（1999：95），江西上猶東山鎮保有陽上調。另上饒縣鐵山鎮汀州腔的方言島陽上亦獨立，調值為[35]（據胡松柏 2002）。其實早在 Sagart（1998）中已指出在顏森（1986）的記錄中，上猶縣客家話次濁上有讀為陽上調者。

這些保有陽上調的客贛方言，陽上調也多為升調。另外，據易家樂（Egerod 1983）的記錄，南雄城關話與客家話在濁上字的分化上類別是相同的，不過

「馬、買、咬」等讀作陽上調，調值爲[12]。《韶關市志‧下》也提到「南雄土話」有陽上調，如「馬、咬、野、近」等，調值同爲[12]。〔註26〕雖然南雄（城關）話的歸屬目前仍有疑義，然也有認爲屬於客家話的。（Sagart 2001、莊初昇 2004）

3、客贛方言陰平調多升調

嚴修鴻根據語料以及自身調查所得，整理出 83 個客贛方言陰平調爲升調者，可算是密集分布的區域。即使陰平調不是升調的梅縣、長汀等地，其陰平作爲前字的連讀變調常爲升調。據本文調查，始興也是如此。

根據以上幾點，客贛方言早期陽上調與陰平調應是調型與調值相近的兩個調類，濁音清化使得陽上因爲調型和調值的相近而選擇併入陰平調。

回到始興客家話，始興客家話的陰平調雖是平調，但從其連讀變調中陰平做爲前字時均爲升調，可透顯出原爲升調的端倪。潘小紅（2002）也明白紀錄了太平話陰平有時讀作[112]。本文調查時明顯察覺發音人陰平字常不定於低平和低升間，因此本文認同嚴修鴻（2004c）的主張，客家話早期陽上調和陰平調應爲升調。那麼，我們可推擬始興客家話的早期聲調調值如下：〔註27〕

*早期始興

陽平[11]	陰上[31]		陰去[53]	陰入[2]
陰平[13]	（陽上[24]）		（陽去[44]）	陽入[5]

陰平推擬定爲低升調，不同於閩西南祖地多爲高升調，主要是始興的連讀變調偏向低升。陽上調與陰平調相近爲升調，故定爲中升調。始興陰平調值偏向低平，陽平調值爲高降，據上文所述乃來自陰去推鏈，是以陽平定爲低平，陰去定爲高降，接近於閩西南祖地。入聲調值亦據閩西南祖地定調爲陰低陽高，隘子如是，太平等地入聲調值的變化另有原因。後來太平等北部始興方言因爲由濁去歸上變而爲與清去合併，引發了聲調調值的變化，進而影響了南部隘子

〔註26〕《南雄縣志》（1991）說古次濁聲母上聲字今基本上仍讀上聲，全濁聲母上聲字今少數也仍讀上聲，多數讀陽去，還有少部分讀陰平、陽平和陰去。

〔註27〕表中所列陽上僅止歸入陰平的全濁上、次濁上字，陽去則包括歸併進來的全濁上字。在移民離開閩西南到達粵北始興前，濁上歸陰平、去聲歸上等變化應已完成，故陽上、陽去以括號表示。

的陰平和陰去聲調值。可圖示如下：

太平

陽平[53＞11]	上聲[31]	去聲[44＞53]	陰入[45]
陰平[11＞13]		（陽上、陽去）	陽入[32]

⇩　　　　　　　　　　⇩

隘子

陰平[33＞13]	上聲[31]	陰去[55＞53]	陰入[2]
陽平[11]		（陽上、陽去）	陽入[5]

上表所示[＞]意指推擠，例如太平陰平調[11＞13]表示原來的[13]調被[11]推擠取代。太平的陰平向隘子擴散，致使隘子的陰平亦變爲平調，然陽平已是低平的[11]，故隘子陰平微調爲[33]。在此同時，太平去聲高平調也擴散影響了隘子的陰去，爲了明顯化三個平調的差異，隘子陰去對應爲[55]。

最後要附帶討論的是，黃雪貞（1987）記錄始興也是濁上歸陰去的方言點，同大庾、南雄（烏逕）、連平、惠州、河源等沿著大庾嶺路而下北江的客家話相同，若是如此，則始興陰去調應該同上述各點讀爲升調，然始興現在陰去俱讀高平調，本文判斷原爲高降調，也都不是升調。再者，根據黃雪貞該文記載讀陰去的濁上字並不多，如「軟、件、柱、舅」等常用字，然潘小紅（2002）及本文調查，「軟、柱、舅」等字始興都是陰平。「件」字讀去聲，不過「件」字在大多數客家話中並不讀陰平，也就是大庾、河源一類方言不讀陰去，始興讀陰去應該是陽上歸入陽去後，再與陰去合併的結果，隘子「件」字就仍留在上聲。那麼，黃雪貞（1987）所錄始興（應是縣城太平口音）讀陰去若沒錯，可能是受到大庾、河源這一類「老客家話」所影響，是以字數不多。現在則回到陰平的行列，鄰近的南雄（珠璣）方言上述幾個字也都是讀陰平的（林、莊1995）。我們認爲始興應該不是如黃雪貞所記錄的那樣屬於濁上字白讀層歸陰去一類，而是歸陰平一類。

至此，我們可以得到以下幾點認識作爲本節之結語：

首先，早期的客家話裡，陰平和陽上的調型和調值各地應是相近的，才得以讓大部分客家話發生濁上歸陰平的共同創新音變。項夢冰（2008）整理 180個客家方言，支持相同觀點。

　　次者，陰平和陽上的調型應均爲升調。從現有保留陽上調的客贛方言以及眾多客家方言的陰平調均爲升調可以證明。始興客家話陰平看似平調，但在連讀變調中保留了本調原來是升調的性質。

　　再者，大庾、河源等方言濁上白讀層歸陰去，雖然方言數不多，但其存在和併調方式卻頗具價值：1、說明客家話陽上調的消失是較晚的事情。2、大庾、河源型的「老客家話」自北而南，從大庾到惠州成帶狀分布，老客家話經大庾嶺順北江從贛南到廣東的遷徙歷史明晰可見。始興客家話雖爲晚來，然地處這條帶狀廊道之中，必受方言接觸擴散影響。上面說黃雪貞（1987）將始興列爲濁上白讀歸陰去的方言即爲一例。

　　最末，正因始興受到老客家話的影響（尤其是南雄方言，詳見後文），使得始興客家話在承繼閩西南客家話特點的同時，又發生諸多變化。聲調調值產生推鏈形式的變化就是起因於聲調歸併方向的改變。

第七章　客贛方言來母異讀現象

　　始興客家話有少數幾個來母字讀同端母，如「隸、笠」等，字數雖然不多卻獨具特色。來母讀同端母[l＞t]可謂客家方言來母字一特別的音變現象，贛方言中也有相同的音變現象。部分地區還有相反的變化，即[t＞l]。客贛方言來母有讀同舌尖塞音之異讀現象，前人已有專文討論，然焦點集中在來母讀同舌尖塞音上。巧合的是，閩方言中雖然數量不多，但是也不乏這樣的音變。閩方言中來母還有一特別的變化[l⟷s]。本章除考察了客贛方言[l⟷t]的音變，也將閩西北方言[l⟷s]音變一併觀察。因此，本文從客贛方言和閩方言的來母字異讀現象談起，參考前人對此論題之意見，從語言結構內部考察，以及與其他方言比較，本文認為這種音變以[-i-]介音為條件，成因是一種屬於客贛方言獨特的自然音變。由於客贛方言聲母系統結構上的空格，以及諸多與客家方言關係密切的少數民族語言影響，我們認為客贛方言歷史上擁有清邊音[ɬ-]聲母，這個清邊音[ɬ-]的存在有利於解釋來母字的音變，無論是[l⟷t]或是[l⟷s]。清邊音[ɬ-]存在的時間相對較早，客贛方言[l⟷t]的音變應是以文白讀的形式存在一定的時間，而後受到《廣韻》文讀勢力的影響而告中斷。因此現在所見的來母異讀，都是音變中斷後留下的遺跡。

第一節　閩、客贛方言的來母異讀

　　在討論客贛方言的來母異讀之前，本小節一併討論跟本章論題相關的閩西

北地區關於來母字的讀法。閩西是客家方言的大本營之一，而閩西北面幾個縣市，包含閩北區、邵將區、閩中區等，位於閩語、客家話、贛語、吳語齒牙交錯的地區，許多語言現象值得我們玩味。是以我們先介紹閩西北地區來母異讀，次以客贛方言來母異讀現象，方便下文討論。

一、閩西北方言的 l>s

閩西北有不少縣市方言將部分來母字讀作清擦音[s-]，他們分佈在閩江上游相比鄰的十六個縣市。依照流域可分為北片建溪流域的建甌、建陽、崇安、政和、松溪、浦城（南鄉）六縣；西片富屯溪流域的邵武、光澤、泰寧、將樂、順昌五縣；南片是永安、三明、明溪、沙縣四縣；南平則位於三溪匯流處。底下僅舉建甌、邵武、明溪為例。（李如龍 1983）

建甌　籮 sue⁵ 螺 so⁵ 膈 so⁵ 李 sɛ⁶ 狸 sɛ⁵ 力 sɛ⁶ 露 su⁶ 蘆 su⁶ 雷 so⁵
　　　瀨 sue⁶ 老 se⁵ 留 se⁵ 籃 saŋ⁵ 卵 sɔŋ⁶ 鱗 saiŋ⁵ 郎 sɔŋ⁵ □稀疏 sɔŋ⁵
　　　兩～個 sɔŋ³ 聾 sɔŋ⁵ 籠 saŋ⁵ 笠 sɛ⁶

邵武　籮 sai⁷ 螺 lo2/soi⁷ 膈 soi⁷ 狸 sə⁷ 撩 sau⁵ 老 lau³/sa⁵ 卵 son³
　　　健 son⁵ □稀疏 sɔŋ⁶ 露 lu⁶/so⁵ 李 li³/sə⁷ 籃 lan²/san² 笠 li⁶/sən⁷
　　　粒 li⁶/sən⁷ 力 li⁶/lə⁶ 鱗 lin²/sən⁷ 六 ly⁶/su⁷ 聾 suŋ⁷

明溪　螺 sue⁷ 膈 sue⁷ 力 sa⁵ 露 sɤ⁵ 蘆 su⁵ 癩 sue⁶ 撩 sau⁵ 籃 saŋ⁷ 卵 sõ⁵
　　　健 sõ⁵ 鱗 sɛ̃⁷ □稀疏 son⁵ 聾 sɤŋ⁷ 笠 sa⁶

關於閩方言來母體現為舌尖擦音[s-]的現象，早期有梅祖麟、羅杰瑞（1971）、李如龍（1983）、平田昌司（1988）討論過，近期則有羅杰瑞（2005），秋谷裕幸（2011）則是最近的一篇文章。[註1] 張光宇（1989）的文章不同前賢，自出一格。閩方言中此[l>s]的音變現象，沒有具體的語音條件可言，也就是說，我們無法從《廣韻》系統找出分化的條件。因此，梅祖麟、羅杰瑞認為這是古複輔音聲母演變而來的。然上古漢語和原始閩語是否具複輔音尚難定論，沙加爾就認為梅、羅「錯誤地解釋為上古漢語有關各字的複輔音聲母的反映」。[註2] 李如龍則認為閩方言中這個特殊音變是來自上古漢語的直

[註1] 最早討論閩語來母[s]聲的研究是羅杰瑞（Norman 1969）：*The Kienyang Dialect of Fukien*, University of California, Berkeley, Ph. D.

[註2] 見沙加爾（1990），轉引自秋谷裕幸（2011：118）。

接繼承，是早期閩方言的特點，而構擬出[lh]為來源。秋谷裕幸則構擬為[ɹ]，一般習慣標作[r]。

張光宇先生則有不同的看法，他眼光獨到指出閩方言中除了[l＞s]的音變外，還有[s＞l]的現象。例如：（張光宇 1989／1990：22-23）

閩南方言的聲母對應有一條是古日母[dz＞z＞l]的對應。

例字	龍溪	晉江	廈門	潮陽
二	dzi	li	dzi，li	zi
熱	dzuaʔ	luaʔ	dzuaʔ，luaʔ	zuaʔ
仁	dzin	lin	dzin，lin	zin

福州的連讀音變有一類現象反映[s＞l]的變化。

$$\text{野獸} \quad \text{ia siu} \quad ＞ \quad \text{ia liu}$$
$$\text{比賽} \quad \text{pi suoi} \quad ＞ \quad \text{pi luoi}$$

莆田方言的[s-]聲母，今音都讀作清邊音寫作[lh-]。

例字	西	駛	屎	時	神	寺
莆田	lhai	lhai	lhai	lhi	lhin	lhi
廈門	sai	sai	sai	si	sin	si

閩北的政和方言也有相同的現象。

由上述現象來看，張光宇認為不必將之上推到上古時期，而可以發音時氣流由邊到央的「氣流換道」來解釋。演變公式如下：

$$*l ＞ lh（z）＞ s$$

以上梅祖麟、羅杰瑞與李如龍、秋谷裕幸認為這個現象淵源於上古漢語或早期閩語。張光宇則認為它是中古以後的一種語音變化。丁啟陣對上述兩類說法作了評論，說明十分詳盡。尤其提出閩語內部舌尖音聲母之間的自由交替，乃閩語的一個特點。並舉例說明這種音變在閩語內部有推鏈式的詞彙擴散現象，因此這種音變「可能只是同一音區的自由滑行所致」（丁啟陣 2002：77）。丁氏認為閩西北的來母字[s-]聲現象與上古漢語無關，甚至跟《切韻》也沒有關係，可能是一種晚近出現的狀況。

二、客贛方言的 l＞t，t＞l

客贛方言中有來母字讀同舌尖塞音的現象，這些例字多是三、四等字，都

有[-i-]或[-y-]介音存在。這個現象遍及閩粵贛三省的客贛方言區。底下舉例說明，詳細討論見下文。語料來自李如龍、張雙慶主編的《客贛方言調查報告》；劉綸鑫主編《客贛方言比較研究》；孫宜志〈江西贛方言來母細音今讀舌尖塞音現象的考察〉。其中武平、長汀、建寧、邵武在福建省；平江、醴陵在湖南省；修水、南城、吉水、安義、大庾、永新、贛縣在江西省；翁源、連南、始興在廣東省。客贛方言中來母字讀同舌尖塞音的還有許多地方，在此不一一列舉，詳細情況可參考上述調查報告。

（一）l>t（d）

武平　李 ti² 裡 li¹/ti¹ 獵 liaʔ⁸/tiaʔ⁸ 林 tiŋ⁵ 笠 tiʔ⁴ 粒 tiʔ⁴ 裂 liaʔ⁸/tiʔ⁸ 鱗 tiŋ¹ 栗 tiʔ⁸ 涼 tioŋ⁵ 兩～個 tioŋ² 兩幾～tioŋ¹ 力 liʔ⁸/tiʔ⁸ 領 lioŋ¹/tioŋ¹ 嶺 tioŋ¹ 六 tiək⁴ 龍 tiəŋ⁵ 綠 tiək⁸

長汀　梨 li⁵/ti⁵ 利 li⁶/ti⁶ 李 ti² 裡 li²/ti¹ 劉 liəu⁵/təu⁵ 留 liəu⁵/təu⁵ 林 teŋ⁵ 笠 ti⁵ 粒 ti⁵ 鱗 leŋ⁵/teŋ⁵ 栗 ti⁶ 涼 tioŋ⁵ 糧 tioŋ⁵ 兩～個 tioŋ² 兩幾～tioŋ¹ 力 li⁶/ti⁶ 領 tiaŋ¹ 嶺 tiaŋ¹ 六 təu⁵ 龍 toŋ⁵ 綠 təu⁶

建寧　領 liŋ²/tiaŋ²

邵武　裡 li²/ti²

平江　呂 dʰi² 例 dʰi⁶ 犁 dʰi⁵ 禮 dʰi² 梨 dʰi⁵ 利 dʰi⁶ 李 dʰi² 裡 dʰi² 淚 dʰi⁶ 類 dʰi⁶ 了 dʰiau² 料 dʰiau⁶ 流 dʰiu⁵ 劉 dʰiu⁵ 留 dʰiu⁵ 柳 dʰiu² 鐮 dʰiɛn⁵ 獵 dʰiɛt⁴ 林 dʰin⁵ 笠 dʰit⁴ 粒 dʰit⁴ 連 dʰiɛn⁵ 裂 dʰiɛt⁴ 蓮 dʰiɛn⁵ 煉 dʰiɛn⁶ 鱗 dʰin⁵ 栗 dʰit⁴ 涼 dʰioŋ⁵ 糧 dʰioŋ⁵ 兩幾～dʰioŋ² 力 dʰiʔ⁴ 領 dʰin²/dʰiaŋ² 嶺 dʰin²/dʰiaŋ² 靈 dʰin⁵ 六 dʰiuʔ⁴ 綠 dʰiuʔ⁴

醴陵　粒 tʰi⁴

修水　呂 di² 例 di⁶ 犁 di⁵ 禮 di² 雷 di⁵ 梨 di⁵ 利 di⁶ 李 di² 裡 di² 淚 di⁶ 類 di⁶ 了 diau² 料 diau⁶ 流 diu⁵ 劉 diu⁵ 留 diu⁵ 柳 diu² 鐮 diɛn⁵ 獵 diɛt⁴ 林 din⁵ 笠 dit⁴ 粒 dit⁴ 連 diɛn⁵ 裂 diɛt⁴ 蓮 diɛn⁵ 煉 diɛn⁶ 鱗 din⁵ 栗 dit⁴ 律 dit⁴ 涼 dioŋ⁵ 糧 dioŋ⁵ 兩幾～dioŋ² 力 diʔ⁴ 領 diŋ²/diaŋ² 嶺 diaŋ² 靈 diŋ⁴ 六 diuʔ⁴ 龍 lɤŋ⁵/diŋ⁵ 綠 diuʔ⁴

南城　呂 ty² 例 ti⁶ 犁 ti⁵ 禮 ti² 梨 ti⁵ 利 ti⁶ 李 ti² 裡 ti² 淚 ty⁶ 類 ty⁶ 了 tiau² 料 tiau⁶ 流 tiu⁵ 劉 tiu⁵ 留 tiu⁵ 柳 tiu² 鐮 tian⁵ 獵 tieʔ⁴ 林 tin⁵

笠 ti⁷⁴ 粒 ti⁷⁴ 連 tian⁵ 裂 tiɛ⁷⁴ 蓮 tian⁵ 煉 tian⁶ 鱗 tin⁵ 栗 ti⁷⁴ 論 tyn⁶
律 ty⁷⁴ 涼 tiɔŋ⁵ 糧 tiɔŋ⁵ 兩~個 tiɔŋ² 兩幾~tiɔŋ² 力 ti⁷⁴ 領 tin²/tiaŋ²
嶺 tiaŋ² 靈 tin⁵ 六 tiu⁷⁴ 龍 tiuŋ⁵ 綠 tiu⁷⁴

吉水　禮 ti² 梨 ti⁵ 利 ti⁶ 李 ti² 裡 ti² 淚 ti⁶ 料 tiau⁶ 流 tiu⁵ 劉 tiu⁵ 留 tiu⁵
柳 tiu² 鐮 tiɛn⁵ 獵 tiɛt⁴ 林 tin⁵ 笠 tit⁴ 粒 tit⁴ 連 tiɛn⁵ 裂 tiɛt⁴ 蓮 tiɛn⁵
煉 tiɛn⁶ 鱗 tin⁵ 栗 tit⁴ 涼 tiɔŋ⁵ 糧 tiɔŋ⁵ 兩~個 tiɔŋ² 兩幾~tiɔŋ² 力 tit⁴
領 tin²/tiaŋ² 嶺 tiaŋ² 靈 tin⁵/tiaŋ⁵ 六 tiu⁷⁴ 龍 tiəŋ⁵

安義　了 tʰiau² 料 tʰiau⁶ 流 tʰiu⁵ 劉 tʰiu⁵ 留 tʰiu⁵ 柳 tʰiu² 鐮 tʰiɛm⁵
獵 tʰiɛp⁴ 林 tʰim⁵ 笠 tʰip⁸ 粒 tʰip⁸ 連 tʰiɛn⁵ 裂 tʰiɛt⁴ 蓮 tʰiɛn⁵
煉 tʰiɛn⁶ 鱗 tʰin⁵ 栗 tʰit⁸ 涼 tʰiɔŋ⁵ 糧 tʰiɔŋ⁵ 兩幾~tʰiɔŋ²
領 tʰiŋ²/tʰiaŋ² 嶺 tʰiaŋ² 靈 tʰiŋ⁵ 六 tʰiu⁷⁸ 龍 tʰiŋ⁵ 綠 tʰiu⁷⁴

大庾　呂 ty² 例 lie⁴/tie⁴ 犁 ti⁵ 禮 ti² 梨 ti² 利 ti1 李 ti² 裡 ti³ 料 tiɔ¹
流 tiu⁵ 劉 tiu⁵ 留 tiu⁵ 柳 tiu² 鐮 tiɛ̃⁵ 獵 tie¹ 林 tiəŋ⁵ 笠 tie¹ 粒 tie¹
連 tiɛ̃⁵ 裂 tie¹ 蓮 tiɛ̃⁵ 煉 tiɛ̃⁶ 鱗 tiəŋ⁵ 栗 tie¹ 律 tiə¹ 涼 tiɔ̃⁵ 糧 tiɔ̃⁵
兩~個 tiɔ̃² 兩幾~tiɔ̃³ 力 ti¹ 領 tiəŋ²/tiã³ 嶺 tiəŋ²/tiã³ 靈 tiəŋ⁵
六 ty¹ 綠 ty¹

永新　犁 ti⁵

贛縣　粒 tiɛ⁷⁴ 六 tiu⁷⁴

翁源　裡 li¹/ti¹ 獵 liak⁸/tiak⁸ 笠 lit⁸/tit⁸

連南　裡 li¹/ti¹

馬市　裡 li²/ti³ 隸 tʰit⁴ 笠 lit⁴/tit⁴

除了安義、修水、平江、醴陵之外，其餘地方來母都讀同端母。安義等地讀同透母，修水和平江則是透、定母合流讀成濁聲母。

（二）t＞l

除了上述[l＞t]的變化外，客贛方言尚有[t＞l]的變化模式，但例子不是很多，都是端母字。除了永新的「兜、擔」為一等字外，其餘為三、四等字。

新余　點 liɛn² 低 li¹ 釣 liɛu⁵ 店 liɛn⁵ 跌 lie¹ 釘 liaŋ¹ 滴 liɛ¹

永新　點 tiã̃²/liã̃² 滴 tiɛ¹/liɛ¹ 兜 tœ¹/lœ¹ 擔 tã³/lã³

都昌　堤 li⁵ 鳥 liəu²

大庾　鳥 tiɔ¹/liɔ²

永新的「兜、擔」是一等字，今讀也沒有[i（y）]介音或元音，音變如何產生？我們發現湖南嘉禾廣發土話也有部份端母讀同來母的音變，如「東」[lən²⁴]、「懂」[lən³⁵]、「凍」[lən⁵⁵]、「滴」[lia⁵⁵]。廣發土話也發生在通合一沒有[i（y）]介音或元音。盧小群（2002）聯繫起來觀察，從類型上說也可能不盡然在[i（y）]之前方才產生音變，或許介音或元音不要具[＋後]的徵性即可。

大庾只有「鳥」字一例，其中[l-]聲母讀上聲調有可能來自官話系統的影響，但我們認為不排除這是「不同系統同源音類的疊置」。（徐通鏘 1997）大庾是客家話，「鳥」字白讀陰平調，那麼[l-]聲母是文讀，而上聲調又來自官話系統的疊置。如圖示：

$$liɔ^3（文讀）\leftarrow 官話聲調$$
$$鳥$$
$$tiɔ^1（白讀）$$

第二節　音變條件與方法

一、前人看法

針對客贛方言來母異讀的問題，也引起學界不少的關注。最早羅常培在其大作《臨川音系》中就曾經談過這個問題。以下就前人曾經提出的看法作一概略介紹。

（一）條件音變說

羅常培在《臨川音系》（1940）中提到臨川有古來紐三等字變成[t-]母，對此現象，他的看法是：

> 來紐在[i][y]前讀[t]，也是很少見的現象。我想這個演變是由[l]音受後退的「i-umlaut」的影響，先變成帶有塞音傾向的[l]，就像廈門方言裡這個輔音的讀法一樣；第二步再變成舌尖濁塞音[d]；最後才失落帶音作用而變成舌尖清塞音[t]。這在語音演變上是有跡可循的。

羅先生主張條件音變，具體的音變公式為：l＞ld＞d＞t [註3]

〔註 3〕羅常培：《臨川音系》，頁104。

劉澤民（2005：79）則以親身調查的經歷，認為中間經歷的是個輕拍音[ɾ]。過程如下：

$$l > ɾ > t \text{ 或是 } l > ɾ > d$$

江敏華（2003：109-111）詳細介紹了江西客贛方言這樣的音變現象。他也認為這是單純的條件音變：l->t- /＿＿ i。

（二）複輔音 tl- 或 tr- 遺留說

羅美珍、鄧曉華在《客家方言》（1995）提到有些地方的客家話，有來母三等字不讀[l-]而是讀[t-]，他們的解釋是：

> 可能這是來自古代複輔音聲母[tl]或[tɾ]的字。後來大部分地方丟失前一個輔音[t]，只讀後面的[l]，而長汀話則丟失後一個輔音[l]（或[ɾ]），只讀[t]。

（三）發音簡化、省力說

孫宜志調查了江西許多贛方言，發現贛方言中來母細音今讀舌尖塞音，分布範圍很廣。他反對這種音變是古代複輔音聲母的遺留，因為贛方言來母讀[t-、tʰ-、d-]以韻母的今讀細音為條件，而這種以今音為條件的音變只能看作是後起的音變。他進一步認為具體的原因是：

> 來母之所以讀[t、tʰ、d]與發音求簡、省力的內在要求有關。來母與[t、tʰ、d]這三個音素發音部位相同，不同之處在於來母是邊音，發音時氣流從舌尖的兩邊通過，[t、tʰ、d]是舌尖塞音，發音時氣流在舌尖與上齒齦部位受到阻礙，齊齒呼韻母、撮口呼韻母以[i、y]起頭，[i、y]是舌面、高、前元音，發音時氣流從舌面通過。[t、tʰ、d]與[i、y]元音結合，氣流從舌面通過，[l]與[i、y]元音結合，氣流先從舌頭的兩邊通過，後再從舌面通過。顯然，比前者複雜、費力。因此，[l]聲母在[i、y]發音特點的影響下，變為[t、tʰ、d]，就是情理之中的事了。（孫宜志2003）

二、本文的看法

從羅常培和孫宜志的研究中，很明顯看出複輔音遺留說無法圓滿的解釋客贛方言來母字的異讀。尤其這種音變以今讀細音為條件，比較好的解釋只有後

起的音變。

　　孫宜志提出發音簡化、省力說，比較可惜沒有注意到客贛方言還有相反方向的變化，即[t>l]的音變。這樣的說法於是容易被斷然否定，其實他談到發音時氣流的變化，與張光宇談及閩方言[l←→s]的氣流換道，頗有異曲同工之妙。

　　江敏華（2003）除了提及來母細音讀如舌尖塞音的情況，他也注意到了如高安老屋周家和新喻渝水區有端母讀如來母的現象。例如周家的「雕丟點丁跌」；新喻渝水的「點跌」等字。他從贛北平江、修水等地來母細音讀爲濁塞音[d-]，認爲音變的過程是：l>d>t。江敏華解釋來母讀舌尖塞音是「邊音[l-]聲母在共鳴腔較小的[-i-]介音或元音前因阻塞程度增加而強化的結果」，至於端母讀同來母，則可能是「受來母讀端的現象影響而矯枉過正（hypercorrection）」的結果。

　　我們基本同意江敏華（2003）的看法，不過對於音變的過程我們有另外的看法。詳見下文。

（一）i（y）元音的作用

　　不管氣流換道成立與否，[i（y）]元音的影響不容置疑。我們認爲[i（y）]是造成聲母變化的一大主因，〔註4〕誠如上述羅常培所言。上面所舉例字，雖然多數爲三等字，少數四等字，但也有個別一等字，如修水蟹合一的「雷」字。可見雷字丟失了合口成分，韻母成爲單純的[-i]元音後，影響了聲母，致使聲母發生音變。

　　[i（y）]元音對聲母產生了影響，使得客贛方言來母和舌尖塞音之間形成一種交替。丁啓陣（2002）在論述閩西北方言來母[s-]聲現象時，提出「舌尖音聲母的自由交替」，也就是舌尖音聲母，包括塞音、塞擦音、擦音、邊音之間，界線並非逕渭分明。客贛方言來母和舌尖塞音的關係可同丁啓陣（2002）的說法一併觀之。

	齊	斜	蓆	頌穿	舌	試
福州	tse	tsʰia	tsʰuo	søŋ	sieʔ	tsʰɛi

〔註4〕介音對漢語方言聲母的影響巨大，不容忽視，學界對此論題多有討論。詳細情形可參見李存智：〈介音對漢語聲母系統的影響〉，《聲韻論叢》第十一輯（台北：學生書局，2001），頁69～108。

莆田	tse	ɬia	ɬiɐu	ɬœŋ	ɬɛ	ɬi
廈門	tsue	ts^{h}ia	ts^{h}io^{ʔ}	ts^{h}iŋ	tsi^{ʔ}	ts^{h}i
建陽	lai	lia	siɔ	tseiŋ	lye	ts^{h}i
松溪	tsei	tsia	sei	tsœyŋ	lyœ	si

閩西北來母[s-]聲和別處閩語的對應相當自由，而客贛方言來母與舌尖塞音之交替則明顯受介音影響，具有不同的類型意義。因此不管是[l⟷s]，亦或是[l⟷t]，因爲發音部位的相近，容易引起同一音區內的聲母交替，這樣的解釋應是可以理解的。

（二）自然音變

朱曉農、寸熙在研究眾多吳語材料的基礎上，提出齒／齦音的自然音變圈理論，此音變圈是這個樣子的：t>‘t>ɗ>（^{n}d>n>l>）d（>t）。我們可以用下列表格呈現此音變圈。（朱、寸 2007：177）

音變環		1		2		3		4		5		6		7/1	
階段	（六）		一		二		三		四		五		六		（一）
齒音	（d	>）	t	>	‘t	>	ɗ	>	^{n}d/n	>	l	>	d	（>	t）

不僅齒／齦音有此音變，唇音也有一個類似的音變圈。吳語中沒有第 6 和第 7/1 環變化，不過粵語可以從邏輯上補足第 7/1 環，閩南語可以補足第 6 環。〔註 5〕不僅漢語方言，侗台語中也發生了相同的變化，且看下表：（朱、寸 2007：179）

音變環		2		3		4		5		6	
階段	一		二		三		四		五		六
	古				武鳴		剝隘		德宏		西傣
齒音	*t			>	ɗ	>	n	>	l	>	d
例字	得				ɗai^{3}		nai^{3}		lai^{3}		dai^{3}

由上表武鳴壯語、剝隘台語、德宏和西雙版納傣語的表現來看，這個音變是實際發生的連環變化。由侗台語和吳語在地域上不能互相影響，它們各自發生相同的音變，說明此乃自然音變，也是普遍音變。

朱曉農、寸熙提出的音變圈是泛時無條件的，清楚說明了音變的發生過

〔註 5〕朱曉農、寸熙：〈清濁音變圈：自然音變與泛時層次〉，頁 170～178。

程。我們回過頭來看客贛方言的來母異讀，可以發現若[l←→t]的關係符合此齒音音變圈，則客贛方言有[i（y）]介音爲啓動條件，是不同的類型。因此其變化的過程可以如此擬定：

$$*l > li > di > ti > t$$
$$*t > ti > (\text{nd/n})i > li > l$$

由上述丁啓陣和朱曉農、寸熙的研究我們可以知道，舌尖部位之間容易形成交替，而齒／齦音其間是自然的音變，可以構成連環的變化。

客贛方言來母細音讀如端母，端母又讀如來母的現象，也可以適用自然音變。不過客贛方言主要有[i（y）]介音作爲啓動條件，而且從平江來母細音讀作送氣濁音[dʰ]；安義、醴陵讀作送氣清音[tʰ]看來，客贛方言的音變應不同於上述，而有自身的音變形式。

平江、修水、安義、醴陵等地，來母細音都是讀同透母，並與定母合流。我們知道，贛方言有著名的「次清化濁」規律，那麼平江、修水的濁塞音應是後起的現象。〔註6〕

因此，我們認爲客贛方言[l←→t]音變的過程如下：

$$*l > li > ɬi > ti > t$$
$$\qquad\qquad > tʰi（安義、醴陵）> di（修水）\text{〔註7〕} /dʰi（平江）$$
$$*t > ti > ɬi > li > l$$

這個音變過程最關鍵的位置便是清邊音[ɬ-]所起的作用，使得音變過程更合理。我們大膽地認爲客贛方言的聲母系統曾經出現過清邊音[ɬ-]，理由見下文。

第三節 客贛方言的 ɬ-聲母

經過上面的討論，本文認爲客贛方言的聲母系統在歷史上曾經有過清邊音[ɬ-]聲母。理由可從結構上、少數民族關係等做合理推測。

〔註6〕見何大安（1988）。要說明的是：本文修水採用劉綸鑫（1999），平江採用李如龍、
　　　　張雙慶（1992），這兩點在何大安（1988）中則記作送氣清音。

〔註7〕修水在李如龍、張雙慶（1992）的記錄是送氣的濁塞音，與平江相同。

一、結構空格

從結構上來看，客家方言聲母系統〔註8〕出現空格，我們可以列出下表，以資說明：

	脣音	舌尖音	舌根音
塞音	p，p^h	t，t^h	k，k^h
鼻音	m	n	ŋ
擦音/邊音	f	ɬ	h
	v	l	ɦ

我們對客家方言聲母系統的認識，一般不會提到清邊音[ɬ-]，但如果我們將曉、匣母分立，即匣母尚未清化前來看，就會發現出現了結構上的空格。然則如果有清邊音[ɬ-]存在，則結構上趨於對稱和整齊。[ɬ-]實際上是個邊擦音，同時具有邊音和擦音的特性，如此從結構的系統性和音理來看，[ɬ-]適時出現填補空格就很合理且適當。

我們還可以從另一個角度來說明清邊音[ɬ-]曾經存在。[v-]聲母是否可以獨立成一個音位，已經有人懷疑。鍾榮富（1996）從音位的觀點，認為客家話的[j-]和[v-]分別是由零聲母的[-i]和[-u]摩擦強化而來，本質上[v-]不能和[f-]構成對等的音位，所以[v-]並非音位性的聲母。況且，若[v-]可以構成音位，何以[j-]不能獨立成音位性的聲母。羅肇錦（2007）在討論客家方言「曉匣合口唸成脣齒擦音[f]」的問題時，也認為客家話的[v-]不是聲母。羅肇錦從實際的發音出發，認為客家方言的/u/，無論是當元音、韻頭或介音，實際上都是齒化的/v/。所以曉匣合口的[hu]其實是[hv]，也因此[hv]才會變成脣齒清擦音[f-]。

但是，為何許久以來客家人會將[v-]視為聲母？從學理上來看，上面鍾、羅兩位先生的說法都能成立，[v-]不是一個音位性的聲母。至於長久以來將[v-]視為聲母音位的原因，我們認為是為了保持結構上的對稱。也就是說，因為清邊音[ɬ-]確實曾經存在，將[f-]和[v-]對立起來可保持系統在結構上的平衡，

〔註8〕本文以「客贛」方言為題，著眼於來母細音讀舌尖塞音的現象主要集中在江西地區，是當初客家先民在江西生聚之時發生的。故客贛不分，實指早期客家話。本節以後言及「客家」方言，乃從現今客家方言回溯客贛方言，意即早期的客家話的聲母系統。論述的主體實著眼於此。

所以客家人在語感上會認定[v-]是聲母。由此可為客家話曾經有過清邊音[ɬ-]之旁證。

二、底層影響

再者，歷史上與客贛族群有關的少數民族，如畲族、瑤族、彝族等，許多都有這個清邊音。毛宗武（2004）指出瑤族勉語方言在雲南金平、貴州榕江、廣西龍勝、灌陽、金秀、全州、湖南江華、寧遠、廣東乳源等地都有清邊音[ɬ-]。韋樹關（2002）指出廣西龍州壯語也有清邊音[ɬ-]。李澤然（2001）提到彝語支的哈尼語和朱文旭（2001）說明彝語方言都有清邊音[ɬ-]。游文良（2002）提到福安、羅源等畲話也有此清邊音。

羅肇錦（2007）在論述客家方言的[v-]的來源時，從與客家方言有一定淵源的藏緬語族彝語支中，包括彝語、哈尼語、納西語、傈僳語、拉祜語、基諾語、白語等進行比較，認為客家話齒化元音[v-]來自這些羌語系統的底層。羅肇錦（2006）一文從客語特徵詞、客語音韻、遺傳學等方面論證，認為客語緣起於南方，和南方的彝瑤畲等關係密切。從語言上的多方證據下手，相當有力，也說明了客贛方言和南方少數民族間緊密的關係。

我們認為受過這些少數民族影響的客贛方言，很容易吸收這個音位填補結構的空格，可能性是很大的。以下我們就舉彝語（朱文旭 2001：104-108）的一些例子：

	祿勸	大方	石林	彌勒	瀘西	石屏	紅河	永仁	喜德
跛	tʰe³³	tɔ³³	tɬɒ³³	tA³³	tu³³	tʰe³³	ɬe³³	pe⁵⁵	ɬe³³
蛻	ɬu⁵⁵	ɬe⁵⁵	ldi²¹	lA⁵⁵	ɬA³³	ɬa²¹	ɬA²¹	le⁵⁵	ŋ̍²¹
舔	lə⁵⁵	li¹³	ɬA²¹	ɬA²¹	lA²¹	la²¹	lA²¹	la²¹	ʐo⁵⁵
脫（使動）	ɬɤ²¹	ɬi³³	dɤ³³	lo³³	luɯ³³	lɤ³³	lɤ³³	luɯ²¹	dɤ²¹
石	lo²¹	le³³	lo³³	lo³³	lu³³	lu³³	lu³³	lo⁵⁵	lu³³
城	lu²¹	lu²¹	lu³³	lo³³	lo³³	lo²¹	lo²¹	—	lu³³
屎	ɬi³³	tʰi³³	ɬi²¹	tʰi²¹	ɬi²¹	tʰi³³	ɬi³³	tɕʰi²¹	tɕʰi³³
舌	ɬo³³	ɬɒ³³	lo³³	lo³³	lo³³	ɬo⁵⁵	ɬo⁵⁵	lo³³	ha³³
船	lo³³	lo³³	ɬi³³	li³³	li³³	ɬi⁵⁵	lA³³	li³³	ŋ̍³³

由上表可以看出彝語方言中不乏清邊音[ɬ-]的方言點。許多字都呈現[l-：

ɬ-]的對應，而「跛」字有[t-：tʰ-：ɬ-]；「脫」字有[d-：ɬ-：l-]的對應，看不出特別的規律。有趣的是，「石、城、舌、船」等禪、船母字，彝語方言除了讀清邊音[ɬ-]外，大多讀[l-]。「屎」是書母字，彝語方言變化較多，有清邊音[ɬ-]，有舌尖音[tʰ-]，有舌面前音[tɕʰ-]。而這幾個字客家方言都讀[s-]。

　　我們認為客家方言的清邊音[ɬ-]，很容易受少數民族的影響而吸收進入自身的聲母系統中，在粵西的客家話中就有這個音位。〔註9〕與其他客家話對比，這個清邊音主要是心母、生母，少數的崇母。

| | 彝語 | 哈尼 | 畲話 | 四縣 | 粵西客語 | | | |
			羅源	客語	塘口	沙琅	青平	思賀
三	so³³	sɔ³¹	tɔŋ⁴⁴	sam²⁴				
四	ɬi³³	ø³¹	ɬi⁴⁴	çi⁵⁵	ɬi⁵²	ɬi⁵⁴	ɬ̩³³	si⁵¹
事					ɬu²¹	ɬɛ³¹	ɬ̩³³	su³¹
手	lo⁵⁵	la³¹	ɬiu³⁵	su³¹	siu²¹	siu³¹	siu³¹	siu³¹

　　就粵西客語的情況而言，客家方言要吸收清邊音[ɬ-]這個音位完全可能。這個音則以心母字為最多，據《廣西通志·漢語方言志》記載，客家方言柳城大埔話、玉林沙田話、賓陽黎明話、金秀羅香話、來賓良江話、象州妙皇話等，古心母字也讀[ɬ-]。

　　由粵西、廣西的客家方言，可見歷史上客家方言因為結構空格，在南方山區發展之時，經過和少數民族的接觸，吸收了清邊音進入聲母系統。而當時很可能有為數不少的心母一類字讀作[ɬ-]。〔註10〕

三、音變中斷

　　上面我們討論了清邊音如何產生，那何以現今多數地方的客贛方言又沒有這個聲母呢？本來在南方有清邊音存在的環境，是不是有外來的力量促使它消失？於是我們會想到與《廣韻》的勢力有關。因此不得不再提[l◄──►t]的音變，我們討論這個音變的演變過程，也應一併思考是否有內部的動因驅使音變發生。由前列眾多例字看來，並非所有的來母細音字都讀舌尖塞音，可

〔註 9〕見李如龍等：《粵西客家方言調查報告》。

〔註10〕此類字包括心母、生母、書母、船母、崇母、禪母、邪母等，今彝語、畲語都有讀作[ɬ-]的，而以心母字為多，故稱心母一類。

見這種音變是以詞彙擴散的方式在進行，所以有的來母字已經變讀，而有的則否。又由端母也有讀作來母的情況看，我們認為歷史上[l←→t]這樣的交替很可能是以一種文白讀的方式存在，發生在《廣韻》文讀系統的勢力強勢進入客家方言以前，也就是不晚於宋朝。當時[l←→t]之間就是文白讀的差異，而且經過[l←→t]的自由變讀時期，前列例字還有不少文白讀同時存在，如長汀：「梨」[li⁵/ti⁵]、「利」[li⁷/ti⁷]、「裡」[li²/ti¹]、「劉」[liəɯ⁵/təɯ⁵]、「留」[liəɯ⁵/təɯ⁵]、「鱗」[leŋ⁵/teŋ⁵]、「力」[li⁷/ti⁷]。以詞彙擴散方式進行的離散式音變有一主要的特色，即此離散式音變在完成了其演變過程以後就會呈現出演變的規律性，跟連續式音變沒有什麼區別。然若音變過程中斷則不然，誠如徐通鏘（1991：148-271）所言，離散式音變由於是字的讀音一個一個的發生變化，因而經歷的時間較長，如若出現其他音變力量的干擾，那就會產生中斷的變化。是以當《廣韻》的文讀系統藉由文教強勢進入客贛方言後，清邊音也就順勢消失，這樣的文白異讀便告中斷。中斷時，經由詞彙擴散而讀成[ɬ-]的字自然讀作相近的邊音[l-]。清邊音消失，音變過程中斷也不再發生；文讀勢力增強，現今所見來母異讀當是殘跡。

由現在客家話來母異讀現象存在的地方來看，江西多而廣東少，可見應是客家方言在大量向廣東東部遷徙前發生的，也大致可以說明音變發生的時間。

四、小 結

經過上述討論，我們知道客贛方言來母讀同端母乃是條件音變，而[i（y）]介音是音變的條件因素。音變的成因乃舌尖音聲母之間容易形成自由交替，是種自然音變。馬提索夫（2006）引證多組漢藏語同源詞論證上古漢語有[l←→d]相互交替的事實。他認為由於[d-]和[l-]發音特徵相近，不論是同一語言內部或方言之間，都很容易發現兩個語音的相互交替。從生理發音的角度，馬提索夫認為[l-]在介音[-j-]之前，容易產生「增音」[d]，而[d]卻讓[l-]失落，構成邊音（流音）的塞音化。公式如下：

$$*l > lj > ldj > dj > d$$

可見因發音部位相近造成的音變自古就有，客贛方言來母異讀同馬提索夫（2006）所言異曲同工。客贛方言的這種自然音變亦不同於朱曉農、寸熙

（2007）所言，因爲清邊音的作用，所以有不同的類型，其音變過程如下：

$$*l \; > \; li \; > \; \dashV i \; > \; ti \; > \; t$$
$$*t \; > \; ti \; > \; \dashV i \; > \; li \; > \; l$$

由長汀文白讀的例子來看：「梨」[li⁵/ti⁵]、「利」[li⁷/ti⁷]、「裡」[li²/ti¹]、「劉」[liəɯ⁵/təɯ⁵]、「留」[liəɯ⁵/təɯ⁵]、「鱗」[leŋ⁵/teŋ⁵]、「力」[li⁷/ti⁷]。可以很好的說明來母和端母之間的音變，這個音變不是只有來母讀同端母的單向音變，而是經歷過[l～t]自由變讀的時期，並形成文白異讀。[i（y）]介音也可能消失。

至於清邊音[ɬ-]形成的原因，我們認爲跟客贛方言聲母系統的格局，以及少數民族語言的影響有關。這裡還可以藉陳保亞（1999）「自組織理論」補充說明。由此理論看客贛方言中古早期的聲母系統，若有捲舌音，則[v-]聲母可能因爲系統協合問題而增生，因爲[ʐ-]或[ʒ-]協合度低，故在零聲母合口的音節，易增生同爲濁的擦音[v-]。同理，邊音[l-]也顯得協合度低而增生具擦音性的清邊音[ɬ-]以構成系統的協合。

上一小節談到因爲清邊音的消失而音變中斷，這樣才能合理解釋音變發生的時間和分佈地區。

來母的異讀是當時文白讀的形式，因爲《廣韻》文讀勢力侵入的關係，音變中斷而造成現今殘留的來母異讀。客家方言講裡面作「裡肚」[ti²⁴ tu⁵³]或「裡背」[ti²⁴ poi⁵⁵]。[註11]本字或說是「底」。從語意上說，漢語裡、外的概念是對應的，裡、外的概念，從實指到抽象的空間關係，是屬於譬喻（metaphor）的認知（呂兆格 2006）。客家方言在空間上，「裡背」和「外背」也是相對應的概念。從語音變化來說，「裡」字讀[ti]即可視爲來母細音讀同舌尖塞音之音變結果，[ti/li]以文白讀的形式並存。就音義而言，「裡」應該就是本字。

「漯」字，《廣韻》他合切、《集韻》托合切，水名。屬透母字。又《集韻》魯水切，水名。今河南省有地名「漯水」音[ㄌㄨㄛˋ]，如魯水切。而山東省有水名「漯水」音[ㄊㄚˋ]，讀如他合切、托合切。不同地域反映不同音讀。桃園縣觀音鄉的草漯地區，客家話讀[lap]，聲母與中原相同，韻母與山東相同。可見《集韻》當時存在端系與來母字並存的現象，今天在地名中如實反映了端系字與來母字的關係。

〔註11〕在此標注臺灣苗栗四縣話，採本調。

今臺灣四縣客話形容繞著圈轉，說[tit⁴ tit⁴ tson²]，也可說成[lit⁴ lit⁴ tson²]。說開著車兜圈子找停車位，「過□一圈」（再繞一圈）[ko³ tit⁴ it⁴ kʰien¹]，亦可說[ko³ lit⁴ it⁴ kʰien¹]。可見這種[l ～ t]兩讀的情況確實存在，並且是相當口語的情況。若仔細比較，當還能挖掘更多例證。

第四節　客家方言的 l←→s

一、方言地理的觀察

閩方言發生[l←→s]音變的地區主要在閩北區、邵將區、閩中區，偏向福建西北地區。這種音變是否向外擴散？上面說過，張光宇（1989）從福州話二字組連讀音變和莆田方言來說明，閩方言中除了[l＞s]的變化，也有[s＞l]的變化。音變擴及閩東方言。福州話三字組連讀音變，第二字、第三字都有從[s-]變[l-]的現象（李如龍等 1979：291-292）：

	1930 年	1979 年
油菜心	iu tsʰai siŋ	iu ʒai liŋ
醫生姐	i seiŋ tsia	i leiŋ ʒia

閩東福鼎縣沙埕鎮的澳腰莆田方言島，由於受到屬於閩南話的沙埕話以及閩東話的桐山話影響，莆田獨有的[ɬ-]聲母都已經變成[s-]。（陳章太、李如龍 1991：459，470）閩東福清方言的連讀音變中，二字組後字為[ts-、tsʰ-、s-]聲母的字有兩種平行的變化形式，一種是後字變[z-]聲母，一種是後字變[l-]聲母。例如：（高玉振 1978：258）

處暑　tsʰøy sy ＞ tsʰøy zy　　蒲扇　puɔ siɛŋ ＞ puɛ liɛŋ

福安甘棠和阪中的畬話也反映這種變化，多數畬話讀[s-]的，甘棠讀[θ-]、阪中讀[ɬ-]：（吳中杰 2004：6）

	甘棠	阪中	客語
洗	θai	ɬai	se
虱	θet	ɬet	set

可以看見音變可以如此擬定：s＞θ＞ɬ。[ɬ-]跟[l-]是很接近的，從上面的例子看來，作為一種演變模式，[l＞s]和[s＞l]不是沒有可能。

音變似乎還向閩南地區擴散，例如「瀨」：湍流。《廣韻》去聲泰韻：「瀨，湍瀨。」落蓋切。泉州話有[l-]、[s-]兩讀，分別用於名詞和形容詞。如「船落瀨」[tsun² lo²⁸ lua⁵]（船下湍流），「溪水眞瀨」[kue¹ tsui³ tsin¹ sua⁵]（河水湍急）。又如表稀疏義的《廣韻》上聲蕩韻盧黨切，泉州話說「疏□」[sue¹ laŋ⁵]（稀疏），又可說[sue¹ saŋ⁵]。這都是來母讀[s-]在閩南話的反映。（李如龍 1983）

我們連結上述閩客方言兩種音變，閩方言發生[l←→s]音變的地區主要在閩西北，而客贛方言發生[l←→t]音變的地區以江西、閩西爲多，不能排除閩客方言間的方言接觸。由閩方言中也有少量[l>t]的變化，可見方言接觸的可能性不低。福州、廈門、建陽、建甌（文讀念[l-]，白讀念[s-]和[t-]）、鎮前都有這樣的變化。（羅杰瑞 2005）

	福州	廈門	建陽	建甌	鎮前
鯉	li²	li²	loi³	ti⁶	ty³
蠣	tie⁷	—	—	—	—
懶	tiaŋ⁷	tuã⁷	lyen³	tyeŋ⁶	tyen³

福州尚有[t>l]的變化，「舊底（以前）」[ku lɛ（<tɛ）]。

吸引人注意的是閩西北的建陽，除了[l>s]之外，建陽還有[s>l]、[t>l]的現象。〔註12〕如：（李如龍 1985／2009）

例字	舌 船	擔 端	囤 端	戴（姓）端	戴（~帽）端
讀音	lye⁸	lan¹	luŋ²	le³	lue⁷

這樣看來，閩方言[l←→s]的變化，不是沒有影響滲透客贛方言的可能。前面說過，同爲舌尖聲母，擦音和邊音之間的交替是很容易發生的，尤其有了清邊音[ɬ-]作橋樑，客贛方言發生[l←→s]音變就更加容易。由這個角度上看，清邊音的存在有助於解釋客贛方言來母字的音變。

從地理上來看，客贛方言[l←→t]的音變主要在江西地區，向外擴及粵北、閩西北、閩南地區。湖南嘉禾土話也有[t>l]的現象。（盧小群 2002）可見應是以江西爲主向外擴散的。閩方言[l←→s]的音變主要在閩西北，閩南、閩東地區也可見[l←→s]的變化。可見音變從閩西北地區向外擴散。輔以建陽的例

〔註12〕建陽古全濁聲母字不少都讀[l-]，例如「堂」[lɔŋ⁵]、「長」[lɔŋ⁵]、「寨」[lai⁷]、「徐」[ly⁵]。

子，我們可以發現這兩種音變在地理上的關連。閩西北、閩北自隋唐開始就已相當繁榮，也是福建較早開發的地區。閩西北和江西撫州地區往來密切，互相之間的影響非常深厚，促使閩西北地區後來的贛語化。隨著移民路線，音變擴及閩西、閩南。我們相信這樣廣袤而斷續的分布，不會是偶然的，而是遺留的痕跡。是以閩方言[l←→s]的音變完全有可能因接觸發生在客贛方言中，現今江西贛語鷹弋片弋陽縣陶塘方言就把「六」讀作[lu²⁸]或[se²⁸]。（楊時逢 1971）

除了漢語方言，從少數民族語言也可以發現類似現象。上文呈現了彝語、畬語特殊的現象，現在再舉幾個瑤族勉語的例子。（毛宗武 2004：501，502，639，661）

	腰帶	褲子	褲帶	稀	都
江底	sai sin	hou	hou ɬaːŋ	sa	sjan
梁子	tθaːi tlaːi-laŋ	kwa	kwa laŋ	tθa	lɔ
東山	ta	kʰəu	kʰəu ta	lɔ	tʰuŋ
大坪	kui tan jaŋ	a fjɛ	fjɛ ljaŋ	ha	su
廟子源	həu tau-ɬaŋ	həu	həu tau-ɬaŋ	sa	tu
長坪	θə ðui	kʰwa	kʰwa laŋ	θa	tu
灘散	θaːi klaːi-laːŋ	kʰwa	kʰwa laːŋ	θa	lɔ
石口	ve ljaŋ	kʰu	kʰu ljaŋ	sa	hɔŋ
牛尾寨	hɤɯi tjai	kʰu	kʰu tjai	ça	tu

從上表的例子看來，「褲帶」表現了[l-：ɬ-：t-]的對應；而「稀、都」則表現[l←→s（θ、ç）]的對應。上文提到彝語「石、城、舌、船」等禪、船母字，彝語方言除了讀清邊音[ɬ-]外，大多讀[l-]。而這幾個字客家方言都讀[s-]。

綜合上述，客家方言若有[l＞s]或者[s＞l]的變化並不奇怪，早期客贛方言受閩西北方言影響滲透，加以與客家方言關係密切的少數民族語言亦有類似音變，而因為清邊音的關係，使得音變顯得自然合理。其變化過程如下：

$$*l ＞ ɬ ＞ s$$
$$*s ＞ ɬ ＞ l$$

音變中斷的原因一樣是清邊音的消失，理由如同[l←→t]之間。

值得我們注意的是，上述幾種方言，包括福州、福清、莆田，都可算是閩

東地區，而與客家方言關係深厚的畲語，具有清邊音[ɬ-]聲母的也集中在閩東的福安、羅源。其間關係如何，頗值得進一步加以探討。

二、「口水」和「舐」的考釋

經過上面的討論，這裡要討論兩個可能涉及[l←→s]的口語常用詞，以供參考。

（一）涎

口水一詞，多數的客贛方言都說「口水」。然有些地方，主要在閩西及鄰近地區，如長汀、寧化、武平、秀篆、寧都、建寧、邵武、南城，還有從閩西移民出去的梅縣、揭西等地，還有一種讀法「口□」[heu² lan¹]。（李如龍、張雙慶 1992）臺灣四縣客家話讀法相同。對[lan¹]〔註 13〕的本字眾說紛紜。或說「瀾」字，或主「潾」字。「瀾」字《集韻》郎干切，並音蘭，大波也；「潾」字有《廣韻》力閑切、《集韻》離閑切一讀，義為水貌。兩字聲韻皆合，然聲調為陽平調不合，且意義上也有差距。羅杰瑞（1995）作「灠」，《集韻》盧瞰切，湧泉也。此字次濁上聲有可能讀陰平，然為咸攝字，且義不甚合。

上述三字都因為[l-]聲母的關係覓字，故尋覓困難。其實「涎」字《廣韻》平聲仙韻夕連切、《切韻》徐連切，為邪母字。《說文》：慕欲口液也。意義上最為相合。韻母三等讀如一、二等，南方方言三等讀如一等的現象並不少見，熊正輝（1982）就論證了如「甑、鯽、凌」等不少例子。聲母部份可以視為[s＞ɬ＞l]的變化。

因為清邊音[ɬ-]的關係，聲調從陽調變成清聲的陰平也就很有可能。如此一來，音義皆合，不失為本字的可能。

（二）舌和「舐」

許多客贛方言說舐為[se¹]，語音型式或是[sɛ、sæ、ʃɛ（i）、se（i）、sai、ɕiɛ、sia]等不一而足，（李如龍、張雙慶 1992）本字為「舐」殆無疑義。「舐」字止開三上聲船母字，客贛方言全濁上聲讀陰平符合音變規律。此字與「舌」，山開三入聲船母字，應有同源關係。

客贛方言中說舐還有另種讀法，都是讀成來母[l-]，本字不明。我們認為

〔註 13〕聲調多為陰平，邵武讀上聲。閩西如武平、長汀、寧化等韻尾已變為舌根韻尾。

這跟「舌」和「舐」仍有關係。建陽、石陂「舌」讀[lye⁸]給我們很大的啓發。（陳章太、李如龍 1991）我們看下列客贛方言的表現：（以李、張 1992 爲例）

河源	揭西	武平（岩前）	建寧	邵武
lyat⁴	ʃɛi¹/liap⁴	sɛi¹/lia²⁴	舐 hiam²/liap⁴	lan⁴

揭西、武平都有「舐」的讀音，建寧有許多贛方言說的「舐」，至於入聲的讀法較少見，從建陽、石陂「舌」的讀音，我們認爲客贛方言舐讀作來母入聲的，應是來自「舌」。由「舌」引申出舐的動作，因聲別義，聲母由[s＞l]，當然仍是透過清邊音中轉。韻母部份，脫離章組管轄，介音復現，至於韻尾當是後來各自的變化。聲調由濁變清，還是清邊音的作用。

客贛方言另外有一組舐同樣作來母[l-]，不過並不作入聲，且看下表：

翁源	茶陵	永新	醴陵	弋陽	南城
sɛi¹/lian¹	lie²	lia²	liɛ²	liɛ¹	çiɛ¹/lan³

這組客贛方言讀作來母的，不會是上列讀作入聲丟失韻尾或者什麼陰陽對轉的變化，由翁源、南城的情況一目了然，這組方言來母讀法應是來自「舐」。永定讀作[liɛ̃¹]，我們可認爲其音變過程如下：

$$liai^3 >\quad lian^3 >\quad\quad lan^3\ 南城$$
$$* se(ɛ)^1 >\ sie(ɛ)i^1 >\ siai^1 >\ liai^1 >\quad lian^1\ 翁源 >\ liɛ̃^1\ 永定 >\ liɛ^1\ 弋陽$$

$$* se(ɛ)^1 >\ sie(ɛ)^1 >\quad lie(ɛ)^2\ 茶陵、醴陵\ >\ lia^2\ 永新$$

翁源、南城的韻尾應是在元音韻尾[-i]的作用下產生。聲調部份，「舐」字古音全濁上，讀陰平、上聲、去聲都有可能。〔註14〕

鄧曉華、王士元（2009）討論「舐」這個詞，比較了閩客語和苗瑤、壯侗語，其記錄大要如下：

舐（舌頭、伸舌頭）：la 閩語；le 客語〔註15〕……；ɬe³ 布努；ɬɛ⁵ 勉瑤；ɬia⁵ 標敏；le² 傣；lia² 侗。此詞客話、壯侗、苗瑤語音韻形式較接近，但意義微殊，苗瑤語指「伸舌頭」，壯侗語指「舐」，……而客話則兼具有此二義。

〔註14〕南城去聲分陰陽，[lan³]讀陰去可能還是清邊音的作用。

〔註15〕臺灣四縣客家[le²]這個讀法還可以讀作[tʰe²]。

......客話的形式則並不直接來自南島語，反映北方漢人入閩後，跟南島族的後裔壯侗語族人文化接觸的結果，是北方漢語第二次「南島化」的結果（2009：120）

鄧、王閩語是指廈門話，聲調標作陰入，客話是指閩西連城話，聲調是陰去。至於其他苗瑤、壯侗語的聲調原文照錄。

我們要問的是連城話何以沒有[s-]聲母的讀法，從其讀音來看，更接近由[se]至[le]的變化，客家話與上述苗瑤、壯侗語接觸若是音變的來源，正好說明了清邊音[ɬ-]所扮演的角色。

總之，上面所說客贛方言舔讀作來母的，我們認爲來自「舌」、「舐」的可能性很大，可視爲[l←→s]的音變。讀作[s-]聲母的源自漢語，讀作[l-]聲母的可能受了苗瑤、壯侗語的影響，因爲清邊音[ɬ-]的作用，致使聲母發生音變。

第八章　南雄方言與始興客家

　　就始興的地理位置觀察，南鄰的翁源、西界的曲江與始興，尤其是隘子的關係，可說非常密切。在諸多音韻特徵上有共同的表現，經與閩西上杭、永定等地的比較，更共同顯示許多承繼關係。表示有相同來源的翁源、曲江、隘子，在相鄰的地區共同發展著。至於北面的南雄，方言情況較爲複雜，然始興北部與南雄無論在地理位置上，或是交通、經濟的交流上，都有著密切的關係，而南雄卻好似披著神秘面紗，我們的了解有限。本章希望透過對南雄的開發以及方言概況的爬梳開始，說明南雄早期位居嶺南要衝，政經地位重要，構成對外造成影響之條件。接著借用迪克森（Dixon 1997／2010）「裂變－聚變」（punctuated equilibrium model）的理論，[註1] 嘗試分析南雄方言的部份音韻現象，最後引例說明南雄方言對始興客家話所造成的影響。以南雄方言的複雜情況，討論南雄方言和始興客家之間的互動應是十分值得且有意思的。

第一節　南雄的開發暨方言概況

　　南雄位居粵北地區的東北角，北界江西大庾縣，東毗江西信豐縣，西鄰仁化縣、曲江縣，南接始興縣。北面越過大庾嶺即是江西省的贛州地區，自古以

〔註 1〕郭必之（2005）譯作「疾變平衡論」。

來即是粵北地區交通要衝，所謂「枕楚跨粵，為南北咽喉」。

韶關乃粵北第一大城，發源於江西信豐縣的滇江和發源於湖南臨武縣的武江在韶關匯合成北江，為珠江三大支流之一，韶關正是粵北地區水路交通之樞紐。從公元前 214 年秦始皇略定嶺南，設南海、桂林和象郡開始算起，北方人要南下，都得跨越「五嶺」山區〔註2〕，經過粵北，再沿江而下珠三角。舉凡中原地區發生戰爭、瘟疫與其他自然災害，北方人往往避禍嶺南，自然首先在粵北落腳。韶關地區的發展在早期嶺南地區可謂首屈一指。

韶關地區的陸路交通自東漢以來也愈趨稱便，東漢建武二年（公元 26年），桂陽太守衛颯招募民眾，開鑿了一條途經含洭、滇陽、曲江、乳源、樂昌而至今湖南郴州的西京古道。建初八年（83 年），大司農鄭弘奏開零陵、桂陽嶠道，直通湖南臨武。〔註3〕可見早期粵北山區水陸交通的方便。

唐玄宗開元四年（716 年），始興人張九齡奉詔開鑿大庾嶺路，這條大庾嶺新路可經南雄下滇江而南至廣州，或者經南雄下贛州、長江，轉大運河可北抵京師。大庾嶺路溝通了珠江水系和長江水系，使嶺南嶺北的交通更為便利，可以說大庾嶺路的開通，是古代五嶺南北最重要的交通建設，影響南雄與韶關的興盛繁榮直至清末。正如明末番禺人屈大均《廣東新語》所云：「梅嶺自張文獻開鑿，山川之氣乃疏通，與中州清淑相接，蕩然坦途，北上者皆由之矣。」大庾嶺路由廣州北上至韶關向東北，沿滇江經始興上南雄，再經大庾嶺下贛州、長江。南來北往，使得韶關和南雄成為南北貨物流通的轉運站和集散地。

凡中轉韶關而溝通長江水域的商旅遊人，必定要走南雄大庾嶺路，而自韶關市區到南雄城關，必定經過始興北部的太平、馬市而進入南雄境內。歷史上，南雄和始興的關係是緊密的，正是因為地緣上的相鄰，致使南北交通必定相互往來。秦始皇當年置南海、桂林、象郡三郡，始興和南雄不在三郡之列，而同屬九江郡地，直至西漢元鼎年間，粵北設桂陽郡，今天粵北地區大多屬之，然同屬滇江流域的始興、南雄仍並列揚州豫章郡南埜縣。

東吳孫休永安六年（263 年），析南埜縣置始興縣，始興一名始於此。唐武則天光宅元年（684 年），析始興縣北界的化南、橫山兩鄉置滇昌縣，即今南雄

〔註2〕南嶺史稱五嶺，一般認為自東而西分別為大庾嶺、騎田嶺、萌渚嶺、都龐嶺、越城嶺。

〔註3〕事見《後漢書》，本文引自《韶關市志》（2001）、《南雄縣志》（1991）、莊初昇（2004）。

縣。〔註4〕南漢乾亨四年（920 年），在湞昌縣所置雄州，雄州一名始此，下轄湞昌、始興二縣。宋開寶四年（971 年），爲避免與河北路的雄州重名，改粵北的雄州爲南雄州，南雄一名始此，始興縣隸屬之。直至清代，不管南雄行政名號如何更改，始興縣始終隸屬南雄管轄。自唐代大庾嶺路開通以來，南雄的地位就日趨重要，自宋以後，南雄的行政位階一直在始興之上。

大庾嶺路也是歷代嶺北人入粵定居的一個重要通道。西晉末年「八王之亂」，已有不少北方人沿贛江、越過大庾嶺路而進入粵北。北宋末年，金人大舉入侵，宋室被迫南遷，大批難民隨隆祐太后逃至贛南，有的便逾大庾嶺，寄寓南雄等地。經過相當時間的生聚，南宋末年，元副元帥呂師夔、張榮實率軍自江西越大庾嶺，連陷南雄州和韶州，當時大量人口沿北江順流而下，逃難至珠江三角洲。據黃慈博《珠璣巷民族南遷記》，僅南雄珠璣巷一帶，就有 73 姓、164 族在此次逃難中遷移到珠三角地區。那些沒有來得及逃離並僥倖生存下來的，據信是今天說粵北土話的居民的祖先，而今天說土話的居民也多說祖上是兩宋時期從江西、湖南遷來的。（莊初昇 2004）比客家先民還早入住粵北，客家人大量進入粵北要到明初開始，粵北各地爲了招徠外人塡補上述逃難所致的空虛，而福建、江西的客家人方大量入墾粵北，這段史實已見前述，此不贅。〔註5〕

今天南雄有許多地方的方言被稱作土話，可見南雄的發展較始興爲早。南雄地處大庾嶺南麓，從廣東一省來看，看似位居邊陲，倒不若始興鄰近粵北第一大城韶關來得有發展。實際上從歷史縱深觀之，南雄因大庾嶺的開鑿，爲居交通要衝，開發時間和繁盛程度都較始興要早要深。尤其始興南部清化地區，崇山峻嶺，又不在南雄至韶關必經之道上，更是人口稀少。當年北人避禍南下，跨越南嶺首先落腳南雄，再者因勢利導也會選擇韶關落戶，是以今日說土話的居民較多。今天始興境內絕大多數居民爲客家，乃一純客住縣，應該是後來自閩西客家原鄉遷徙而來，住民相對較爲單純。

南雄縣方言情況複雜，據《南雄縣志・方言》所言，大體可分四大片：城關話、上方話、下方話和北山話。城關話只在縣城雄州鎮及其近郊通行，使用

〔註4〕見《始興縣志》（1997）。湞昌之名乃取縣內湞水、昌水合稱得來。

〔註5〕可參看莊初昇：〈粵北客家方言的分布和形成〉（1999）。

人口約 8 萬，佔全縣總人口的 19.5%。上方話在大塘、油山、烏逕、新龍、坪田、孔江、界址等鄉鎮通行，使用人口約 10 萬，佔全縣總人口的 24.4%。下方話在湖口、珠璣、梅嶺、水口、江頭、主田、古市、全安等鄉鎮通行，使用人口約 20 萬，佔全縣總人口的 48.8%。北山話在百順、帽子峰、瀾河、蒼石等山區鄉鎮通行，使用人口約 3 萬，佔全縣總人口的 7.3%。不過就林立芳、莊初昇（1995）所錄，全縣人口為 45 萬。

城關話自成一體，跟其他三片有較大的差異。上方話以烏逕為代表。下方話以湖口為代表，珠璣話與湖口話大同小異，亦可為下方話之代表點。北山話以百順為代表。

第二節　裂變與聚變：粵北土話的全濁聲母

一、「裂變－聚變」理論

迪克森（1997／2010）提出一個新的關於語言變化的「裂變－聚變」模式。過去語言學關注語言的分化演變，尤其歷史語言學的廣泛應用，印歐語系的經典示範，因而建立了一個譜系樹模式來描寫。迪克森模式的提出對譜系樹理論是猛烈的衝擊。這個新的模式提醒我們，人類的語言不但會裂變，還會聚變。所謂聚變，是指多種語言／方言聚集在同一地區，互相接觸，不同的語言特徵聚合互動，相互影響，達到一種穩態平衡的狀態，逐漸形成區域特徵，成為後世共同的原型。意即語言特徵在區域內擴散，只要在特定區域內互相接觸的語言就會變得越來越相似，最終聚變為一共同的原型。隨著民族人口的擴張和遷移，[註6]穩定的聚變期會被打斷，再進入裂變期。而只有在裂變期，譜系樹理論才能發揮作用。簡單來說，語言的發展長期是處於「聚變」或說「平衡」的狀態，而人口遷徙造成的「裂變」或說「疾變」時間相對較短。重點就是一旦發生人口移動，「裂變期」即展開，不論是人口移出或移入的地區皆然。

迪克森的理論主要是描寫語言宏觀的發展，本文受到郭必之（2005）的啟發，只是借用「裂變－聚變」的一些概念，來討論粵北土話某些音韻現象，最

〔註 6〕至於人口何以會遷移原因很多，主要包括自然災害、疾病、戰爭，以及農業技術改變等經濟因素。

終藉以說明南雄方言對始興客家話的影響。

二、粵北土話全濁聲母清化送氣與否的類型與成因

　　南雄方言的複雜可從粵北土話的中古全濁聲母清化的演變類型為例來作說明。中古全濁聲母在粵北土話中已經完全清化，清化後送氣與否有五種不同的類型。目前討論這個問題最為詳盡的是莊初昇（2004）以及郭必之（2005），下面的語料引用以莊、郭二文為主。五種類型分別如下：

　　（一）不論平、仄一般都讀送氣。如南雄烏逕話、仁化長江話。〔註7〕

　　（二）不論平、仄一般都讀不送氣。如南雄城關話。

　　（三）逢平聲不送氣、逢仄聲讀送氣。如南雄百順話。

　　（四）並、定、澄（今讀塞音）〔註8〕常用上聲字送氣，其餘多不送氣。澄母（今讀塞擦音）和其餘全濁聲母一般都讀送氣。如樂昌長來話、乳源桂頭話。〔註9〕

　　（五）並、定、奉母（今讀塞音）〔註10〕今讀不送氣。澄母（今讀塞擦音）和其餘全濁聲母一般都讀送氣。如連州保安話、樂昌黃圃話。〔註11〕

　　以上五類明顯可大分兩大類：類型四和類型五以並、定母的特殊情況可視為一大類，並且類型五和類型四有非常密切的關係，這點是顯而易見的。因此，類型一至類型三放在一起討論。南雄方言正好分別位居類型一至三，且類型二、類型三在粵北尚未得見其他方言，可見南雄方言之複雜。

　　類型一莊、郭都認為來自客贛方言的影響，比較沒有問題。類型二莊初昇認為源於濁音清化後不送氣的方言，目前晉語並州片（侯精一 1986）、廣西平

〔註7〕這個類型尚有曲江的白沙、周田，武江上窰，北江臘石，滇江石陂和仁化石塘。和烏逕、長江基本上相連成片，我們以烏逕、長江為例。

〔註8〕部份知組三等常用字在粵北土話中讀如端組，如乳源桂頭話「柱」[tʰau²¹]、樂昌長來話「直」[tei¹²]等，詳見莊初昇（2004）。澄母讀塞音者，演變規律與定母同，下文所提及的定母，一律包括讀塞音的澄母字。

〔註9〕這一類型尚有曲江的犁市、梅村及樂昌北鄉。以樂昌長來和乳源桂頭為例。

〔註10〕僅見「飯」字，如連州星子、保安、西岸、豐陽等地讀重脣音。下文所提及的並母，一律包括讀塞音的奉母字。

〔註11〕這一類型尚有樂昌皈塘、三溪，連州市連州、星子、西岸、豐陽，以及連南三江等。以連州保安、樂昌長來為例。

話（李連進 2000）、新派湘方言（楊秀芳 1989）等〔註12〕也有類似的方言。郭必之大致相同。

　　問題較大的是類型三以及類型四、五。底下分別討論之。

　　類型三百順話與一般官話方言的格局正好相反，黃雪貞（1987）首先注意到這種現象：「廣東南雄百順有的古全濁仄聲字送氣，符合客家話一般的音變條例；有的古全濁平聲字不送氣，符合當地（案：指南雄城關話）音變條例」。雖沒有做出解釋，卻啓發我們方言接觸的可能。這種類型比較罕見，目前僅知湖北通山楊芳話和湖南的安仁話。〔註13〕莊初昇（2004）認爲這是起因於音類發展演變的速度不均衡，也就是說百順話古全濁塞音、塞擦音的平聲字和古全濁塞音、塞擦音的仄聲字其清化的進程並不同步。可以假設仄聲先清化並且送氣，而後平聲後清化並不送氣。當然也可能是完全相反的情形。郭必之（2005）則認爲百順話是在南雄城關話的底子上，在平聲保持濁音時與客贛方言發生接觸，致使平聲不送氣、仄聲送氣的清化模式。他舉湖南安仁話爲例，安仁話雜揉了湘、贛兩種方言的色彩，以湘方言來說，清化的程序往往從仄聲開始，例如湘西的永順、保靖、永綏、乾城、古丈、沅陵、瀘溪、辰溪、漵浦等地都是平聲讀不送氣濁音、仄聲讀不送氣清音。（丁邦新 1982）安仁話形成時，像永順話一般，而後與清化後都送氣的贛方言發生接觸後，產生了現今的格局。可以如下規律表示：〔註14〕

$$\begin{bmatrix} -濁音 \\ +送氣 \end{bmatrix} \rightsquigarrow \begin{bmatrix} +濁音 \\ -送氣 \end{bmatrix} > \begin{bmatrix} -濁音 \\ -送氣 \end{bmatrix} / \underline{\quad\quad} \quad 平聲$$

$$\begin{bmatrix} -濁音 \\ +送氣 \end{bmatrix} \rightsquigarrow \begin{bmatrix} -濁音 \\ -送氣 \end{bmatrix} > \begin{bmatrix} -濁音 \\ +送氣 \end{bmatrix} / \underline{\quad\quad} \quad 仄聲$$

　　因爲百順話處於城關話（和新派湘方言清化模式相同）、烏逕話（和客贛方言無異）之間，所以百順話的清化模式應是方言接觸的結果，並與安仁話相似。

〔註12〕易家樂（1983）曾指出南雄城關話的白讀層接近閩方言，文讀層接近湘方言。

〔註13〕湖南安仁話的語料見陳滿華（1995）。至於湖北楊芳話，據郭必之（2005）所云，目前沒有詳細資料。

〔註14〕見郭必之（2005：58）。表中「∿∿∿」表示方言接觸而發生影響，「→」表影響方向。

　　類型四、五的關鍵在於並、定母，並、定母的清化顯然與其他全濁聲母不同步。王福堂（2002、2006）舉出漢越語的材料，認為粵北土話的並、定母在清化前受到壯侗語的影響變為吸氣音[ɓ、ɗ（或標作ʔb、ʔd）]，待其他全濁聲母清化時，就不再參與其中的音變。郭必之（2005：48-49）又引平田昌司（1983），說明乳源桂頭話、四邑片粵語台山台城話有端母今讀零聲母的；開平赤坎話幫母弱化為[v-]；粵北連山布田白話幫母念[b-]、端母念[d-]等，都可能來自吸氣音。所以類型五方言並、定母跟其他聲母走向不同的原因在於：幫、端母先吸氣化，騰出了[p-、t-]兩個空位。當時還念濁音的並、定母在拉鏈帶動下填補空位並率先清化，而幫、端母又「回頭演變」為[p-、t-]。

　　莊初昇看法不同，莊同樣舉乳源桂頭話端母和部份知母三等常用字今讀零聲母為例，如「多」[ɔu⁵¹]、「等」[aŋ³²⁴]、「凍」[oŋ⁴⁴]、「答」[ia²¹]、「豬」[au⁵¹]、「竹」[a²⁴]等。然而，桂頭土話中有許多定母如「徒、住、杜、袋、道」等字讀不送氣音[t-]。可以判斷這種現象是「比端母和部份知母三等字由 t 演變為零聲母更為晚起的音變現象，否則，這些字也會與端母和部份知三字協同演變成零聲母。」（莊初昇 2004：117）因此，類型四並、定常用上聲字送氣是比類型五要更早的歷史層次。關於這一點，郭必之是認同的。有鑒於此，莊初昇認為王福堂（2002）壯侗語底層說不可信，主要是王說無法順利解釋類型四方言。另外，從上述桂頭土話端母和部份知三母常用字讀如零聲母的例子來看，端母的[t-]與來自定、澄母的[t-]分屬先後不同的時間層次，與壯侗語吸氣音無關。又引盧小群（2002）湖南嘉禾廣發土話為例，廣發土話濁音清化的模式同於類型五，但值得注意的是，其幫母讀如明母[m-]，端母讀如來母[l-]。廣發土話可以說明來自幫母的[p-]與來自並母的[p-]不屬於同一個時間層次；來自端母的[t-]也與來自定母的[t-]不同時間層次。總歸來說，類型四、五並、定母是較晚清化而讀不送氣的，是晚起的現象，與壯侗語的底層無涉。〔註15〕

　　莊、郭二文討論細密，一是從語音系統發展不平衡的原理去解釋粵北土話古全濁聲母清化後送氣與否的問題；一則以語言接觸的角度來看待相同問題。

〔註15〕莊初昇（2004）雖證明了類型四較早於類型五，他認為類型四後來受到西南官話影響，變成類型五。不過他沒解釋類型四上聲常用字送氣的原因，這點郭必之（2005）倒是提出了解釋。

從粵北土話的複雜程度來看，他們不會是有共同的來源。就南雄一市，就有諸多類型不同的方言，我們不會認爲彼此如何分化而形成現今的局面，而傾向相信是接觸觸發了改變。

三、模式的修正

回到「裂變－聚變」理論，粵北土話全濁聲母清化的類型中，清化送氣被視爲是客贛方言滲透、接觸的影響。〔註16〕前面提過，客家方言從贛南、閩西移入粵北，主要是透過移民的方式，而一次移民進入粵北就是一次「裂變」的開始。我們不禁設想，粵北土話的先民早期從江西，甚或更北方移入粵北後，長時間是處於「聚變」狀態下的，並進行著區域內的整合，發展區域特徵。直到接觸客贛方言，開始向其靠攏，受其支配，不同類型的濁音清化便是明證。基於此，下面以方言接觸的角度去解釋粵北土話全濁聲母清化的不同類型。

郭必之（2005）將上述五種類型看作三種來源，類型四、五的關係自不待言。其將類型一視爲與客贛方言同源，而類型二、三來源相同。但我們對這樣的看法有點不同，主要是從語言接觸的角度看，粵北土話大多經過與客贛方言的接觸，始有濁音清化的諸多類型。他對百順話平聲不送氣、仄聲送氣的推論，建構在類型相同的安仁話之上。誠如上述，安仁位於湘、贛兩方言的交界，雜揉有兩種方言的色彩。而百順話的語言環境與之相似，所以郭（2005：59）說「有理由相信南雄百順『平聲不送氣、仄聲送氣』的清化模式同樣是方言接觸的結果，具體過程應該和安仁話很相似。」若依郭必之所推測，我們無論以城關話或烏徑話爲底，得出的音變模式都不盡理想。

$$\begin{bmatrix} -濁音 \\ -送氣 \end{bmatrix} \rightsquigarrow \begin{bmatrix} -濁音 \\ +送氣 \end{bmatrix} > \begin{bmatrix} -濁音 \\ -送氣 \end{bmatrix} / \underline{\quad} \text{平聲}$$

$$\begin{bmatrix} -濁音 \\ -送氣 \end{bmatrix} \rightsquigarrow \begin{bmatrix} -濁音 \\ +送氣 \end{bmatrix} ? \begin{bmatrix} -濁音 \\ +送氣 \end{bmatrix} / \underline{\quad} \text{仄聲}$$

若以客贛方言類型的烏徑話爲底，受到城關話的影響，平聲改變一個徵性：送氣變不送氣。然仄聲卻完全不變。反之，若以城關話爲底，受到烏徑話的影響，情況正好相反，仄聲改變一個徵性，平聲卻完全不變。

〔註16〕客家方言至今仍是粵北最具影響力的方言，尤其是在廣大的農村。

$$\begin{bmatrix} -濁音 \\ +送氣 \end{bmatrix} \rightsquigarrow \begin{bmatrix} -濁音 \\ -送氣 \end{bmatrix} ? \begin{bmatrix} -濁音 \\ -送氣 \end{bmatrix} / \underline{\quad} \quad 平聲$$

$$\begin{bmatrix} -濁音 \\ +送氣 \end{bmatrix} \rightsquigarrow \begin{bmatrix} -濁音 \\ -送氣 \end{bmatrix} > \begin{bmatrix} -濁音 \\ +送氣 \end{bmatrix} / \underline{\quad} \quad 仄聲$$

可見如此假設並不理想。這個推論要成立，必須是南雄城關話有過前述湘方言仄聲先清化、平聲後清化的階段，如永順話，並且百順話以此為底，受到客贛方言類型的影響方才可能。那麼，南雄城關話如何有像湘西永順話這樣的模式呢？

為此，我們認為南雄諸方言未必如郭必之所言有兩種不同來源，而可能只有一種。那麼粵北土話的清化類型共有兩種來源，我們假設這兩種來源早期都是帶全濁聲母不送氣的。理由是，平話方言現在都是清化後不送氣的，早期應是帶不送氣濁音；再者，老湘語保留了濁音聲母，平仄都不送氣。早期亦應如是。考慮到現在粵北土話的居民說祖上是從江西、湖南遷來，當時的方言可能是接近早期客贛方言。客家方言雖然中古全濁聲母現都是送氣清音，但也不排除清化前是讀不送氣濁音的。當時應是濁音尚未清化而不送氣。

我們先討論類型一至類型三。從上述南雄城關話和百順話的關係看來，這三種類型應該經過下列階段的變化。

第一個階段是我們擬定的老粵北全濁聲母不論平、仄皆不送氣，受到湘西方言如永順話平聲讀不送氣濁音、仄聲讀不送氣清音的影響，產生了*土話 A 層。

1　　湘語　　　　　　　*　老粵北　　　　*　土話 A

$$\begin{bmatrix} +濁音 \\ -送氣 \end{bmatrix} \rightsquigarrow \begin{bmatrix} +濁音 \\ -送氣 \end{bmatrix} > \begin{bmatrix} +濁音 \\ -送氣 \end{bmatrix} / \underline{\quad} \quad 平聲$$

$$\begin{bmatrix} -濁音 \\ -送氣 \end{bmatrix} \rightsquigarrow \begin{bmatrix} +濁音 \\ -送氣 \end{bmatrix} > \begin{bmatrix} -濁音 \\ -送氣 \end{bmatrix} / \underline{\quad} \quad 仄聲$$

第二個階段則是*土話 A 先進行了濁音清化，即成為南雄城關話的模式。郭必之（2005：64）說南雄城關話「在清化過程中大概沒有受到別的方言影響，平、仄都不送氣。」在此前後，客贛方言全濁清化都送氣。

2　*土話 A　　　　　　　城關話

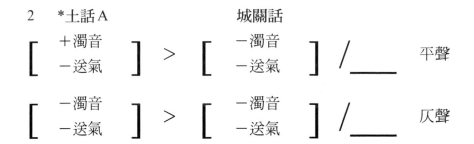

$$\begin{bmatrix} +濁音 \\ -送氣 \end{bmatrix} > \begin{bmatrix} -濁音 \\ -送氣 \end{bmatrix} / \underline{\quad} \quad 平聲$$

$$\begin{bmatrix} -濁音 \\ -送氣 \end{bmatrix} > \begin{bmatrix} -濁音 \\ -送氣 \end{bmatrix} / \underline{\quad} \quad 仄聲$$

　　第三個階段則是客贛方言進入粵北，進行「裂變」。而不同地區碰上客贛方言有不同變化：烏徑接受送氣的影響較大，選擇不論平仄一律送氣；百順則相對較保守，僅選擇仄聲送氣，形成平不送仄送的格局。這個時期的客贛方言，可稱爲老客家話。

3a　老客家　　　　　　*　土話 A　　　　　　烏徑

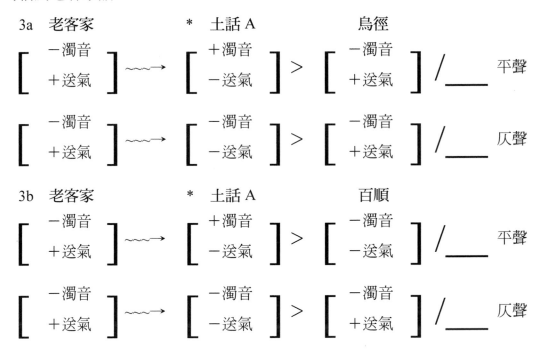

$$\begin{bmatrix} -濁音 \\ +送氣 \end{bmatrix} \rightsquigarrow \begin{bmatrix} +濁音 \\ -送氣 \end{bmatrix} > \begin{bmatrix} -濁音 \\ +送氣 \end{bmatrix} / \underline{\quad} \quad 平聲$$

$$\begin{bmatrix} -濁音 \\ +送氣 \end{bmatrix} \rightsquigarrow \begin{bmatrix} -濁音 \\ -送氣 \end{bmatrix} > \begin{bmatrix} -濁音 \\ +送氣 \end{bmatrix} / \underline{\quad} \quad 仄聲$$

3b　老客家　　　　　　*　土話 A　　　　　　百順

$$\begin{bmatrix} -濁音 \\ +送氣 \end{bmatrix} \rightsquigarrow \begin{bmatrix} +濁音 \\ -送氣 \end{bmatrix} > \begin{bmatrix} -濁音 \\ -送氣 \end{bmatrix} / \underline{\quad} \quad 平聲$$

$$\begin{bmatrix} -濁音 \\ +送氣 \end{bmatrix} \rightsquigarrow \begin{bmatrix} -濁音 \\ -送氣 \end{bmatrix} > \begin{bmatrix} -濁音 \\ +送氣 \end{bmatrix} / \underline{\quad} \quad 仄聲$$

　　烏徑比較接近江西大庾，受老客家影響較大，是以改變的徵性較多，程度較大。當然，還有一種可能，就是烏徑先變得和百順一樣，往後再受到不同波的客家方言影響，方才全然變得同客家話相同。客家話對粵北的影響不止一波，且看下文。接近湖南的類型四、五方言，除並、定母外全濁聲母清化都送氣，顯然不會是新湘語的影響，仍然是客贛方言的影響。

3c　老客家　　　　　　*　老粵北　　　　　　桂頭

$$\begin{bmatrix} -濁音 \\ +送氣 \end{bmatrix} \rightsquigarrow \begin{bmatrix} +濁音 \\ -送氣 \end{bmatrix} > \begin{bmatrix} -濁音 \\ -送氣 \end{bmatrix} / \underline{\quad} \quad \begin{array}{c} 並、定母 \\ (上聲除外) \end{array}$$

$$\begin{bmatrix} -濁音 \\ +送氣 \end{bmatrix} \sim\!\sim\!\rightarrow \begin{bmatrix} +濁音 \\ -送氣 \end{bmatrix} > \begin{bmatrix} -濁音 \\ +送氣 \end{bmatrix} / \underline{\quad} \quad \begin{array}{l}其他 \\ 全濁聲母\end{array}$$

本文認同類型四、五並、定母較晚清化，遇上客家方言時，仍保持濁音的格局，清化後仍不送氣。

若我們將粵北土話濁音清化的兩個來源設爲 X、Y，那麼我們可以下列圖表呈現上述方言滲透、接觸而導致規律改變的過程。

			X		Y	
老湘語（仄聲清化）	~~→				A	
			X		A1	
		B	A3	A2	←~~	老客家話
		桂頭等	百順	烏徑	城關	

Y 類方言受到仄聲清化的老湘語影響，先形成了土話 A。土話 A 率先濁音清化形成 A1 即城關話。接著老客家話進入粵北，擴散波所及，影響了烏徑、百順等方言，各方言在濁音清化送氣與否上有不同的選擇。老客家話主要是以滲透的方式擴散，而後元末戰亂，粵北人口銳減，直至明初開始閩西、贛南大量客家人口移入粵北，明成化年間達到高峰，（莊初昇 1999）對粵北土話可能帶來更大的影響，所以像烏徑、百順、桂頭等方言的變化，未必是一步到位的。接下來我們將焦點放在南雄，輔以濁上字及去聲調來說說這個問題並印證上述的模式。

四、南雄方言濁上字的走向和去聲調歸併

濁上字的走向一直是客家方言重要的特徵，全濁上常用的口語字都讀陰平，我們權稱全濁上 A 字，其他全濁上大都歸濁去聲，我們稱全濁上 B 字。次濁上也有部分常用口語字讀陰平，稱次濁上 A 字，其他次濁上多歸清上，稱次濁上 B 字。全濁上歸濁去聲之後多數的客家話會再行歸併，有的和清去合併成一個去聲調，例如梅縣、始興（太平）；有的則和清上合併，正如閩西上杭、永定等地，而上杭、永定地區是粵北客家的祖地，故始興（隘子）、翁源、曲江（馬壩）等類型與上杭、永定相同。

另外，還有與上述類型略有差異的「老客家話」，這類客家話全濁上、次

濁上 A 類字歸陰去，全濁上 B 字仍歸去聲，故此類型客家話一般有兩個去聲調。例如江西大庾〔註17〕、河源、惠州等。

南雄方言濁上字的走向以及去聲調的歸併也各有不同類型，根據莊初昇（2004）並加入珠璣話和幾個客家方言一併比對，可以分作下列幾類：

	南雄城關	烏徑	百順	珠璣	大庾	上杭永定	隘子翁源	太平
濁上 A 字	陽平	陰去	陰平	陰平	陰去	陰平	陰平	陰平
全濁上 B 字	陽去	陽去	去聲	去聲	陽去	上聲	上聲	去聲

從上表看來，南雄方言的複雜與前述古全濁聲母清化送氣與否不遑多讓。濁上 A 字的走向可分三類，全濁上 B 字的走向可分兩類。濁上 A 字走向最特別的當屬南雄城關話，我們認為南雄城關話應屬南雄方言較早的形式，除了濁上 A 字的歸陽平特殊讀法外，〔註18〕全濁上 B 字歸陽去也是較早的層次。還有，根據易家樂（1983）說南雄城關話有獨立的陽上調，《韶關市志》（2001）說「南雄土話」有陽上調，其所指應也是雄州鎮一帶。綜合來看，南雄城關話應是南雄方言較早的形式。若再將古全濁聲母清化的類型加入比對，情勢益明：

	南雄城關	烏徑	百順	珠璣	大庾	上杭翁源	太平
濁上 A 字	陽平	陰去	陰平	陰平	陰去	陰平	陰平
全濁上 B 字	陽去	陽去	去聲	去聲	陽去	上聲	去聲
濁母清化	一律不送氣	一律送氣	平不送仄送	一律送氣	一律送氣		

前面說過，南雄城關話在客家方言擴散波進入粵北前，全濁聲母不送氣率先清化，其濁上 A 字讀陽平自成一格。接著，大庾一類的老客家話擴散進入粵北，烏徑話首當其衝，看烏徑同大庾的類型相同可見一斑。〔註19〕這波客家話的影響可能已遍及整個粵北，促使全濁母清化。往後，來自閩西的大規

〔註17〕大庾的部份濁去又併入陰平，雖只有一個去聲，性質上同於有獨立的陽去調。參見李如龍、張雙慶（1992）。

〔註18〕謝自立《南雄縣志·方言》（1991）、Sargart（2001）均紀錄濁上 A 字歸陽平。

〔註19〕跟烏徑同類型，全濁聲母清化一律送氣的長江、白沙、周田、上窰、臘石、石陂、石塘等，濁上 A 字也都歸陰去。

模移民再度「裂變」土話，這波促使百順、珠璣等濁上 A 字俱讀陰平，一如大多數的客家話。這波移民到了南雄、始興、翁源，我們已經知道，始興（隘子）、翁源等客家話與閩西上杭、永定等有多相似了。特別的是，南雄的去聲調的歸併似乎不受到客家話的影響。粵北土話都有發生「濁上歸去」的大變化，早期具有獨立的陽去調，不清楚是否為老客家話的影響。[註20] 後來陽去調併入清去成為一個去聲不是早於閩西客家方言到粵北，就是獨立發展而不受客家話影響，如此就可以解釋，來自閩西的大規模移民，在隘子、翁源、曲江等地留下濁去歸上的音變痕跡，何以南雄土話無一如此。然則，始興北部太平、馬市、羅壩等地濁去不歸上聲而歸去聲的成因就很清楚了，在百順、珠璣等方言都讀去聲的影響下，始興北部方言濁去由歸上聲變而歸去聲了。本章第一節已說過，南雄在歷史上的開發和地理位置上的優勢，始終高於始興，而始興北部地區位在南雄大庾嶺路到韶關必經之途，受到南雄方言的影響乃時勢所趨、因勢而行之必然。至於始興南部的隘子，因地處山區，相對隔絕於南雄、韶關的影響，是以多保有閩西客家話的音韻特徵。我們將濁上字的走向、去聲調之歸併和濁音清化等條件放在一起綜合考慮，南雄和始興方言的關係可如下表：

老湘語（仄聲清化）	～～→	Y			
		A			
		A1 城關			
		濁上B歸陽去	濁音清化不送氣	濁上A歸陽平	有陽上調
		A2 烏徑			
		濁上B歸陽去	濁音清化送氣	濁上A歸陰去	←～～ 老客話
		A3 百順／珠璣			
		陽去陰去合併	平不送仄送／一律送氣	濁上A歸陰平	←～～ 閩西客家話H
		～～↓H1 始興北部太平等			～～↓H 隘子
		去聲	一律送氣	濁上A歸陰平	濁上B歸上聲

[註20] 從程序上看，南方粵、客、贛方言的濁上歸去應該是很早發生，且經過一段長時間詞彙擴散的過程。見劉鎮發（2003）。粵北土話濁上歸去也應該很早。

上表僅是個簡表，方便觀察不同音韻條件在不同方言點的變化，雖然隱含時間軸度，但條件之間非同步關係。如濁上 A 字歸陰平應受閩西客家話影響，然百順、珠璣的全濁母清化送氣就未必受閩西客家影響，而陰、陽去合併的時間就更難說了。始興隘子比較直接承繼閩西上杭、永定等客家話的特點，而太平、馬市、羅壩等北部始興方言則是在閩西客家話的底子上，受南雄方言的影響，濁上歸去後走向的改變即為一例。上面的表格還有一點要說，南雄城關雖層次較早，看似特殊，然其濁上 A 字的走向，就大勢而言是同於客家話的，不過就是一歸陽平、一屬陰平罷了。Sagart（2001）就曾據此指出南雄話與客家話早期應有過共同的發展，有相同的前身，直到濁音清化前兩者方才分道。這與本文上面的討論是相合的。從地緣關係上說，本文擬定粵北土話東北區的早期 Y 方言，應與早期客贛方言相近；而中部、西北區的早期 X 方言，可能接近於老湘語。

第三節　南雄方言對始興客家話的擴散

承前所述，我們可以知道南雄方言對始興客家話，主要是始興北部方言，因為歷史上的開發及交通因素，影響力較大。是以始興客家話基本在閩西祖地客家話的底子上，受南雄方言影響而在音韻上有不少改變。本節便針對此現象，藉由比較，分聲母、韻母、聲調、幾個特字四點來說明。整體來說，聲調部分受影響較多，這並不令人意外，聲調本是最容易產生擴散的特徵之一。南雄方言城關、烏徑、百順等的材料見莊初昇（2004），珠璣見林立芳、莊初昇（1995）。

一、聲　母

聲母部份比較明顯受到影響的應是精組、見系逢細音的今讀，以及後續的音變。這個部分始興南北有比較顯著的差異。

始興客家話精、莊、知、章等組聲母都已合流，讀為舌尖前音[ts-、tsʰ-、s-]，然後接細音時，則會顎化為舌面前音[tɕ-、tɕʰ-、ɕ-]。另外，見系字逢細音也同樣顎化，與精組等合流。是以此處所謂精組，包含合流後的精、莊、知、章四母。這個部分若跟閩西祖地比較，閩西武平、上杭、永定等地精、莊、知、章等組亦已合流，並無二致。至於見系是否顎化，根據呂嵩雁（1999：

172）記錄永定城關話表示見系不顎化，這是一個不同之處。若根據武平、上杭、永定三縣縣志分別記錄該縣城關話，一致表示見系逢細音顎化，同精組合流，音質爲舌面前音。〔註21〕

最重要的不同，在於始興北部見系逢細音顎化之後，韻母進一步前化爲[-ɿ]，帶動聲母一併前化，這是顎化後進一步發展的結果，即[k（-i-/-y-）]＞[tɕ（-i-/-y-）]＞[ts（ɿ）]。閩西客家話和始興南部的隘子沒有這進一步的演變。例字可見第五章，此不嫌麻煩，重列如下：

	太平	馬市	羅壩	隘子	武平	上杭	永定
寄	tsɿ			tɕi		tɕi	
去	tsʰɿ	sɿ		tɕʰi	ɕi	tɕʰi	
喜	sɿ			ɕi		ɕi	

始興鄰近其他客家方言的情況又是如何呢？我們發現曲江（馬壩）、韶關（東郊）、翁源（龍仙、新江）、乳源（乳城、侯公渡）、英德（洽洸）、新豐（豐城）精組、見系逢細音都不顎化，（莊初昇2004、2005）既然並未顎化，就不會有後續的演變了。

倒是南雄方言，城關、烏徑、百順、珠璣無一沒有[tɕ-、tɕʰ-、ɕ-]這套聲母，而只有烏徑是精、莊、知二和知三、章兩分的方言。即使如此，各點見系逢細音都有顎化爲舌面前音[tɕ-、tɕʰ-、ɕ-]，而百順顎化之後也有發生前述始興北部的後續演變。可見下列例字：

	城關	烏徑	珠璣	百順	太平	隘子
許	ɕy2	ɕy2	ɕi2	sɿ2	sɿ2	su2
啓	tɕʰi2	tɕʰi2		tsʰɿ2	tsʰɿ2	tɕʰi2
棋	tɕi5	tɕʰi5	tɕʰi5	tsɿ5	tsʰɿ5	tɕʰi5

隘子的「許」字較特別，雖不是舌面前音[-i-]，但仍與太平等保持分立的格局。舌面前音聲母適合接細音，既然韻母變讀，聲母遂以舌尖前音相配。由此比較可見，始興北部方言，精組、見系逢細音顎化的音質[tɕ-、tɕʰ-、ɕ-]就算不是南雄方言的影響，見系顎化後進一步的音變也當是南雄方言影響所致。百

〔註21〕除永定外，武平、上杭縣志僅列一套塞擦音、擦音[ts-、tsʰ-、s-]。武平縣志說明逢細音時顎化爲舌面前音，而上杭縣志則云帶有舌面前音色彩。

順和始興客家方言因此都不分尖團。

二、韻　母

（一）歌、豪韻的今讀

歌、豪韻的今讀，北部始興今讀有別，南部隘子則不分。閩西祖地則除了武平縣城，上杭、永定、永定（下洋）、武平（岩前）都屬於今讀不分型。翁源同於隘子亦屬不分一類。

	太平	隘子	翁源	上杭	永定
歌 果開一歌	ko¹	ko¹	kou¹	kɔu¹	kɔu¹
刀 效開一豪	tau¹	to¹	tou¹	tɔu¹	tɔu¹

另根據莊初昇（2004、2005），始興鄰近客家話如曲江（馬壩）、韶關（東郊）、翁源（龍仙、新江）、新豐（豐城）等與閩西關係密切的方言，也都是屬於歌、豪今讀不分的。可見隘子、翁源等地的閩西來歷，然則太平等北部始興客家話，歌、豪有別從何而來？

南雄方言中，基本上都是歌、豪有別：

	城關	烏逕	百順	珠璣	太平	隘子
歌 果開一歌	kɔ¹	ko¹	ko¹	ko¹	ko¹	ko¹
保 效開一豪	pau²	pau²	pʌ²	pau²	pau²	po²
稿 效開一豪	kau²	kau²	kʌ²	kau²	kau²	kau²

城關話效攝一等只有「帽、桃、號」等字韻母讀同歌韻，其他地區都是歌、豪有別的。我們更可以注意到始興客家話歌韻的音質與閩西較遠，而與南雄較近，可以說始興北部太平等地歌、豪有別的現象乃是南雄方言的影響。隘子部分效開一的字也讀同太平，這部份的字如「袍、操、膏、熬、抱、考、烤、躁、靠、傲、好愛~」等永定客家話也讀作[-au]，不一定是南雄方言的影響。不過不少永定讀作[-ɔu]，隘子同太平讀作[-au]的，如「糕、豪、稻、惱、稿、浩、懊、暴、耗」等應是受到太平等地影響而來。

這個問題牽涉到效攝一、二等的分合問題。上面看到南雄方言除了城關話留有少數一、二等有別的例子，多數都已看不出一、二等的分別。太平等北部始興客家話效攝一、二等不分，隘子仍可見分別。證諸閩西，武平、上杭一、

二等不分，永定一、二等有別，從始興、翁源、曲江（馬壩）等粵北客家話效攝二等韻母看來，粵北客家話效攝類型同於永定。若是同於武平、上杭，則粵北客家話效攝二等如何由[-ɔ/-ɔu]變爲[-au]，範圍如此廣大，粵北土話除南雄外，鄰近的長江、周田、上窰、臘石、石陂、犁市、梅村、石塘等都是[-au]，多數廣東客家話亦然，不敢說是誰造成的影響。

總之，效攝一等，太平等是受到南雄方言影響讀同二等，使得歌、豪有別。隘子則保持閩西客家話的格局，歌、豪不分，然有部分已受擴散變讀。因此，北部始興因爲一等韻改變，促使效攝一、二等不分；隘子則因一等韻大多不變，一、二等有別。至於效攝二等[-au]韻來源，若非來自永定則來自粵北土話或者廣東客家話。

（二）部分梗開四的讀法

客家方言梗攝字一般具有比較整齊的文白異讀，多數客家話梗攝開口三、四等文白讀形式爲[-in（-iŋ）/-iaŋ]。（李如龍、張雙慶 1992）始興客家話在梗開四有部分字，北部方言俱讀白讀，南部隘子則偏愛讀同一、二等的文讀，對立型態明顯。隘子的讀法近於閩西，同樣源自閩西的翁源亦然。現以上杭代表閩西，列表如下：

	釘端	聽透	腥心	另來	羅定	冷來
上杭	tɛ̃¹	tʰɛ̃¹	sɛ̃¹	lɛ̃²〔註22〕		lɛ̃²
翁源	tɛn¹	tʰɛn¹			tʰɛt⁸	lɛn¹
隘子	ten¹	tʰen¹	sen¹	len²	tʰet⁸	len¹
太平	tiaŋ¹	tʰin¹/tʰiaŋ¹	çiaŋ¹	liaŋ³	tʰiak⁴	laŋ¹
珠璣	tiaŋ¹	tʰiaŋ¹	çiaŋ¹	liaŋ³	tʰia⁴⁸	laŋ¹
大庾	tiã¹	tʰiəŋ¹/tʰiã¹				lã³
梅縣	taŋ¹	tʰaŋ¹	siaŋ¹	laŋ³	tʰap⁸	laŋ¹

第五章已簡單談過這個問題，以[-i-]介音及大庾「聽」字有文白讀來看，我們設想始興北部太平等地可能受到珠璣、大庾的影響。現補充「星」字如下：

〔註22〕據《上杭縣志》（1993），「另」字除了上聲之外，還有陽平一讀。

	釘端	聽透	星心	腥心	另來	冷來
上杭	tɛ̃¹	tʰɛ̃¹	sɛ̃¹	sɛ̃¹	lɛ̃²	lɛ̃²
翁源	tɛn¹	tʰɛn¹	sɛn¹			lɛn¹
隘子	ten¹	tʰen¹	sen¹	sen¹	len²	len¹
太平	tiaŋ¹	tʰin¹/tʰiaŋ¹	ɕin¹/ɕiaŋ¹	ɕiaŋ¹	liaŋ³	laŋ¹
城關	tiaŋ¹	tʰiaŋ¹	sin¹/ɕiaŋ⁵			laŋ⁵
烏徑	tiɛ̃¹	tʰiɛ̃¹	sĩ¹/siɛ̃⁵			lã³
百順	tiaŋ¹	tʰiaŋ¹	ɕiŋ¹/ɕiaŋ¹			laŋ¹
珠璣	tiaŋ¹	tʰiaŋ¹	ɕiŋ¹/ɕiaŋ¹	ɕiaŋ¹	liaŋ³	laŋ¹
大庾	tiã¹	tʰiəŋ¹/tʰiã¹	ɕiəŋ¹/ɕiã¹			lã³
梅縣	taŋ¹	tʰaŋ¹	sən¹	siaŋ¹	laŋ³	laŋ¹

由上表，「星」字在閩西、梅縣多讀文讀，翁源、隘子梗開四的讀法承繼自閩西，二等「冷」字堪爲旁證。「星」字在南雄方言中皆有文白異讀，我們認爲太平等北部始興客家話上面幾個例字的讀法，既不同於閩西，又不同於多數廣東客家話，而是受到南雄方言影響，從聲調來看，百順和珠璣話影響較大。

（三）「窗、雙」的讀音

客家方言江攝二等的「窗、雙」二字讀音頗爲特別，有些地方將此二字讀同通攝，例如梅縣、河源、揭西、長汀、寧都、三都、西河、香港（李如龍、張雙慶 1992）、苗栗等（筆者母語），一般認爲這是東江不分的痕跡。有些地方則讀同宕攝，與其它江攝字無異，如連南、贛縣、大庾、陸川等（李如龍、張雙慶 1992）。始興客家話僅有隘子讀同通攝，這點隘子與閩西相同。且看下表：

	梅縣	秀篆	武平岩前	上杭	永定	隘子	太平
江	kɔŋ¹	kɔŋ¹	kɔŋ¹	kɔ̃¹	kɔ̃¹	koŋ¹	koŋ¹
窗	tsʰuŋ¹	tsʰuŋ¹	tsʰəŋ¹	tsʰəŋ¹	tsʰoŋ¹	tsʰuŋ¹/tsʰoŋ¹	tsʰoŋ¹
雙	suŋ¹	suŋ¹	səŋ¹	sɔ̃¹	soŋ¹	suŋ¹	soŋ¹
東	tuŋ¹	tuŋ¹	təŋ¹	təŋ¹	toŋ¹	tuŋ¹	tuŋ¹

有些地方的客家話如同上杭一般，兩字中有一字讀同通攝，例如翁源、清溪（張雙慶、李如龍 1992）、曲江（馬壩）（劉勝權 2006）的「雙」字，似

乎「窗」字變化較快，隘子兩讀可見一斑。

從上表可知，「窗、雙」讀同通攝是保留閩西的古讀，那麼太平的情況當是後來的變化。我們與南雄方言比較之：（礙於資料限制，僅列韻母）

	城關	烏逕	百順	珠璣	太平	隘子
幫	ɔŋ	õ	ɔŋ	oŋ	oŋ	oŋ
窗				oŋ	oŋ	uŋ/oŋ
雙	ɔŋ	õ	ɔŋ	oŋ	oŋ	uŋ
東	ʌŋ	əŋ	ʌŋ	əŋ	uŋ	uŋ

我們看到南雄方言「窗、雙」二字一律讀同宕攝，太平等北部始興客家話明顯受到南雄方言影響而變讀，隘子「窗」字宕攝的讀法應來自北部客家話的擴散，翁源、曲江（馬壩）「窗」字不同於通攝，來歷恐怕相同。

三、聲　調

（一）入聲調的數量暨調值

始興客家話入聲調的數量和調值分別有兩種情形。數量方面，除馬市只有一個入聲調外，其餘都有兩個入聲。調值方面，北部方言陰入高陽入低，如太平陰入[45]、陽入[32]。南部方言則恰恰相反，陰低陽高，如隘子陰入[2]、陽入[5]。我們先觀察閩西及廣東客家話的入聲調情況，以便比較：〔註23〕

	武平	上杭	永定	武平岩前	梅縣	河源	大庾	翁源	曲江馬壩
數量	2	2	2	2	2	2	1	2	2
陰入	32	43	32	2	1	5	5	2	1
陽入	4	35	5	5	5	2		5	5

閩西的部分只有上杭陰入高陽入低，然據《龍岩地區志》（1992）所載，上杭陰陽入調值分別是[54]、[45]，高度如此相近。武平（武東）、永定（下洋）陰陽入分別是[2]、[5]。藍小玲（1999）所記上杭陰入低陽入高，調值是[2]、[5]。我們認為始興客家的閩西祖地其入聲調大抵是陰低陽高的。

我們以梅縣代表多數的客家話，客家話以陰入低陽入高為主流，這類方

〔註23〕武平至永定見個別縣志。岩前至翁源見李如龍、張雙慶（1992）。曲江見周日健、馮國強（1998）。

言還包括東莞（清溪）、揭西、香港（西貢）、蒙山（西河）、陸川。（李如龍、張雙慶 1992）豐順（湯坑）（高然 1998）、大埔（吉川雅之 1998）、興寧、平遠、紫金（黃雪貞 1988）、五華（周日健 2002）、饒平（上饒）（徐貴榮 2008）。江西的定南、瑞金、全南、銅鼓（豐田）、井崗山、興國等。（劉綸鑫 1999、2001）臺灣苗栗、美濃（羅肇錦 1990）。

　　粵北客家話也是陰入低陽入高，除了翁源、曲江（馬壩）之外，這類型的客家話還有連南（李如龍、張雙慶 1992）、新豐（周日健 1990）、英德（白沙）（胡性初 2002）、翁源（新江）、乳源（侯公渡）（莊初昇 2005）。

　　在眾多陰低陽高的客家話包圍中，河源陰高陽低的調值甚爲出眾，客家話中所見不多。目前所知除了河源、始興（太平、羅壩）之外，還有惠州（惠城）（劉若云 1991）、江西龍南（劉綸鑫 1999）、臺灣海陸客話（古國順等 2005）。與河源一同堪稱老客家話的大庾只有一個入聲調，比較特別，這類型的客家話多集中在贛南中部，如贛縣、于都、南康、上猶、信豐、安遠等，正是贛南「本地話」集中的地區。這些地方的入聲調都有一個特點，即入聲調值較高。我們將之與南雄方言一併比對：〔註24〕

	石城	于都	大庾	贛州蟠龍	安遠	烏徑	百順	珠璣	城關1	城關2	城關3
數量	1	1	1	1	無	無	1	1	1	2	2
調值	4	54	5	5			323	54	5	5/43	55/22

　　安遠和烏徑已沒有入聲調，入聲調已因韻尾不同而歸併至其他聲調。百順只有入聲調而無入聲韻母，南雄城關 1 記錄並無入聲韻母，但與入聲相配者有輕微的喉塞[-ʔ]。石城、蟠龍、珠璣則入聲不分陰陽，于都、大庾入聲同樣不分陰陽，不過有部分塞音尾的字弱化歸併至其他聲調。比較特殊的是城關 2 和城關 3，兩者都記有兩個入聲調，並且陰入高陽入低，和始興（太平、羅壩）相同。這在粵北土話裡不算特出，因爲曲江的白沙、周田、犁市；韶關的上窖、臘石、石陂等地都有兩個入聲調，並且調值都是陰入高[5]、陽入低[3/2]。（莊初昇 2004）謝自立《南雄縣志》（1991）記入聲調分別爲[45]、[43]，

〔註24〕江西客家見劉綸鑫（1999）。城關 1 見莊初昇（2004），城關 2 見陳滔（2002），城關 3 見易家樂（1983）。

和城關 2 相似，而又和太平極其相近。Sagart（2001）所記同於城關 1，並記載陽入併入陽去。陽入併入陽去的原因應是舒聲化後調值相近，Sagart 記陽去爲[53]、莊初昇（2004）記爲[42]，和謝自立、城關 2 的陽入調調型、調值都很相近。

因此我們設想上述方言早期是有兩個入聲調，且陰入高陽入低，後來因爲入聲韻尾漸漸弱化，陽入的韻尾或許消失的較快，加以因爲調值相近而與舒聲調歸併，如南雄城關。再者陰陽入的界限消失，開始歸併成一個入聲（陽入併入陰入），如百順、珠璣。末者，發生其他的歸併，例如烏徑發生韻攝分調，原咸、深、山、臻諸攝歸入陰平，原宕、江、曾、梗、通等攝歸入陽去。

至此，我們可知北部始興客家話入聲調的類型與南雄方言相關。始興客家話原來應是兩個入聲調，並且陰入低陽入高，隘子保持這個形態，源自閩西武平、永定等。北部始興客家受到南雄方言，可能包括韶關、曲江等地土話的影響，調值變爲陰高陽低，如太平、羅壩。馬市可能也經過這個階段，最後才受到珠璣等影響，入聲調合併。因爲馬市的入聲調並沒有發生韻尾分調或是韻攝分調的情形，單純和珠璣一樣是清入濁入合併，這樣假設比較合理。

至於太平、羅壩有沒有可能是受到韶關、曲江土話的影響，變作陰入高陽入低的格局，而馬市則是受南雄方言影響，只有一個入聲調。當然不能排除這種可能，不過我們比較奇怪的是，比始興更接近韶關、曲江土話的客家話，如曲江（馬壩），能不受影響仍然保持陰低陽高的型態，太平、羅壩卻接受其影響？所以，我們傾向這麼認爲：韶關地區客家方言勢力較大，較不受土話影響，始興地區地處南雄、韶關之間，既然韶關勢小，則受南雄影響較大。越接近南雄影響越大，馬市僅有一個入聲調即是一例。這正是上面兩節所討論的東西。

（二）濁上歸去後的歸併

武平、上杭、永定等閩西客家話和始興（隘子）、乳源（乳城、侯公渡）、曲江（馬壩）、韶關（東郊）、翁源（龍仙、新江）、樂昌（梅花）、英德（洽洸）等粵北客家話，全濁上 B 類字歸去聲後，一併歸入上聲。（莊初昇 2004、2005）太平等北部始興方言則是歸入去聲。上文已經論述太平等地由歸上而歸去是受到南雄方言擴散影響，致使其在粵北歸上型客家話的包圍中獨樹一

格。此不贅述。

（三）濁上字歸陰平

始興客家話全濁上字跟閩西比較後，大都與閩西相同，常用字不讀陰平的只有「辮、社」二字。次濁上的差異稍多，始興內部南北亦有別，北部的太平等地至少比隘子多了「馬、每、禮、理、里、滷、某、滿、免、母」等十字不讀陰平。這些不讀陰平的大都可在南雄方言中找到解釋。

	馬	每	滿	里	免	魯	禮	理	某	母
武平	ma¹	mi¹		ti¹	miɛŋ¹	lu³	li²	li²	mɛ¹	mu²
上杭	mɒ¹	mei¹	mã¹	ti²	miẽ¹	lu³	li²	li²	miə²	mu²
永定	ma¹	mei¹	mẽ¹	li¹	miẽ²	lu²		li²	məu²	mu²
隘子	ma¹	me¹	man¹	li¹	mien¹	lu¹	li¹	li¹	meu¹	mu¹
馬市	ma²	me²	man²	li²	mien²	nu²	li²	li²	meu²	mu²
珠璣	ma²	mø²	mãi²	li²	miẽ²	lu²	li²	li²	məɯ²	mo²

這個表有幾點值得玩味，首先，隘子在濁上字讀陰平這部分是比較接近閩西的，「禮、理、某、母」等字讀陰平不同於閩西，不過黃雪貞（1988）永定的紀錄都是讀陰平的。當然，或有受鄰近客家話影響的可能，「禮」字，翁源讀上聲，曲江讀陰平。比較特別的是「馬、每、滿、里」等，隘子同於閩西，而馬市等地一律讀作上聲，跟珠璣方言完全相同。根據莊初昇（2004），南雄雄州、烏逕、百順「滿、里、免、魯」等字亦讀上聲，明顯受到南雄方言的影響。可見，即使是「禮、理、某、母」等字，馬市等地也未必是源自閩西原鄉。

若將全濁上聲的「辮」一併觀察，情況更是明顯。

	武平	永定	隘子	馬市	珠璣	百順	烏逕	城關
辮	piɛŋ¹	pʰiẽ¹	pien¹	pʰien³	pʰiẽ³	pʰien³	pʰẽ²⁶	pien⁶

張雙慶、萬波（2002）認為很多客家話「辮」字讀如「邊、鞭」不送氣，本字是「編」。從閩西和始興的情況來看，太平、馬市、羅壩「辮」字一致都是送氣讀法，符合廣韻「薄泫切」；隘子讀不送氣[p-]是「辮」讀如「邊、鞭」的反映，乃「編」的「卑連切」或「布玄切」讀音，很可能受到廣東客家話影響。因為始興週遭南雄已見前述，鄰近的江西龍南、全南、定南等都是去

聲送氣聲母，而翁源、曲江、乳源、連南等粵北客家都讀陰平聲母不送氣。
同樣讀陰平聲母不送氣的廣東客家話還有梅縣、興寧、惠陽、河源、揭西等。
（張雙慶、萬波 2002）距離隘子較近的粵北土話，目前所知如曲江（白沙）、
韶關（石陂）也是讀陰平聲母不送氣（莊初昇 2004）。

　　馬市等地「辮」字讀送氣符合大多數閩西客家話，但閩西客家多讀陰平。
則馬市等地讀去聲，恐非源自閩西，目前所知閩西只有長汀讀陽去調，讀去
聲的客家方言多集中在贛南，考慮到長汀鄰近的瑞金、于都、安遠也讀陽去，
可能受到影響。倒是馬市等地讀去聲正與南雄方言相同，南雄方言讀去聲或
陽去，符合演變規律。可見南雄方言對始興北部的擴散影響。

四、幾個特字

　　下面舉幾個特字來說明始興客家話和南雄方言的關係。這幾個字都可算是
口語中常使用的字，頗具參考價值，很能說明始興北部方言受南雄方言影響的
情況。特字放在這裡說明，主要是南雄方言語料有限，無法一一盡舉，故以珠
璣方言為主。

（一）舐、貨

　　「舐」是舔的意思，止開三上聲紙韻船母。始興太平、馬市除了船母[s-]
的讀音之外，還有[tʰ-]的特殊讀法。

	珠璣	太平	馬市	羅壩	隘子
舐	tʰe²/se¹	tʰe²/se¹	tʰe²/se¹	se¹	se¹

　　始興各點都有[se¹]的讀音，濁上讀陰平符合客家話的規律。事實上，大多
數的客家話此字都是相近的讀音。

	武平	永定	長汀	梅縣	揭西	翁源	香港	大庾
舐	se¹	sei¹	ʃe¹	sai¹	ʃɛi¹	sɛi¹	sɛ¹	se³

　　閩西還有兩種讀法：入聲武平（岩前）[lia²⁴]、非入聲永定[liɛ̃¹]。河源
[lyat⁴]、翁源[lian¹]亦相近。然與太平、馬市的[tʰe²]似乎無涉。我們在南雄珠
璣方言中發現作「舔」意有兩個讀音正是[se¹]和[tʰe²]，聲調亦相合。可惜礙
於語料有限，目前未得其他南雄方言的資料。

　　「貨」字果合一曉母。武平、大庾、贛縣還讀喉音，其他大多數的客家

話，因為合口成分的關係，聲母讀作脣齒音[f（＜hu）]。

	武平	永定	梅縣	河源	揭西	翁源	香港	大庾
貨	xo³	fɔu³	fɔ³	fuɔ³	fɔu³	fou³	fɔ³	ho³

始興客家話承繼閩西客方言，比較接近上杭、永定讀[f-]聲母，然除此之外，始興北部方言聲母還有讀同溪母的。

	珠璣	太平	馬市	羅壩	隘子
貨	kʰo³	kʰo³	kʰo³/fo³	kʰo³	fo³

客家方言中，溪母讀同曉母並不少見，例如「苦、褲、客、溪、開」等，曉母讀同溪母較少，然「貨」字目前未得見讀同溪母的。馬市的[fo³]僅在「老貨仔」一詞中使用，是很口語的用詞，表示太平、馬市、羅壩的[kʰo³]可能是後起的，南雄珠璣方言正是讀作溪母[kʰo³]。

這兩字是聲母方面的問題。

（二）母、賺

「母」流開一明母上聲，始興客家話隘子讀陰平，符合次濁上歸陰平的規律。北部幾點則讀上聲。較特別的是太平的韻母形式。

	珠璣	太平	馬市	羅壩	隘子
母	mo²	mo²	mu²	mu²	mu¹

若與其他客家方言比較，始興的情況顯得很有意思。閩西多數讀上聲，我們查找武平、上杭、永定等縣志所記城關音，都是上聲。不過黃雪貞（1988）記永定讀陰平。李如龍、張雙慶（1992）所記，除了武平（岩前）讀陰平外，長汀、寧化、秀篆也都讀上聲。前書所記贛南、贛西北，除了贛縣讀陰平，大庾、寧都、三都也都是上聲。只有廣東系客家話讀陰平居多，包括粵北翁源、連南、曲江（馬壩）。始興北部方言較近於閩西系統，然從岩前、黃雪貞（1988）所記永定、翁源、隘子等讀陰平來看，始興客家話此字的聲調來源很難斷定。

最特別的是太平的韻母，上述各點客家話韻母大多是[-u]，只有寧化讀[-əɯ]，〔註25〕未見讀[-o]的，而南雄珠璣正是讀[mo²]，聲調上聲。

〔註25〕《寧化縣志》（1992）記作[mɤ²]。

　　「賺」咸開二去聲澄母。這個字不管韻尾如何歸併，多數客家話主要元音讀[-a]，保持咸攝的格局。但有少數客家話主要元音不讀低元音[-a]，而讀同山攝合口「端、酸、閂、傳、船」，如大庾、梅縣、苗栗，堪稱梅縣話一個特點。

	武平	永定	河源	翁源	香港	梅縣	揭西	大庾
賺	tsʰaŋ²	tsʰɛ̃²	tsʰan⁶	tsʰaŋ²	tsʰan³	tsʰɔn³	tsʰɔn²	tsɔ̃¹

　　始興客家話北部各點同於梅縣、大庾，隘子則同於武平、永定。始興太平等當不至於是梅縣的影響，然南雄珠璣方言型態相同，受其影響的可能性較大。

	珠璣	太平	馬市	羅壩	隘子
賺	tsʰuɛ̃³	tsʰon³	tsʰon³	tsʰon³	tsʰan²
酸	suɛ̃¹	son¹	son¹	son¹	son¹

　　這兩個字可說是韻母的問題。